사랑,
위험한
매혹

사랑, 위험한 매혹

초판 1쇄 찍은 날 | 2014년 9월 15일
초판 1쇄 펴낸 날 | 2014년 9월 20일

지은이 | 이서윤
펴낸이 | 예경원

편집 | 유경화

펴낸곳 | 예원북스
등록번호 | 제396-2012-000132호
등록일자 | 2012. 7. 25
YRN | 제1-0079호

주소 | 경기도 고양시 일산동구 무궁화로 8-28 삼성메르헨하우스 712호 (우) 410-837
전화 | 031-819-9431 팩스 | 031-817-9432
http://cafe.naver.com/yewonromance
E-mail | yewonbooks@naver.com

ⓒ 이서윤, 2014

ISBN 979-11-5630-153-0 03810

사랑,

위험한
매혹

이서윤 장편 소설

YEWONBOOKS ROMANCE STORY

목차

* [ ] 영어
* 〈 〉중국어

프롤로그

차에서 내리니 눈 뜨기도 버거운 햇살이 쏟아졌다. 마치 바늘처럼 피부에 꽂힌 햇살은 통증이 일 만큼 강렬했다. 후끈후끈 달아오른 도로. 녹아내릴 것 같은 열기가 아지랑이처럼 피어올랐다. 이 열기는 이곳에 머무르던 시간에도, 그리고 떠나는 지금까지도 도저히 적응되지 않는다. 가만히 있어도 숨도 못 쉴 만큼 탁하다. 가슴이 턱 막혔다.

이린은 자동차 트렁크에서 내린 가방을 끌고 서둘러 앞을 향해 걸었다. 청사 안으로 들어서자 가까스로 숨을 쉴 수 있었다. 자동문 안과 밖은 마치 천국과 지옥처럼 온도 차가 명확히 드러났다.

타이완 타이베이 도원(桃園)국제공항.

대만으로 들어오고 나가는 관문이랄 수 있는 그곳의 한 게이트를 향해 그녀는 캐리어를 끌고 천천히 걸었다. 청사의 비스듬하게 지어진 유리지붕에서는 여전히 햇살이 쏟아졌다. 발바닥이 대리석 바닥에 붙기라도 했나, 발걸음이 무겁다. 떨어지지 않는다. 분명 이곳에 입국했을 때와는 다른 감정이 심장에 지그시 들러붙었다. 아니, 움켜쥐고 있다.

후회하지 않아.

이린은 입술을 깨물었다. 생각을 떨치려고 강하게 고개를 저었다. 그러다 문득 무슨 소리가 들려 그녀는 우뚝 걸음을 멈췄다.

이린.

속삭임이 들렸다. 심장이 떨릴 만큼 매혹적인 목소리. 이린의 눈이 커지고 심장이 쿵 내려앉았다. 그녀는 자신도 모르게 고개를 홱 돌렸다.

설마.

하, 허탈한 웃음이 불쑥 튀어나갔다.

"미쳤어."

그녀가 혼잣말로 중얼거렸다. 말 그대로 환청이었다. 기대할 수도, 기대해서도 안 될 목소리를 기대하고 있다니.

"이린, 제발 좀!"

다른 사람을 야단이라도 치는 것처럼 이린은 다소 강한 어조로 내뱉었다. 흠. 목소리를 가다듬은 그녀가 번쩍 고개를 치켜들었다. 똑바로 앞을 향한 눈빛이 도도하고 또렷해졌다. 그녀가 걸을 때마다 또각또각 하이힐 소리가 넓은 공항 안을 조용히 울렸다.

짜이지엔(再見), 타이베이…… 그리울 거야.

1

세상이 녹아내리도록 더운 날이다. 햇빛은 화끈하게 내리쬐고 있고, 습도마저 높으니 냉방시설이 없는 곳으로 한 걸음 내딛으면 마치 찜질방이라도 들어온 것처럼 텁텁한 공기에 숨이 막혔다. 작렬하는 태양빛은 흘끔 쳐다볼 수도 없을 만큼 눈이 부셨다. 누가 아스팔트 위에 계란이라도 깨어놓으면, 10초 안에 익으리라. 장담한다. 이린은 혼잣말로 중얼거렸다.

"네, 엄마. 말씀하세요."

이린이 모친인 혜민의 전화를 받은 것은 국제관광업 아시아권 총회가 열리고 있는 타이베이 대북호텔의 정문 앞에서였다. 택시에서 내린 그녀는 숄더백 안에서 열심히 울리는 휴대전화를 겨우 찾아 들었다.

하아.

도로 위로 무너져 함께 녹아들 것처럼 온몸이 축 처졌지만, 어쩔 수 없는 일이다. 끙, 한숨을 삼킨 그녀가 결국 전화를 받아 들었다. 들고 있는 전화기조차 후끈거렸다.

—딸, 목소리가 왜 그래?

아니나 다를까. 모친은 예민하게 그것까지 잡아내신다.

가뜩이나 뜨거운 열기로 저절로 눈살이 찌푸려지는 날씨. 엎친 데 덮쳐 공항까지 헛걸음을 했다가 돌아왔으니 목소리가 좋을 리 없었다. 게다가 모친의 전화는 3일 전 출장을 온 이후로 정확한 시간을 한 번도 어긴 적이 없다. 횟수도 잦은 편이라 모친에 관하여는 부처님 심성만큼 인내심이 많다고 자타가 공인한 그녀지만 오늘 같은 날은 없던 짜증까지 확 밀려들었다. 불쾌지수 아마 100. 이린은 욱한 마음을 꾹 눌렀다.

지금 화내면, 더 더워진단 말이다.

그녀가 옅은 한숨을 내뱉었다.

"왜긴요. 더워서 그렇지."

—지금은 한국도 더워. 너 매일 일한다고 밤에 잠도 안 자고. 진이 다 빠져서 여름 되니 버려? 들어오면 보약 한 재 먹어야겠다. 점심은 먹었고?

현재 대만 타이베이 시각 오후 1시 반. 한국은 오후 2시 반일 시각이다. 모친 전 여사의 전화는 국내고 해외고 행선지를 가리지 않고, 출장 때마다 달라지지도 않았다.

현지 시각 아침 7시 반, 오후 1시 반, 그리고 저녁 9시.

하루 3번 한 번도 놓치지 않고 시간 맞춰 또박또박 전화를 하신다. 마치 현지 시각의 알람이라도 해놓으신 것처럼.

출장 인생 초창기에는 이런 모친에게 화와 짜증을 내보기도 하고, 심지어 엄포와 애원을 해보기도 했다. 하지만 달라질 것이 없으니, 어느덧 이린은 모친의 전화를 거의 의무적으로 받고 있다.

그러나 어지간한 인내심의 그녀도 더위는 어쩔 수 없다. 호텔 현관에서 로비로 들어가는 그 짧은 거리에도 숨이 막혀 질식할 것 같은 공기가 훅훅 밀려들었다. 이지적인 그녀의 눈매가 불쾌감으로 일그러졌다. 땀이 목덜미를 타고 주르륵 흘렀다. 눈을 감고 있었다면, 목욕탕에라도 들어온 줄 착각할 만큼의 습도와 기온이다.

―오늘 엄마는 오랜만에 친구들 만났거든. 점심 먹다가 네 생각이 나지 뭐니.

아무래도 여사님들과 쇼핑이라도 나오신 듯한데, 모친은 전화를 끊으실 생각도 안 하신다. 이린은 꿀꺽 한숨을 삼켰다.

"엄마, 짧게 끊어요."

총회 일정의 일부였던 컨퍼런스가 오후 2시로 잡혀 있다. 주제가 아시아관광산업의 미래였던가. 그녀가 직접적인 실무자도 아니건만, 그룹의 회장인 이건은 직권으로 그녀에게 이 주제에 관한 보고서를 요구할 것이 분명하다. 개인적 관심이라면서. 아니, 좋다. 그것도 그것이지만, 지기 싫어하는 이린의 성격상 꼭 참석해야 하는 자리였다.

남은 시간은 30분.

지금부터 30분 안에 룸으로 돌아가 샤워를 하고, 땀에 젖어 쉰내가 풀풀 나는 옷을 갈아입고, 그래도 시간이 남으면 빵 한 조각이라도 입에 넣어야 했다. 땀을 얼마나 흘렸는지 눈앞이 다 어질어질해졌다.

빌어먹을 공항! 이 날씨에 냉방 고장이 말이 돼!

―어머, 너 목소리가 완전 녹초야. 아직 점심 안 먹은 거니?

전화는 귓가에 댄 채 호텔 로비로 들어선 이린이 그제야 깊게 숨을 내쉬었다. 청량한 공기는 냄새부터 다르잖아.

호텔 로비는 냉방이 잘되었다. 나무숲 안에 있어 그럴까. 천장이 높아 그럴까. 건물 안조차 그늘의 영향을 받은 것처럼 조명도 없고 비교적 어두운 실내였지만 답답한 느낌 한 점 없이 속이 탁 트였다. 실내정원 어딘가에서 들리는 폭포 소리마저 기분 좋은 음악처럼 들렸다. 기온 하나로 기분까지 달라지고 있다.

"이 전화 끊고 먹어야 해요."

―지금이 몇 신데!

잠시 전 여사의 목소리가 끊겼다. 어느 백화점, 혹은 어느 음식점일지는 모르지만, 전화하고 있는 자리에서 주위 눈치를 보면서도 뒷목을 잡으셨을 모친의 모습이 떠올랐다. 이린이 피식 웃었다.

—도대체 이건인 널 어디까지 부려먹어야 속이 시원하다니? 네가 동네북이야? 왜 자꾸 이리저리 돌려? 이번 출장도 그래. 네가 지금 그 출장 갈 짬밥, 아니, 직위냐고!

갑작스레 튀어나온 이건의 이름조차 이제는 익숙하다. 모친 전 여사는 그녀가 힘이 들거나 곤란한 일이 생기는 것은 모두 오빠인 이건의 탓으로 돌렸다. 물론 이린은 동의하지 않지만 말이다.

모친의 의견과 달리 모든 것이 그, 이건의 탓은 아니었다. 적어도 지금까지는 그렇게 변명해 주고 있었지만, 오늘만큼은 이린조차 속 좁고 옹졸하고 치사하기까지 한 회장이라며 공항에서 허탕 치고 호텔로 돌아오는 내내 욕해주고 있다. 아니, 저주까지 했었다.

치사한 자식. 평생 여자 때문에 속 썩다가 총각으로 늙어라!

"네가 직접 마중 나가. 얼굴 익히고 가능하면 가까워져서 나쁠 것 없어. 네가 죽어라고 끌어안고 있는 호텔에 필요한 사람은 나보다는 그쪽이야."

대만 출장을 오기 전, 이건이 그녀에게 했던 말은 그렇게 나쁜 의도는 아니었던 것 같다. J투자신탁의 대표를 한국도 아닌 타국에서 우연처럼 만난다는 것이 쉬운 일은 아닐 테니 말이다. 게다가 비즈니스의 세계에서 서로 안면을 트는 것이 얼마나 일을 부드럽게 만드는지, 그것을 가볍게 여길 만큼 그녀는 어리석지 않다고 자부했다.

그래, 다 좋다 이거야. 그런데 온다 했던 스케줄이 당겨져 이미 입국해 있다는 사실을 왜 남의 나라 공항에서, 그것도 3시간이나 쌩으로 기다린 끝에 통보받아야 하는데?

아, 열받아, 열받아! 생각할수록 열받아! 나도 당신과 반쪽이라도 피가 섞인 게 한스럽다, 정말!

이린이 입고 있던 흰색 정장 재킷을 벗어 한 손에 들었다. 얇은 여름용 소재였지만 이미 흘린 땀에 푹 젖었다. 처음부터 벗고 싶었지만, 비즈니스 상대에 대한 예의상 온전히 갖춰 입고 있던 탓이다.

재킷 안에 감춰졌던 그녀의 늘씬한 몸매가 드러나자, 곁을 지나던 남자들의 시선이 흘끔 쏠렸다. 이지적인 외모, 길쭉한 팔다리, 그리고 슬리브리스 블라우스 위로 드러난 볼륨 있는 몸매가 사람들의 시선을 끈 탓이었다. 짧고 단정한 헤어스타일이 학같이 우아한 목덜미를 고스란히 드러냈다. 하얀 피부가 검게 윤이 나는 머릿결 때문에 도드라졌다.

그러나 정작 그녀는 남자들의 시선이 어떤지 알지 못했다. 안다 해도 무시했겠지만, 그녀의 시선은 앞으로만 향했다. 빠른 걸음으로 객실 전용 엘리베이터로 다가갔다. 1초라도 빨리 샤워기에서 쏟아지는 물줄기를 맞고 싶었다. 지금도 떠오른 타이베이의 더위는 머릿속이 뭉근히 졸아붙는 느낌을 들게 한다.

"엄마."

—응?

"지금 날 힘들게 하는 건 이건 오빠가 아닌 엄마예요. 그것만 좀 알아주세요."

이린의 걸음만큼 어조도 똑 떨어졌다.

—어머, 얘는! 엄마가 걱정하는 걸 꼭 그렇게 받아들여. 이럴 때 보면 너나 이건이나 정나미 떨어지는 건 똑같다니까? 누가 한씨 집안 핏줄 아니랄까 봐.

모친의 말이 길어지고 있다. 이대로 있다가는 그나마 생긴 자투리 시간도 날린 채 저녁 전까지 허기진 배 안으로 아무것도 집어넣지 못할지도 모른다.

저혈당으로 기절할지도 몰라.

이린의 두 눈이 두려움으로 번뜩 뜨였다.

"엄마, 나 엘리베이터 타요. 그만 끊어요."

이린이 방금 도착한 엘리베이터를 향해 빠른 걸음으로 걸었다. 안에 이미 타고 있던 남자가 그녀도 탈 것이라 생각했는지, 열림 버튼을 눌러주고 있는 것이 보였다.

—잠깐, 이린아!

이린이 후, 짧게 숨을 내쉬었다.

"……네?"

─너 강민이 약혼한 거 알고 있었니?

엘리베이터 문 앞에 선 순간, 이린의 눈빛이 멈칫거렸다.

강민?

그녀의 눈매가 희미하게 일그러졌다. 분명 마음의 동요 따윈 아니었다. 지금껏 더위로 눌린 불쾌감 때문이었다. 불쾌감에 불쾌감을 더한.

─세상에. 지난주에 약혼하고 다음 달에 결혼한단다. 그걸 이제 알았지 뭐니. 여기 부티크 최 사장 아니었으면, 청첩장 돌릴 때까지 감쪽같이 모를 뻔했어. 아무리 그쪽은 남자라 해도 어떻게…….

이린이 주춤했던 탓이다. 또 전 여사의 사설이 길어지고 있다. 표정을 바꾼 이린이 단호하게 선을 그었다.

"엄마, 그 얘기 듣고 싶지 않아요. 저랑 상관없어요. 엄마도 그쪽 얘기 나오면, 듣지 마요. 엘리베이터 타서 전화 끊겨요."

전 여사의 대답을 듣지 않고, 이린은 통화 종료 버튼을 눌렀다. 그리고는 바로 엘리베이터 안으로 뛰어들었다. 먼저 탄 채 그녀를 기다리던 남자와 시선이 마주쳤다. 이린은 미안하다는 눈빛으로 가벼운 눈인사를 잊지 않았다.

"몇 층 가십니까?"

정신이 든 것은 묵직하고 듣기 좋은 저음 때문이었다. 이린은 엘리베이터 문이 닫힌 후까지 자신이 휴대전화를 든 채 아무런 행동도 하지 않고 있었음을 그때서야 깨달았다.

"아."

이린이 작은 한숨을 내쉬었다. 아무렇지도 않다고 생각했는데, 확실히 기분은 좋지 않다. 아니다. 더럽다고 표현하고 싶을 만큼이었다. 모두 주강민의 약혼 소식이 끼친 나쁜 영향.

미련도 없으면서 생각은 무슨 생각이야.

지난 시간이 아까운 탓일지도 모르고, 어쩌면 강민한테 미안한 건지도 모른다. 그와 약혼을 했던 것은 주강민이라는 사람보다 아버지한테, 이건한테 잘 보이려 했던 이유가 컸을 테니까. 이린은 인정했다.

잘 살아.

이 마음은 진정이다. 그에게 미안한 마음으로라도.

"죄송합니다. 45층……."

골프라도 치고 온 듯, 가벼운 차림인 남자는 보는 것만으로도 시원해 보였다. 타국의 호텔서 들은 한국어 때문일까. 엘리베이터라는 밀폐된 공간에서도 상대가 두렵지 않을 만큼 이제는 극복된 것일까. 혼자만의 생각에 젖어 딱딱한 표정이 된 이린이 자신이 갈 45층 버튼을 눌렀다. 그리고 그 순간, 버튼을 눌러주려던 상대의 손도 그곳에 닿았다.

찰나. 남자의 손이 이린의 손등에 교묘하게 겹쳤다. 놀라 급히 떨어질 만큼 나이가 어리지도, 순진하지도 않지만, 상대의 체온이 이린의 심장을 희미하게나마 움찔하게 했다. 분명 더위에 불쾌지수가 솟구쳤는데, 체온이 이상하게도 뚝 떨어졌다. 오싹함에 서늘해진다. 그리고 이내 따뜻해졌다. 눈물이 날 만큼.

"아."

당황한 이린이 시선을 휙 돌렸다. 순간, 심장이 쿵 내려앉았다.

모든 것은 마음 탓이다. 방금 본 낯선 남자에게 느낀 배려와 따뜻함이란.

실제로 시선이 마주친 상대의 눈빛은 냉정하고 서늘했다. 감정 한 점 담겨 보이지 않는다. 가까이 스친 상대의 체취가 시원하고 가벼운 탓일지도 몰랐다. 자신에게는 지금 땀 냄새가 가득 풍길 텐데.

남자의 손이 떨어진 순간, 저도 모르게 이린은 후, 작게 한숨 쉬었다. 긴장이 일시에 풀린 탓이었다. 어쩌면 안도의 한숨일지도 모른다.

"한국도 지금 덥습니까?"

일반적인 한국의 7월 날씨를 떠올린 이린이 희미하게 웃었다.

그의 음성은 힘이 있으면서도 부드러워 낯선 사람에 대한 경계를
허물게 한다.

"한국분 아니세요?"

"국적은 미국이고, 사는 곳도 그곳입니다."

이린이 상대를 올려다봤다. 어디서고 작다 소리 듣지 않는 이린
임에도 상대는 오만하게 고개를 쳐들어야 제대로 볼 수 있을 만큼
키가 크다. 짙은 눈썹, 길고 서늘한 눈매, 오똑한 콧날과 단정히
다물린 입술이 섹시해 보인다고, 이린의 머릿속에 설핏 생각이 스
쳤다.

남자는 서늘한 냉기를 풍기면서도 각이 지지 않은 얼굴이라 선
한 느낌을 준다. 어려 보이는 동안, 그렇다고 가벼워 보이진 않는
다. 누구나 인정할 만큼 잘생겼지만, 생김에 호기심이 일 만한 나
이도 아니고, 이미 주변에는 잘생긴 남자들이 넘쳤다. 잘난 사람
들의 태생적인 교만함도 알고 있다. 어릴 때부터 지긋지긋하게 봐
왔으니까.

"한국은 여기만큼은 아닙니다. 아무래도 대만은 한국보다 습도
가 높아서 더…… 덥게 느껴져요."

이린이 말을 끝낸 그 순간이었다. 그녀는 울렁거리는 속 때문에
어금니를 꽉 물었다. 자신이 탄 엘리베이터가 전망 엘리베이터란
사실을 뒤늦게 인지한 탓이었다.

대만 최고의 호텔이라는 대북호텔은 산 중턱에 위치했다. 전망

엘리베이터를 타고 저층을 벗어나면, 아득히 펼쳐지는 바깥 풍경이 훤히 보인다. 타이베이 시내를 아래로 관망할 수 있다는 것은 호텔이 내세우는 장점이었다.

그런데 문제는 타인이 감탄하는 그 풍경이 이린에게는 볼 때마다 고역이라는 사실이었다. 객실에서는 커튼을 걷을 생각도 못할 만큼, 그녀에게 높은 곳에서 내려다보는 전망이란 말 그대로 형벌이었다.

젠장, 왜 이걸 탔지.

모친과 전화를 하다 보니 전망 엘리베이터에 대해 깜빡 잊고 있었다. 빈속이라 더 어지러운 거라는 생각으로 이린은 두 눈을 질끈 감았다 떴다.

"괜찮습니까? 땀이 많이 납니다."

남자가 그녀의 눈앞에 무언가를 내밀었다. 그의 체취와 같은 내음을 풍기는 남색 체크무늬 손수건이다. 상대의 관심이 부담스런 이린이 고개를 저었다.

"괜찮아요."

이린이 명료하고도 짧게 대답했다. 그리고는 바깥 풍경이 보이지 않게 뒤돌아섰다. 빠른 속도로 바뀌는 계기판의 숫자만 바라보고 있었다.

38, 39, 40……

그녀가 메고 있던 백을 고쳐 메고, 들고 있던 재킷을 꽉 쥐었다.

조금만 더 기다린 후, 문이 열리면 된다.

덜컹…….

엘리베이터가 흔들린 것도 그 순간이었다. 바뀌던 숫자는 40에 그대로 멈췄고, 동시에 엘리베이터의 흔들림 또한 멈췄다.

이린의 눈매가 움찔거렸다. 얼어붙듯 굳은 그녀가 저도 모르게 엘리베이터 유리벽 쪽으로 뒷걸음질 쳤다. 안전바라도 잡으려 했는데, 그전에 남자의 손이 그녀의 두 팔을 낚아챘다.

"헉!"

이린이 숨을 턱 몰아쉬었다. 고개를 번쩍 들었다. 겁먹은 그녀의 시선과 남자의 시선이 허공에서 엇갈렸다.

"괜찮아요. 겁먹지 마요."

남자의 목소리는 차분했고, 냉랭해 보이던 눈빛이 순간 부드럽게 풀렸다. 하지만 이린에게 지금 당장 도움이 되지는 못했다.

"아…… 어떡하지."

움직이지 않는 엘리베이터 안에서 이린은 안절부절 어찌할 바를 몰랐다. 서서히 몸이 떨리고 숨결이 가빠지기 시작했다. 두려운 생각이 와락 밀려들어 머릿속이 좁아붙는 느낌이 들었다.

"엘리베이터가…… 섰어요."

혼잣말처럼 중얼거린 순간, 이린의 눈앞이 어질해졌다. 엘리베이터가 섬과 동시에 냉방기도 꺼졌나 보다. 시원하게 쏟아지던 공기가 중단됐다. 밀폐된 공간, 공기조차 확 달아올랐다.

숨을…… 쉬지 못하겠어.

천천히, 그리고 가늘게 숨을 들이쉬고 내쉬던 이린이 핏기 없는 입술을 지끈 깨물었다.

"별일 아닐 겁니다."

그녀의 안색이 너무도 안 좋은 탓이었을까, 차갑고 냉랭하던 첫인상과 달리 남자의 태도는 정중했고, 목소리는 다정했다. 어깨 위에 남자의 손이 닿은 것도 이린은 일찍 깨닫지 못했지만, 그가 힘주어 잡아주니 구원의 밧줄이라도 내려온 듯 마음이 놓이기도 했다.

"다른 생각은 하지 마요."

시선이 마주친 남자가 싱긋 웃었다.

"우린 둘이라 외롭지도 않고, 서로 말도 통하지 않습니까? 나름 다행이라는 생각만 합시다."

멈춘 엘리베이터에 갇힌 것이 확실해졌다. 남자가 이린의 긴장을 풀어주려는 듯 나름 농담이라며 싱긋 웃었다.

"그, 그러긴 하지만……."

이린이 말을 더듬었다. 저도 모르게 미간이 일그러졌다.

그의 말이 맞을지도 모른다. 한국어도, 영어도 통하지 않는 중국인이 함께 있었다면 어땠을까. 이린은 그를 따라 피식 웃고 싶었지만 마음과 달리 몸은 움직이지 않았다. 계속 눈앞이 어질거리고, 속이 메슥거렸다.

"아크로포비아(Acrophobia, 고소공포증)?"

자신이 들고 있던 손수건으로 이린의 땀을 닦아주던 남자가 물었다. 이린은 자잘하게 고개를 흔들었다. 아니라는 뜻보다는 자신이 괜찮다는 얘기를 하고 있는 것이다. 아니, 공포증 따위 없다고 말하고 싶었다.

"괘, 괜찮아요. 정말."

겨우 그렇게 말했다. 그러나 이린은 자신이 괜찮지 않음을 스스로 더욱 잘 알고 있다.

40층, 높고 좁은 공간, 그리고 허공에 뜬 채 멈춘 엘리베이터.

몇 가지 사실들이 그녀의 머릿속을 떠다녔다. 온몸이 오싹해지며, 기운이 쭉 빠져나갔다. 이것저것 그녀가 알고 있는 단어들이 머릿속으로 밀려들기 시작했다.

"괜찮아. 괜찮을 거야, 이린."

이린이 중얼중얼 혼잣말을 했다. 자신도 모르는 새 입술이 덜덜 떨렸다. 급기야 눈앞이 가물가물해지고, 다리에 힘이 풀리기 시작했다. 눈앞의 사람이 멀어졌다가 다시 확 다가왔다가……. 겁이 난 이린이 두 눈을 꼭 감았다. 무엇이든 움켜쥐었다.

"이봐요, 정신 차려요!"

이제 남자는 그녀의 몸을 두 팔로 완전히 붙들었다. 하지만 이린은 그것 또한 어렴풋이 느낄 뿐이었다. 비상벨을 누른 남자가 무어라 얘기하는 소리가 먼 곳의 소음처럼 멀어지기 시작하고 이

명이 울렸다. 한 평도 되지 않는 공간을 막은 벽이 자신을 향해 달려드는 것 같아 이린은 비명을 지를 뻔했다. 온몸으로 몸서리를 쳤다.

"내 말 들려요?"

땀으로 온통 젖은 이린이 희미하게 고개를 끄덕였다. 흐릿한 시야에 남자가 보였다. 동시에 자신의 심장 소리도 더욱 크게 들렸다.

둥둥둥둥…….

"전력에 비상이 걸려 잠시 전원이 나갔답니다. 비상전원 가동 중이라니, 곧 움직일 겁니다. 내리면 의사 대기시키라고 했어요. 조금만 참아봐요."

남자가 설명했다. 그러나 이린은 듣고 있지 않았다. 아니, 들리지 않았다. 숨을 제대로 쉬지 못하는 그녀의 얼굴빛이 하얗게 탈색되었다. 이린이 남은 힘을 모아 숨을 몰아쉬다가 신경질적으로 물었다.

"이 엘리베이터, 점검은 언제 받았나 물어봤어요? 아니, 언제 생산됐는지 좀 물어봐 줄래요? 아니, 아니요!"

이린이 부르르 몸을 떨었다. 동시에 남자가 그녀의 두 팔을 꼭 붙들고 엘리베이터 벽에 붙였다. 한 손으로 불안에 젖어 사방을 살피는 그녀의 얼굴을 잡아 고정시켰다.

"나, 봐요."

그가 속삭임에 가까운 목소리로 입을 열었다. 덜덜 떨던 이린의 시선이 가까스로 그의 것과 마주쳤다. 차분한 눈빛이 불안한 그녀의 눈동자를 마주했다. 이린의 턱이 바르르 떨었다.

"진정해요. 제발. 아무 생각하지 마요. 별일 없이 바로 움직일 거야."

상대의 목소리는 진중했다. 목소리만큼 눈빛도, 태도도 차분했다. 그러나 이린에게는 위로가 되지 않았다. 누구도 믿을 수 없었다.

아무 생각하지 말라고? 나는 지금 당장 미칠 것 같다고!

이린의 심장이 벌떡벌떡 뛰었다. 거칠게 숨을 쉬는 가슴이 오르락내리락, 어깨가 들썩거렸다. 이제는 모두 극복했다고 생각했는데, 이런 상황까지는 상상치 못했다.

"이 건물, 백 년이 넘었죠? 너무 오래되어 엘리베이터를 견디지 못할 거예요. 보강 공사 했다는 소린 듣지 못했어. 저 숫자 안 보여요? 여긴 40층이라고요!"

이린이 재차 소리쳤다. 하지만 남자는 미동도 하지 않았다. 오히려 흥분하기 시작한 그녀를 꽉 안았다. 엘리베이터 벽과 그의 가슴 사이에 끼어 이린은 압박감에 가슴이 묵직해졌다. 시선을 들면 그의 가슴밖에 보이지 않았다.

"놔줘요! 놔!"

"이대로 있어요."

남자가 그녀의 귓가에 낮은 목소리로 말했다. 거의 속삭임에 가까웠다.

이상한 일은 그때부터 시작했다. 시야가 가려졌는데, 오히려 그의 가슴팍만 보이자, 미친 듯이 뛰던 그녀의 심장이 진정되기 시작한 것이다. 거칠게 숨을 몰아쉬는 이린의 가는 어깨가 들썩거렸다.

"나는……."

그녀를 내려다보던 남자가 이린을 자신의 가슴에 조금 더 꽉 끌어안았다. 여전히 떨고 있지만, 이린은 서서히 진정되어 갔다. 단단하고 넓은 가슴이 묘한 안도감을 가져왔다. 그의 체취가 답답함 가운데 청량하게 느껴졌다.

"무엇이 두려운 거죠?"

"떨어지면, 우린……."

대답하던 이린의 눈빛이 겁먹어 수축했다.

"안 돼!"

이린이 급하게 중얼거렸다. 아득한 나락으로 떨어지는 느낌. 그녀는 남자의 셔츠 앞자락을 움켜쥐었다. 조금은 숨 쉬기 편해졌다고 생각했는데, 다시 숨이 턱턱 막혔다.

"그럴 일 절대 없습니다."

겁먹어 떨고 있는 그녀와 달리 남자의 목소리는 단호했다. 바라보는 눈빛은 투명하고 담백하다. 그 눈빛에 슬쩍슬쩍 안타까움이 스쳤다.

"이 엘리베이터는 몇 중의 안전장치가 되어 있어요. 상상에 불과해요. 떨어지는 것은 영화에서나 그런 겁니다. 내기할까요?"

"뭐라고요?"

내기라니! 제정신이야?

단번에 이린의 눈빛과 목소리가 날카로워졌다. 그러나 상대의 표정은 변하지 않았다.

그의 손끝이 땀이 흐르는 그녀의 얼굴에 닿아 부드럽게 쓸었다. 상대의 마음을 다 읽었다는 듯 표정은 여유가 흘렀다. 분명 사심이 배제된, 오로지 위로가 담긴 손길이다. 땀에 푹 젖은 그녀의 등줄기에도 닿아 쓰다듬는다. 소름이라도 돋을 만큼 다정했다.

"영국, 미국, 일본 정상도 다 탔던 엘리베이터입니다. 사전 검사를 치밀하게 했을 텐데, 그렇게 허술할 리가."

남자가 또다시 입술을 늘여 웃었다.

"떨어질 것 걱정하기 전에 그쪽…… 숨부터 쉬죠?"

남자가 말하기 전까지 이린은 숨 쉬는 것조차 잊어버렸다. 숨이 턱턱 막혀 어깨가 바르르 떨렸다. 결코 의도한 것이 아닌데도 호흡의 간격이 느려지고 있다.

"나 따라서 숨을 들이켜요."

남자가 시범이라도 보이는 듯 먼저 숨을 크게 들이켰다. 탄탄한 가슴이 위로 들썩였다. 이린이 저도 모르게 그를 따라 숨을 들이 마셨다.

"후."

연이어 숨을 내쉬는 그를 따라 그녀도 숨을 내쉬었다. 그렇게 몇 차례 심호흡을 한 뒤였다.

"욱!"

이린이 급하게 자신의 입을 막았다. 심호흡의 효과가 없다. 오늘 하루, 조식으로 토스트 한 조각 먹은 것이 다였건만, 역하게 구토가 올랐다. 밀폐된 공간, 열기 섞인 답답한 공기 탓이다. 자신도 모르게 신물이 올랐다. 허리를 숙인 채 그녀는 너무도 고통스럽게 구토를 했다. 그러나 실제로는 아무것도 쏟아내지 못했다. 이린은 헛구역질로 목이 아플 지경이었다.

"미, 미안해요."

그가 손수건을 그녀의 입에 대주었다. 여전히 속은 욱신거린다. 그럼에도 그의 체취가 한줄기 시원한 바람처럼 콧속으로 스며들었다.

"아."

몸에 밴 예의 섞인 말을 건넨 후, 이린의 의식은 아득해지기 시작했다. 기진맥진 더 이상 버틸 힘이 없었다. 저도 모르게 다리에 힘이 완전히 풀린 순간, 그녀의 몸은 남자의 품으로 떨어졌다.

"조금만 더 견뎌요. 다 됐답니다."

남자의 목소리가 들리자, 이린이 희미하게 눈을 떴다. 남자의 서늘한 눈동자와 마주쳤다. 그의 눈빛이 반짝이고, 이린의 입가가 저도 모르게 뒤틀렸다. 안간힘을 써서 웃으려 했지만, 그럴 힘이 없었다. 그때 또다시 덜컹, 소리가 났다. 바닥이 지진이 난 것처럼 좌우로 흔들렸다.

"꺄아!"

비명을 지른 이린이 저도 모르게 그의 목을 와락 껴안았다. 덜덜 떠는 그녀를 꽉 안은 남자가 그녀의 등을 다정하게 쓸어내렸다. 괜찮다고 속삭였다. 순간, 정신이 아득해졌던 이린은 이제 완전히 남자의 품에 안겼다.

"다 됐어요. 엘리베이터 움직이고 있어요."

헉헉 거친 숨을 내쉬는 이린의 귓가에 남자가 속삭였다.

그의 말대로였다. 어느새 엘리베이터가 움직이기 시작했다. 빨간 숫자도 바뀌고 있다. 그것을 확인한 순간, 이린은 자신도 모르게 온몸의 힘이 풀렸다. 삽시간에 모든 힘이 빠져나갔다.

2

엄마…… 엄마…….

밤새 울다 보니 엄마를 부를 힘도 없었다. 그저 마지막에는 모든 것을 포기한 채 기다리는 것뿐이었지만, 그렇다고 공포가 가신 것은 아니었다. 바람이 불어 조금의 흔들림이라도 느껴지면, 그녀는 두 손으로 머리를 감싼 채 몸을 웅크렸다. 왁, 울음이 터졌다.

"엄마…… 언제…… 와……."

이린의 입술이 달싹거렸다. 한 팔을 들어 가린 눈에서 주룩 눈물이 흘렀다.

이건 현실이 아니야. 제발 더 이상 울지 마. 너, 다 컸잖아. 아무것도 모르는 어린애 아니잖아.

알고 있다. 꿈을 꾸는 것임을. 그럼에도 두려움은 어쩔 수 없다. 그래서 깨어나고 싶지만, 스스로는 깰 수 없었다.

"괜찮아요. 이제."

누군가 속삭이는 소리가 들렸다. 이린은 어딘가에서 들어본 목소리라고 생각했다.

"곁에 있을게. 울지 마요."

그 말에 자신도 모르게 이린은 안도했다. 누구인지도 모르면서. 실제로 고개도 끄덕였을 거라고, 그녀는 생각했다.

눈을 뜬 이린이 처음 본 것은 밋밋한 연속무늬의 천장 벽지와 그녀의 몸을 기분 좋게 휘감은 침구였다. 하얗다 못해 푸르스름한 빛이 도는 이불은 마치 구름 위를 맨몸으로 구르는 듯 부드럽고 포근했다. 온몸에 나른한 충만함이 가득 돌았다.

하아. 조금만 더 자고 싶다.

이린이 다시 눈을 감고 돌아누우며 약한 한숨을 내쉬었다. 이렇게 편한 기분이 되어본 것도 오랜만이었다. 올해 초 이사의 직함을 단 이후로는 주말에도 줄곧 일을 해왔다. 사실 강박에 시달릴 만큼 일을 했다는 것이 맞다. 그러기에 제대로 잠을 자본 기억이 없을 정도다.

안 될 거야. 오늘도 컨퍼런스랑 일정이 몇 개 있어. 젠장. 공항도 갔다 오라잖아. 호텔에 도움 되는 일이니 하긴 하는데…… 정말 내키지 않아. 사람 비위 맞추기가 제일 힘들어. 하…… 컨퍼런스 시간이 언제더라…… 공항은 몇 시까지 가면 되지. 어…… 컨퍼런스……?

순간, 이린이 번쩍 눈을 떴다. 누워 있던 침대에서 벌떡 몸을 일으켰다. 믿기지 않는 눈빛으로 사방을 둘러봤다.

"아."

이린이 약한 신음을 내뱉었다. 머릿속에서는 망치라도 맞은 듯 딩딩거리는 소리가 났다. 멍한 느낌에 한 손으로 관자놀이를 꾹 눌렀다.

"이게 뭔 일이야."

자신이 쓰던 룸이 아니지 않나. 모던했던 자신의 객실과 달리 이곳은 고풍스런 중국풍 가구가 너른 공간에 보기 좋게 배치되어 있다. 찡그린 시야로는 열린 문틈으로 언뜻 응접실의 모습이 보였다. 붉은 꽃이 가득 담긴 중국풍 화병이 보기 좋게 테이블 중심을 장식하고 있다.

젠장. 빌어먹을. 여긴 어디야. 내가 왜 여기 누워 있어!

이린이 짧은 앞머리를 쓸어 올렸다. 그러다 문득 두 눈이 커졌다. 엘리베이터가 멈췄던 기억이 떠오른 탓이다.

오 마이 갓! 빌어먹을 엘리베이터.

백 년 넘은 고풍스런 호텔 좋아한다. 하필 오늘 그 시간에 딱 멈출 건 또 무언가. 불과 방금 전이라고 여긴 이린의 기억들이 하나

둘 떠올랐다.

토하고…… 기절했어!

이린의 얼굴이 일그러지고, 동시에 한 남자의 얼굴이 떠올랐다.

헉, 그 남자!

엘리베이터에서 만났던 그 남자의 품에서 기절한 기억까지 떠오르자, 이린은 더 이상 생각을 하지 못했다. 뇌가 멈춘 거다. 제정신으로는 더 이상 상상하기도 힘들었다.

도대체…… 무슨 일이 벌어진 거야!

이린은 두 손으로 얼굴을 감싸고 벅벅 얼굴을 문질렀다.

그래, 한이린. 그 상황에서 기절 정도 해주는 것도 예의지. 사람이란 증거야. 인간인 이상 몸 안 좋으면 그럴 수도 있어. 그런 거 갖고 너무 쫄지 마. 일부러 그런 것도 아니잖아.

애써 치부했지만, 이린의 표정은 밝아지지 않았다. 자신의 약한 곳을 타인에게 드러낸 기분은 좋지 않았다. 살아오며 타인에게 이런 추태를 부려본 기억이 없었다. 그것도 생판 처음 본 남자 앞에서.

그럼 여긴……?

이린의 시선이 다시 한 번 룸 전체를 훑었다. 이 정도면 호텔의 몇 개 안 된다는 특실일 텐데, 묵고 있는 사람을 유추할 만한 단서가 전혀 보이지 않았다.

혹시 그 남자 룸?

생각이 미치니 낭패스럽다. 이린의 미간이 일그러졌다.

"하!"

그 남자, 참 친절이 과하다. 아니면 오지랖이 과하던지. 호텔에 책임을 맡겨도 됐을 텐데. 오해받기 딱 쉽겠다는 생각에 이린은 피식 소리 없이 웃었다.

상황이야 어찌 되었든 이린은 가능하면 그 남자와 얼굴을 마주치지 않고 자신의 방으로 돌아가고 싶었다. 그의 배려에 대한 고마움은 나중 생각할 문제였다. 지금 당장은 아무도 모르게 일을 수습해야 했다. 그렇게 생각을 정리한 이린이 침대에서 빠져나오려고 몸을 움직였을 때였다.

"어디 갑니까?"

남자는 소리도 없이, 불쑥 나타났다. 이린의 심장이 쿵 소리가 들릴 듯 내려앉았다. 얼떨결에 시선을 번쩍 들었는데, 남자의 시선과 마주쳤다. 이린의 눈빛이 움찔거렸다.

"어……."

말이 나오지 않는다. 누군가에게 한 번도 굽힌 적 없을 듯한 차갑고 냉정한 눈동자. 이런 눈빛, 충분히 익숙하다. 그리고 경멸하여 진저리를 쳤다. 그런데 마음이 이상하다. 이 남자는 어딘지 다르다고 믿고 싶다.

온기, 오히려 더 다가가고 싶게 만드는 그런…….

문득 떠오른 단어에 이린은 피식 웃었다.

말도 안 돼.

그녀는 상대를 똑바로 마주 보았다. 어느 순간에도 밀리고 싶지 않다.

"제 룸에요."

담담한 척하며 대답한 이린을 남자는 한참 동안 묵묵히 바라보았다.

"아무 말도 없이?"

상대 모르게 움찔한 이린이 태연하게 대답했다.

"고맙다는 인사는 하고 가려 했어요."

남자가 한쪽 입술을 끌어 올려 피식 웃었다. 이린의 눈매가 순간 가늘어졌다.

다르다. 엘리베이터 안에서의 그는 따뜻하고 배려 깊었다. 적어도 그렇게 느껴졌는데, 지금은 영 딴판이었다. 아니, 어쩌면 처음 엘리베이터에서 맞닥뜨렸던 첫 느낌 그대로일 수도 있다. 얼음처럼 차갑고 반듯한 이미지. 그는 말과 행동이 군더더기 없이 절제된 느낌이었다. 그때야 상황이 그랬으니, 위로라도 하려던 거겠지. 이린은 생각했다.

"제가 기절했나요?"

남자가 대답 대신 단답형으로 고개를 끄덕였다. 이린이 작은 한숨을 내쉬었다.

"누가 절 여기로 데려왔죠?"

"내가. 기절한 여자 룸은 어딘지 모르니까."

이린이 눈썹을 치켜 올리며 그를 바라보았다. 그의 말대로일 뿐, 다른 마음은 없어 보여 다행이다. 게다가 그가 이렇게 이유까지 먼저 얘기해 주니 이린은 더 이상 할 말이 없었다.

"그랬군요. 호텔에 맡겼어도 될 텐데. 어쨌든 고마워요."

"이제 정말 괜찮나?"

조금 더 다가왔던 남자가 이제는 얼굴을 불쑥 들이밀고 그녀의 코앞에서 물었다. 이린의 몸이 움찔 뒤로 물러나자, 남자가 재밌다는 듯 빙긋 웃었다. 갑자기 퍼진 웃음이 매력적이었다. 잔잔한 호수에 돌이라도 던져진 것처럼 이린의 심장이 울렁거렸다.

"네. 정말 괜찮아요. 멀미한 후라 더 그랬던 것 같아요."

흠. 짧은 목울림 소리를 내던 남자가 알았다는 듯 고개를 끄덕였다.

"의사도 괜찮을 거라 하긴 했지."

"의사도 왔다 갔어요?"

그가 다시 고개를 끄덕였다. 군더더기 없이 명료했다.

"통성명도 합시다. 나는 정서하라고 합니다. 그쪽은?"

남자가 내민 손을 이린이 물끄러미 바라보았다. 잡아야 하나, 잠시 고민하다가 아무렇지 않게 그의 손을 맞잡았다. 전형적인 남자의 손. 강하고 단단한 느낌. 그리고 서늘한 듯하면서도 따스한 느낌의 손은 묘한 느낌을 전한다.

"한이린."

"이린…… 예쁜 이름이군."

"이름만 예쁘다는 소리로 들려요."

"그런 뜻은 아니었어."

이린이 희미하게 이마를 찡그렸다. 그제껏 그와 잡고 있던 손을 빼냈다. 조금은 심장 쪽이 살랑대는 것을 보니, 아직 기절했던 시간의 여파가 남았나 보다. 이린은 그렇게 치부했다.

"그런데 정서하 씨, 국적이 미국이라 하지 않았어요?"

"맞아. 기억하는군. 한국 이름이야."

이린이 빤히 그를 바라봤다. 미심쩍다는 듯 눈매가 가늘어졌다.

"또 궁금한 거 있나?"

"왜 반말해요? 은근슬쩍 말 깐 거 알아요?"

"물론. 딱 봐도 나보다 어릴 테니까."

주저 없이 서하의 대답이 돌아왔다. 반박하고픈 기분이 목구멍까지 치밀었지만, 이린은 이내 고개를 저었다.

길게 볼 사람도 아닌데.

"다 물어봤으면, 이젠 내가 물어볼 차례군."

침대에 걸터앉았던 서하가 일어섰다. 그녀를 내려다보는 서하의 느낌은 압도당할 만큼 위압적이었다. 오빠인 이건의 느낌을 능가한다.

이런 느낌 쉽지 않은데.

치가 떨리도록 보아온 모습이라 이제는 주눅도 들지 않았다. 그녀 또한 턱을 쳐들고 오만한 표정으로 서하를 올려다봤다. 밀리고 싶지 않다는 뜻이다.

"아크로포비아(Acrophobia, 고소공포증)인가? 아니면, 클로스트룸포비아(Claustrumphobia, 폐소공포증)?"

이린의 눈썹이 희미하게 움찔거렸다. 눈빛이 흐릿해졌다. 훅. 그녀는 숨을 내쉬고, 앞머리를 쓸어 올렸다. 이미 자신의 모습을 적나라하게 보았을 상대에게 숨기고 싶은 생각은 없다.

"아마, 둘 다."

"병력이 있었나?"

이린의 눈빛이 가뭇해졌다가 급속도로 제 색깔을 찾았다.

"마음의 문제예요. 태어날 때부터 높은 곳이나 좁은 공간을 무서워했어요. 하지만 사춘기 지나오며 잘 극복했다고 믿었어요. 비행기도 잘 타고 다니니까요."

적어도 오늘 이전까지는.

이린이 작은 한숨을 내쉬었다. 한국으로 돌아가면 해야 할 일이 또 하나 늘었다. 앞으로 살아갈 날을 위해서라도 주치의를 꼬박꼬박 만나야 한다. 한동안 안 만나 좋았었는데.

"궁금증 풀었으면 이제 내 방으로 가도 되나요?"

"물론."

"아. 지금 몇 시인가요?"

"저녁 5시."

이린의 고개가 획 돌아갔다. 두 눈이 커진 채 그를 바라봤다. 그리고 설마…… 하는 그녀의 표정에 서하는 확고히도 찬물을 뿌렸다. 자신이 찬 은빛 손목시계를 보여준 것이다.

젠장. 낭패다.

이미 컨퍼런스는 끝이 났을 터였다. 이린은 일그러진 표정을 감출 수가 없었다.

어떻게 아무것도 모르고 잠을 잘 수 있어!

침대에서 일어서는 이린의 다리가 후들후들 떨렸다.

"약속이 있었나?"

"두 시에 52층에서 컨퍼런스가 있었어요. 끝난 지 한참 됐겠군요."

이린이 흠, 한숨을 내뱉었다. 이제 거의 포기 상태이다. 그런 이린을 바라보던 서하가 어깨를 으쓱했다.

"이후 저녁 스케줄은?"

"없는데……."

대답하던 이린이 의심에 찬 눈빛으로 서하를 바라봤다. 그의 입술 끝에 희미한 웃음이 서리다 금세 사라졌다. 다시 한 번 재촉하는 듯 고개가 살짝 기울었다.

"혹시 나한테 작업 걸어요?"

이내 서하의 입가에 웃음이 서렸다. 이린의 질문이 재밌다는 빛이 역력했다. 이번에는 웃음이 쉽게 지워지지 않았다.

"그렇게 단도직입적으로 물어보면 내 얼굴이 화끈거려."

서하의 대답이 능청스럽다. 이린이 한쪽 입술 끝을 올려 웃었다.

"별로 그래 보이지 않는걸요."

"걸면 넘어올 건가?"

그 순간이다. 이린의 심장이 두근 울렸다. 별 기대도 안 한 상대의 대답이 그녀를 긴장하게 했다. 자신도 모르게 꿀꺽 마른침을 삼켰다.

"그, 그런 걸 누가 대답……."

"휴가차 오긴 했지만, 라운딩 한 번 도니 이 도시는 더 이상 재미가 없더군. 덥기만 하고. 더 있어야 하나, 까오슝[高雄]으로 갈까 생각만 하던 중이야."

서하의 말을 듣던 이린이 홍 고개를 돌렸다. 작업 걸까, 라고 물어보는 남자라니.

"심심풀이 땅콩도 아니고. 함께 놀아줄 시간이 없어 미안하군요. 전 비즈니스 출장이라."

이린이 딱딱하게 거절하고 돌아섰다. 아니, 돌아서려 했다. 하지만 그녀의 팔이 억센 힘에 잡혀 움직이지 못했다. 가슴이 바짝 붙을 만큼 가까이 다가온 서하의 턱밑에서 빤히 그를 올려다봤다. 두근두근 뛰는 심장이 들킬까 봐, 온몸에 한껏 힘을 줬다.

"신사적으로 이 손 놓죠?"

"한 시간 뒤 45층 로비. 복장은 운동화가 어울릴 차림. Ok?"

서하의 눈동자가 짓궂게 반짝였다. 그의 손을 뿌리친 이린이 짐짓 얼굴을 찡그리며 화를 냈다.

"난 몸이 안 좋아서 쉬어야 해요. 의사가 쉬라는 말은 안 했나요? 오늘 고마웠어요, 정서하 씨."

이린이 룸 안을 둘러보았다. 다행히 그녀의 가방과 재킷은 눈에 띄게 놓여 있어서 그녀는 서둘러 가방과 재킷을 챙겼다. 이곳에 어떻게 들어왔는지는 기억이 안 나지만, 나갈 때만큼은 도도하고도 씩씩한 발걸음으로 문을 열고 나갔다. 그 뒤로 팔짱을 낀 채 서하가 한 손으로 얼굴을 쓸어내렸다.

훗.

저도 모르게 웃음이 터졌다. 안쓰럽고, 그러면서도 사랑스러운 여자이다. 이렇게 심장 쪽이 간질간질하고 재밌다는 느낌도 처음이다. 아마 엘리베이터에서 처음 봤을 때, 아니, 그 이전부터였을 것이다. 무조건 시선이 갔었으니까. 서하의 얼굴 위로 안개처럼 웃음이 번졌다.

그때 주머니 안에서 휴대전화가 울렸다. 꺼내 확인하니 친구인 마이클이다. 몇 년 만의 휴가였던 그를 이곳까지 오게 한 장본인이었다. 오늘 새벽 일찍 골프 라운딩을 함께한 그와 점심을 먹고 헤어져 호텔로 돌아오던 차였다.

[어.]

—[무슨 일 있어? 저녁 전에 전화한다 하고, 왜 안 해?]

[미안하다. 일이 좀 생겨서. 안 그래도 전화하려 했어.]

거실 쪽으로 나간 서하가 창 아래로 펼쳐진 타이베이 시내를 무심한 시선으로 내려다봤다. 오후 시간이 꽤 늦었는데도 서쪽 하늘 낮게 걸린 태양은 뜨거워 보였다. 도시 전체가 이글거리는 용광로처럼 느껴졌다.

—[혹시 저녁식사에 늦겠다던가, 아니면 불참하겠다던가 하는 소리라면 꺼내지도 마. 난 레이첼이 점점 더 무서워진다.]

서하가 마이클의 여동생인 레이첼을 떠올리며 피식 웃었다. 그 또한 귀여워하는 동생이었지만, 그녀의 구애에 답해주지 못하는 것도 자신이다. 애정에도 막무가내인 것은 곤란하지 않나.

—[지금도 너 어디 있냐고, 왜 집으로 오지 않냐고 틈만 나면 못 살게 군다.]

[내가 너희 집으로 가지 못한 이유를 레이첼한테 직접 알려주지 그래?]

서하는 웃고 있지만 수화기 저쪽 마이클은 기가 막힌다는 표정으로 이마라도 짚고 있을 터였다.

—[한 식구는 못 된다 해도 너와 나 원수는 되지 말자.]

서하가 희미하게 웃었다. 그 웃음의 끝에서 그가 입을 열었다. 웃음을 지운 얼굴은 감정이라고는 단 한 점도 없어 보인다. 방금 웃었다는 것이 허상이라도 된 것처럼.

　[어쨌든 내 결론은 오늘 저녁 참석 불가.]

　―[무슨 일 있는 거냐, 레오?]

　무슨 일? 서하가 방금 객실을 나간 이린을 떠올렸다. 마이클의 어조는 심각해졌지만, 서하는 자신도 모르게 표정이 밝아졌다. 입가에 희미한 미소가 서렸다.

　[아니. 아무 일도.]

　―[아휴, 심장 떨린다.]

　[아버지 소식 왔을까 봐?]

　―[그래. 혹시라도 아버님 악화되셨다면, 바로 들어가야 하잖아. 이게 너한테 얼마 만의 휴식이냐. 놀랐다, 짜식아.]

　서하가 소리 없이 웃었다. 친구의 마음이 깊게 느껴진다.

　[이제 당장 위험한 일은 없어.]

　―[그래. 자세한 얘기는 내일 라운딩서 해.]

　전화를 끊은 서하의 눈빛이 깊어졌다. 당장 나이 드신 아버지보다 다른 여자의 모습이 눈앞에 어른거렸다.

　한. 이. 린.

　"한이린……."

　사실 이름보다 그녀 자체가 더 예쁘다는 얘기를 해주고 싶었다. 새록새록 변하던 그녀의 표정을 떠올리면 히죽히죽 웃고 싶어졌다. 미친놈이 따로 없을 만큼. 마이클에게 말하지 않았지만, 일이라면 굉장한 일이 벌어지고 있다. 그것도 온 신경이 다 쏠리고, 심장이 두근거리는 엄청난 일이.

❖

샤워를 하고 나왔을 때만 해도 생각은 단 하나였다.

"이대로 침대로 직행해서 내일 아침까지 죽은 듯이 잘 거야. 너무, 너무, 너무 피곤해서 오늘 그런 일이 있던 거야!"

이린은 그렇게 생각했으니 미안하지만 엄마 전화도 받지 않고, 회사에서 연락이 와도 받지 않겠다고 결심했었다. 돌아가는 비행기 스케줄을 다음날로 미뤘던 게 지금 생각해 보니 얼마나 다행인지.

진짜, 진짜 쉴 거야!

그런데 문제는 본능으로부터 기인했다. 샤워를 하고 노곤노곤해진 몸에 이제는 와락 배고픔이 밀려들었다. 그것이 발단이었다.

"그럼 그렇지. 니가 안 그럼 내 배가 아니지."

이린이 목욕 가운으로 가려진 자신의 배를 내려다보며 중얼거렸다. 원체 삼시 세끼 안 챙기면 생체리듬에 변화가 생기는 체질이니, 허기진 오늘은 더욱 공포증들이 기승을 부렸을 것이다.

"어머! 나 진짜 오늘 먹은 거 없잖아."

생각해 보니 아침에 커피와 토스트 한쪽 입에 넣은 것 외에는 뭔가 집어넣어 주질 않았다. 시간이 있었어야 말이지. 당장 냉장고라도 열어볼까 하다 이린은 포기했다. 그런 건 입맛만 버릴 뿐이다.

룸서비스 시켜? 오기 전에 그냥 자버릴 거 같아. 호텔 식당이라도 가? 혼자?

물론 혼자 먹지 못할 만큼 어리지는 않다. 그래도 이것 또한 기분의 문제.

이린이 잠시 갈등했다. 어쩌면 이대로 자는 게 현명하겠지만, 뱃속 아우성도 무시할 형편은 아니었다. 젖은 머리칼을 드라이어로 대충 말리는데 허기가 더욱 기승을 부렸다. 몸도 깨끗해지고 기분도 뽀송뽀송해진 탓이었다.

그래, 먹자. 다 먹고살자고 하는 일이야.

갈등을 정리한 이린이 목욕 가운을 입은 채로 전신거울이 달려 있는 옷장을 열었다. 짐을 챙겨왔던 여행가방 안에서 그녀의 손길이 자동적으로 여벌로 갖고 온 흰색 반바지와 발랄한 색상의 티셔츠 한 장을 꺼냈다.

"나갈 거라고. 하지만 그 남자 때문이 아니야. 나도 먹고살아야 할 거 아냐."

챙긴 옷가지를 들고 이린이 돌아서려 할 때였다. 문득 드레스룸에 대충 던져 놓았던 가방 사이로 남색 천 조각이 비쭉 보였다. 손 뻗어 빼보니 엘리베이터에서 그 남자, 정서하가 주었던 그의 손수건이었다. 꼭 쥐고 있던 것을 가방에 어떻게 넣었나 본데, 미처 돌려줄 틈이 없었다.

"아이참. 이건 또 왜 여기 있는 거니."

이린이 손에 쥔 손수건을 노려보았다. 안 되겠다는 듯 후, 한숨을 내쉬었다.

"이게 말이야. 내가 지금 나가는 건 별 의미가 없어. 그 남자 말때문이 아니야. 돌려줘야 하잖아. 잊기 전에. 이것 봐. 명품이네. 딱 봐도 비싸. 누가 선물이라도 했던 거면 어떡해."

이린이 손수건을 펴서 구석구석 살피며 누군가에게 말하는 것처럼 중얼거렸다.

"아무런 다른 뜻 없어. 진짜 없어. 정말이야."

있을 수도 없다. 남자 따위. 흥!

이린이 짧은 앞머리를 쓸어 올리며 전화기 쪽으로 다가갔다. 수화기를 든 그녀는 하우스키핑(Housekeeping)이라 써진 버튼을 눌렀다.

그로부터 정확히 30분 후였다. 서하가 말한 시간으로부터는 이미 20분 가까이 흘렀다. 객실 문을 열고 나오던 이린이 저도 모르게 우뚝 섰다. 흡, 숨을 들이켰던 순간이 지나고, 커졌던 눈매가 의구심이 들어 가늘어졌다.

"여기서 뭐 하죠?"

정확히 그녀의 방문 맞은편 벽에 서하는 팔짱을 낀 채 기대어 서 있었다. 흰색 폴로셔츠가 살짝 그은 듯한 그의 얼굴색과 잘 어울렸다. 넓게 뻗은 어깨와 탄탄해 보이는 가슴에 저절로 시선이 갔다. 서하를 올려다보던 이린이 당황하여 물었다.

"보는 대로. 기다려."

낮고 담담한 목소리. 서하의 입매가 비틀린 호선을 그렸다. 그 모습이 묘하게 섹시해서 이린은 저도 모르게 또다시 급한 숨을 삼켰다. 심장이 두근 울렸다. 이것도 피로가 안 풀려 그런 거라고, 이린은 생각했다.

"로비에서 만나자고 하지 않았어요?"

"튕길 줄 알았지."

서하가 빙긋 웃었다. 몸을 세우고 그녀의 코앞까지 한걸음에 다가왔다. 청량한 체취가 이린의 코끝으로 상쾌하게 스몄다. 놀란 이린이 한 걸음 물러서자, 그는 성큼 한 걸음 더 다가왔다.

"그래서 지키고 있었어. 내 걱정이 지나쳤군."

서하의 입술 끝에 웃음이 서렸다. 그의 말에 자신이 휘둘릴 것 같다는 예감으로 이린은 턱을 오만하게 들었다. 서하의 눈앞에 무언가를 턱 내밀었다.

"그쪽 손수건이에요. 고맙게 잘 썼어요."

하우스키핑에서 빌려온 다리미로 그녀가 직접 다렸다는 말은 뺐다. 각을 딱 잡고 빳빳하게 다리기 위해 무척 애썼다는 말도.

"이거 전해주려고 나왔을 뿐이에요."

"정말 그것뿐인가?"

손수건을 받아 든 서하가 물었다. 이린이 고집스럽게 고개를 끄덕였다. 여전히 웃고 있던 그가 그녀가 건넨 손수건을 코끝에 댔다.

"당신 향기가 나. 그새 향이 옮았다."

이린의 심장이 철렁 내려앉았다.

하!

이린은 자신의 감정을 무시한 대신 이마를 찡그리고 그를 노려봤다.

"그런 말이 너무 익숙해 보여. 선수, 맞군요. 그런데 어쩌죠? 욕실 비누 냄새일 텐데."

순간 서하의 커다란 웃음소리가 복도에 가득 울렸다. 별말도 아닌데 웃고 있다는 듯 이린의 눈초리가 새치름해졌다. 그의 웃음이 기분 나쁘지는 않았지만.

"목적이야 어쨌든 날 보러 나온 건 맞네."

서하의 웃음이 걷혔다. 이린의 얼굴을 흘끔 본 심장이 서서히 뜨거워졌다.

참 묘한 여자이다. 완전히 감싼 것도, 완전히 드러낸 것도 아닌 평범한 옷차림. 하지만 본능적인 충동을 일으켰다. 어이없게도. 가늘고 하얀 목덜미에 입술이라도 대보고 싶은 충동을 서하는 꾹 눌렀다. 단 한 번도 자신이 이성에 탐닉한다는 생각을 해본 적이 없건만, 이 여자는 은근히 그를 도발시켰다. 만지고 싶어 손끝이 움찔거렸다. 여자를 만난 기억이 이제 희미한 탓인가.

"가자."

서하가 이린의 손목을 덥석 잡았다. 놀란 이린이 주춤거렸다.

"왜, 왜 이래요?"

당황한 이린이 말을 더듬었다. 서하가 왜 그러냐는 듯 눈빛으로 물었다.

"이 손, 좀 놓죠."

이린이 자신의 손을 잡은 서하의 손을 찌릿 노려보았다.

"놓아야 할 이유가 있나?"

"그럼 잡아야 할 이유는요? 은근슬쩍 왜 잡아요? 내가 그렇게 쉬운 줄 알아요?"

입술을 악문 이린의 시선과 마주친 서하가 빙글 웃었다.

"안 쉬워. 너무너무 어려워서 식은땀이 날 정도야. 그럼에도 이미 건너뛸 건 다 건너뛴 것 같은데? 손 잡기 같은 기본까지 내외하긴 무리라고."

미간이 일그러진 이린이 그를 노려보았다. 차갑고 냉랭하게 톡 쏘았다.

"우리가 언제 보고, 무얼 했다고 그러시죠? 오해하기 딱 좋군요."

"생사의 고비를 함께 넘겼지. 잊었나? 이린 씨 말대로 엘리베이터가 떨어졌다면, 우린 제삿날이 같았을 거야. 몇 월 며칠 여기 잠들다. 묘비명도 같았겠군."

서하가 너무도 심각하게 대답했다. 그의 손가락이 허공에서 바닥으로 뚝 떨어지는 모양을 흉내 내자, 이린의 입술이 저도 모르게 살짝 벌어졌다. 이내 그의 눈이 재밌다는 듯 반짝였다.

"이젠 가지."

그가 힘 있게 손을 잡아끌었다. 이린은 얼떨떨한 표정으로 거의 끌리다시피 걸어야 했다.

그렇게 엘리베이터 앞까지 걸어왔다. 그러나 결국 그 앞에서 이린이 우뚝 멈췄다. 서하가 바라보는 것을 알면서도 뭐라 입을 열지 못했다.

괜찮아. 전망 엘리베이터도 아닌데…….

이린은 주춤거리기만 했다. 아무리 심호흡을 해도 지금 이 순간만은 왠지 두렵다. 지금껏 이런 적이 없었는데……. 마음은 초조해도 발이 떨어지지 않아 몇 번이나 엘리베이터를 보내고 말았다. 그녀를 바라보던 서하가 굳은 얼굴로 흠, 목울림 소리를 냈다.

"객실을 옮기든지 해야겠군."

"미안해요. 나, 지금은 못 내려가겠어요."

돌아서려는 이린의 손을 서하가 꽉 잡았다. 뿌리쳐도 이번에는 놓아줄 것 같지 않았다. 그대로 그는 객실이 죽 이어진 복도를 따라 걷더니 비상등이 켜진 문을 열었다.

"내려가는 게 저것만 있는 건 아니잖아?"

이린의 입이 떡 벌어졌다. 두 눈이 커다래져 그를 바라보았다.

"걸어가게요? 여긴 45층이에요."

"객실을 바꾸더라도 어쨌든 한 번은 내려가야 해. 체력에 자신
없나?"

체력보다는 당장 기운이 없다.

"슈퍼카도 연료를 넣어야 간다고요."

이린이 혼잣말로 중얼거렸다. 서하가 듣는 것을 원치는 않았지
만, 그에게 안 들릴 수는 없다. 그가 빙긋 웃었다.

"내려가서 넣어줄게."

"하아. 구루마가엥꼬시따(車(くるま)が えんこした)."

"구루마? 엥꼬?"

서하의 이마에 슬쩍 주름이 갔다.

"네. 구루마 엥꼬 났어요. 자동차가 이미 철퍼덕 퍼졌다니까
요."

바라보던 서하가 하하 웃었다.

"업어줄까?"

"어머. 얼마나 봤다고. 점점 더 음흉해."

이린이 찌릿 눈을 흘겼다. 웃음을 지우지 못한 서하가 잡고 있
던 이린의 손을 끌었다. 문을 나가 비교적 널찍한 비상계단을 한

계단씩 걸어 내려가기 시작했다.

❖

중국인들이 모이는 곳은 떠들썩한 그들만의 유쾌함이 있다. 그것이 대만이라고 다를 것은 없어서 이린이 저녁식사 메뉴로 제안한 샤브샤브인 휘궈[火鍋]집도 저녁 시간을 맞아 흥청거렸다. 회식이라도 온 팀인지, 여러 테이블에 앉아 하도 떠드는 통에 한동안 귓속이 멍멍할 정도였다.

그들은 식당의 널찍한 테이블에 마주 앉았다. 맥주잔을 손에 들었던 서하가 이린의 잔이 빈 것을 보고 채우기 시작했다. 이제 적당히 배도 찼을 것이다. 45층을 어찌 내려왔지. 다시 기절할 것 같다고 투덜거리던 이린은 당장 뱃속에 고기부터 넣어줘야 한다고 했다. 그래서 택시를 탄 후, 호텔에서 가장 가깝고 유명하다는 휘궈집으로 무작정 들어오고 말았다. 사람이 많고, 무엇보다 시끄러운 것이 단점. 하지만 맛은 나쁘지 않았다.

"이제 살 만한가?"

서하가 따른 맥주를 꿀꺽 들이켠 이린이 그를 바라봤다. 눈앞에 그들이 방금 해치운 고기와 해물 접시가 쌓여 있다. 그녀는 흘끔 보고는 놀랍다는 뜻으로 배시시 웃었다.

"제가 좀 많이 먹죠?"

이린이 쑥스러워하는 척도 하지 않고 당당히 말했다. 바라보던 서하의 입술이 길게 늘여졌다.

"원래 잘 먹어?"

"원래? 태어나 처음부터 잘 먹었죠. 가리는 것 없어요. 비주얼이 극혐인 것 빼고 다 잘 먹어요."

"그리고 많이?"

"아⋯⋯."

이린이 말을 끌었다. 생각해 보니 이 대목은 쑥스럽다.

"조금 부끄럽군요. 많이 먹기도 하죠."

서하의 입술이 말려 올라갔다. 크게 웃고 싶었지만 주변을 의식해 참고 있는 것이 눈에 보였다.

"비웃어요?"

"설마. 내가 아는 여자들은 잘 안 먹어서 그쪽이 신기해 보였어."

"내가 원숭이도 아닌데, 신기할 정도까지. 여자들이 조금 먹는다는 편견은 버려요. 난 식당에서 남자 직원한테만 공깃밥 더 줄까, 하는 사장님들이 제일 밉다니까."

이린이 아니꼽다는 듯 입술을 삐죽거렸다.

"다이어트 같은 건 안 하나? 다들 그거 한다고 열심이잖아."

"왜요? 나도 해요."

"할 거 없어 보여."

"몰라서 그렇지 보이지 않는 곳에 살이 다 붙어 있어요."

서하가 쿡 웃었다. 보이지 않는 곳이 어딘지 보여달라 했다가는 변태 소리 듣고 버림받겠지.

"다 먹었으면 일어날까?"

혼자 생각으로 얼굴이 벌게진 서하가 일어섰다. 그리고 성큼 걸음으로 나가 계산을 마친 그가 가게를 나갔다. 이린 또한 종종걸음으로 뒤따라가다가 서하가 택시를 잡으려 하자 그의 팔을 잡았다. 서하가 왜 그러냐는 눈빛으로 돌아보았다.

"호텔은 건너서 타야 해요."

"여기가 맞아."

이린의 눈이 크게 뜨였다. 그러다 의심으로 눈매가 가늘어졌다.

"우린 밥도 다 먹었잖아요. 호텔로 돌아가는 거 아닌가요? 지금 너무 더운데."

찜질방 버금가는 온도와 습도를 자랑하는 타이베이의 저녁이다. 불과 얼마 전 갈아입은 옷이 땀으로 다시 젖고 있다. 하지만 그녀의 항의에도 불구하고 서하는 대답하지 않았다.

타이베이에서 가장 유명하다는 야시장까지는 택시로 얼마 걸리지 않았다. 전등이 몇 개씩 켜진 상점들은 대낮처럼 밝았고, 현지인인 대만인들과 외국 관광객이 엉킨 거리는 부산해 보였다. 그들 특유의 향신료 냄새가 묘하게 코를 찌르기도 하고, 어느 골목을 지나면 달콤한 열대과일 향기가 기분을 좋게 했다.

"야시장 가고 싶다고 처음부터 말을 하지. 나도 여긴 오고 싶었는데, 잘됐어요. 밥 얻어먹었으니까, 차는 내가 살게요."

야시장 입구에 다다라 택시에서 내린 이린이 서하의 옆구리를 쿡 찔렀다. 언제 이렇게 가까워졌는지는 몰라도, 어느새 이린도 그 행동이 자연스러워졌다. 어쩌면 자신을 아는 이가 없는 곳에서 느끼는 여유일지도 모른다.

"서하 씨."

이린이 야시장 입구의 근처, 푸르스름한 빛으로 빛나는 간판이 달린 건물 하나를 가리켰다.

"여기 유명하대요. 친구가 꼭 가보라고 했는데, 혼자 찾아올 여유는 없더라."

"여긴 이름이 뭔데? 글자가 상당히 어렵군."

"청등다관(靑藤茶館)."

간판을 뚫어지게 보던 서하가 미간을 찌푸렸다. 바라보던 이린이 웃으며 가게 이름을 알려줬다.

"등나무 알아요? 청등이 등나무래요. 초등학교 운동장가에는 꼭 심겨 있었는데."

2층으로 오르는 계단을 올라가며 이린이 종알거렸다. 그녀가 말하는 기억이 없는 서하는 어깨를 으쓱했을 뿐이었다. 이윽고 유리문이 열리고, 원목으로 꾸며져 어둑하지만 고풍스런 느낌의 실내가 드러났다. 금을 뜯는 음악 소리가 낮게 깔리고, 졸졸 흐르는 물소리도 가늘게 들렸다. 몇 명이냐고 물어보는 전통 복장의 종업원을 향해 이린이 방긋 웃으며 손가락 두 개를 펴 보였다.

"투(two). 량거런[两个人]."

"Okay."

종업원이 일행이 둘이라는 이린의 말을 알아듣고, 그들을 안쪽으로 안내했다. 맨 앞쪽에는 둥근 형태의 작은 무대가 마련되어 있었고, 그 앞으로 원목 테이블들이 놓여 있다.

"중국어 할 줄 알아?"

무대를 마주하고, 나란히 의자에 앉은 서하가 물었다. 이린이 쿡쿡대며 고개를 저었다.

"이얼싼쓰? 넷까지 셀 줄 알아요. 뭐가 걱정이에요. 눈치도 있고, 보디랭귀지도 있는데."

이내 종업원이 메뉴판을 들고 다가왔다. 가죽 커버로 만들어진 두꺼운 메뉴판 안에는 한자와 영어가 병기된 차의 종류들이 나열되어 있다. 종류가 많다 보니 끝이 없어 보였다.

"마시고 싶은 차 있어요?"

메뉴판을 들여다보던 서하가 고개를 저었다.

"다 필요 없고. 대만하면 우롱차 아닌가? 티비 보니 우롱차 선전만 하던데."

"우롱차 종류가 한두 가진가."

입술을 샐쭉인 이린이 종업원을 향해 다시 보디랭귀지를 시연했다. 메뉴판을 열어 적당한 차 2종류를 주문했다. 그녀의 하는 양을 빤히 바라보고 있던 서하가 혼자 빙긋 웃었다.

"차에 대해 많이 아는 모양이군."

"차에 미친 친구가 있어요. 홍차에 미치더니, 얼마 전부터 중국차에 홀딱 빠진 거 있죠. 그 친구가 대만 가면 여기 와서 차 한 잔꼭 하라고 예전부터 얘기했었어요. 실력 좋은 다예사가 직접 예술 다예도 보여주고, 상급의 차도 우려준대요."

이린이 말을 끝낸 직후, 미색의 대만 전통 복장을 한 한 여자가 이동식 웨건을 끌고 나타났다. 널찍한 다판 위에는 차호를 비롯한 다구들이 잔뜩 놓여 있다. 주문을 받았던 종업원이 따라와 이린과 서하를 향해 중국어로 뭐라 설명하기 시작했다.

"이제부터 차를 우릴 거라는 얘기일 거예요."

"알아들어?"

"에…… 뭐, 눈치로."

이린이 쿡쿡대며 작게 웃었다. 그사이, 그녀의 말대로 다예사로 보이는 여자가 그들이 주문한 차를 보여준 후, 차를 우리기 시작했다.

"문산포종이래요. 대만에서 생산되는 우롱차의 한 종류."

"그것도 눈치로 알아들었나?"

"아뇨. 이건 제가 주문했으니까 알죠."

이린의 얼굴 위로 웃음이 가득 떠올랐다. 살짝 눈웃음치는 모습이 낮은 조명 빛 아래 더욱 매혹적이었다.

이린.

서하의 심장이 쿵쿵 울렸다. 차를 우리는 다예사를 바라보는 것보다 이린의 옆모습을 훔쳐보기 바빴다. 자신의 모습을 자각한 서하가 속으로 웃음을 넘겼다.

여우한테 홀렸나 보군. 이렇게나 빨리.

이린이 제 품에서 기절했을 때, 그 또한 숨을 쉴 수 없었다. 의사가 늦게 온다고 호텔 직원을 향해 얼마나 화를 내고 분노를 퍼부었던지. 지금 생각하면, 자신에게 그런 면이 있다는 사실이 서하는 기이할 정도였다.

"흠."

그의 마음이 어쨌거나, 그들을 마주하고 앉은 다예사는 정성을 다해 차를 우리기 시작했다. 다구를 만지거나, 차를 우리는 동작은 물 흐르듯 유연하고 여성스러웠다. 그것이 금을 뜯는 소리와 어울려 우아함이 이를 데 없다. 쇠주전자에서 작은 자사차호에 물을 따르는 소리가 쪼록쪼록 낙숫물 떨어지는 소리처럼 청아하기까지 했다.

"칭핀차[請品茶]. Please."

그들 앞에 찻잔이 놓인 작은 트레이가 하나씩 놓였다. 동그란 찻잔 안에 긴 잔이 뒤집어 놓여 있어 이상하다 생각하는 중이다.

"맛보라는 소리인가?"

"눈치 빠른데요?"

"이 정도야."

서하가 어깨를 으쓱댔다. 그의 옆에 앉은 이린은 웃음이 날 정도였다.

"마시면 되나? 그런데 왜 잔을 뒤집어놨지?"

"잠시만요!"

서하보다는 이린이 눈치가 빨랐다. 바로 긴 잔을 들어 찻물을 쏟으려는 서하를 손을 들어 제지했다.

"뭔가 더 있는 것 같아요. 내 기억에."

"기억?"

"예전에 친구가 다예사 시험 볼 때 찍었다면서 사진을 보내준 적이 있어요. 이 긴 잔 갖고 뭔가 했던 것 같아요."

궁금증은 바로 풀렸다. 그들을 바라보던 다예사가 웃으며 입을 열었다.

〈이 긴 잔을 문향배라 합니다. 향을 맡고 감상하시라는 겁니다.〉

물론 중국어라 그들은 알아들을 수 없었고, 다예사의 행동을 주시할 뿐이었다.

다예사는 긴 잔을 동그란 작은 잔 위에서 살며시 돌려 빼서는 코끝에 댔다. 손바닥으로 굴려가며 향을 맡고 있다. 바라보던 이린이 조심스레 따라 했다. 서하 또한 주춤주춤 따라 하다 푸근하게 웃었다.

"이거 차향 맡는 거래요. 친구한테 잘 좀 배워둘 걸 그랬어요."

긴 잔에 배었던 차향이 부드럽게 코끝을 스쳤다. 다예사를 따라 둥근 잔을 들어 찻물을 한 모금 머금으니 시원하면서도 단 꽃향이 풍부하게 느껴졌다.

"이린 당신 같다."

서하가 작게 속삭였다. 이린이 무슨 말인가 싶어 고개를 들고 응? 하는 눈빛으로 바라보자, 찻물을 머금던 서하가 입술을 올려 웃었다.

"당신 향 같아."

에……

서하가 싱긋 웃자, 이린이 미간을 찡그렸다.

"틈만 나면 능글맞은 거 알죠?"

이린이 찌릿 서하를 노려보는 척하자, 그는 쿡쿡대며 담백하게 웃었다.

❖

조금씩 기분이 달아오르고 있다. 밥을 먹고, 차까지 한잔하니, 마음까지 느긋해졌다. 저녁을 먹으며 함께 마셨던 맥주의 알콜 기운은 다 날아갔을 텐데, 취기처럼 이린은 얼굴이 달아오르기까지 했다.

이게 차취인가 봐. 너무 많이 마셨나.

차를 마셔도 술에 취한 것 같은 증상이 나타난다고 했다. 마치 지금처럼. 이린은 입바람을 불어 달아오른 열기를 슬쩍 식혔다.

스위스 유학 당시의 자신이 떠오르기도 했다. 그때는 틈만 나면 배낭을 메고 유럽의 곳곳을 훑었다. 불과 몇 년 전인데, 지금은 아득하기만 한 기억. 이린은 마치 그 학생 시절로 돌아간 것 같아 마음이 들떴다.

"있잖아요. 월야월미(越夜越美)가 무슨 뜻인 줄 알아요?"

어느 상점 앞의 긴 의자에 앉은 이린이 눈앞에서 펄럭이는 현수막을 가리키며 물었다. 그림 속에서는 빨간 홍등 몇 개가 바람에 나부끼고 있다. 글자는 그 그림 위에 쓰여 있다.

다관에서 나와 본격적으로 야시장 구경을 나선 길이다. 한밤이 되어도 찜질방처럼 열기가 식지 않는 타이베이의 날씨에 지치기 일보 직전. 안 되겠다 싶어 이린은 유명하다는 망고빙수를 먹자며 서하를 어느 가게로 이끌었다. 가게는 가이드 책자에라도 실렸는지, 한밤중에도 외국인 손님으로 꽤나 북적거렸다.

"원(One), 이거[一个] 망고빙수."

"이거?"

"예스, 이거. 스푼 량거[二个]."

"Okay!"

자리에 앉은 이린이 영어, 중국어, 한국어가 섞인 보디랭귀지를 선보였다. 손가락 한 개와 두 개를 연달아 펴서 빙수는 한 개, 스푼은 두 개라는 뜻을 전한 것이다. 유쾌한 목소리의 주인아주머니는 그녀에게 손가락 개수를 확인하고 당연하다는 듯 그녀의 말을 알아들었다. 그리고는 곧바로 노란 망고가 수북이 쌓인 망고빙수를 그들 앞에 놓고 들어갔다. 이린이 아이처럼 손뼉을 치며 좋아했다.

"진짜 맛있겠다. 책에서 보고 정말 먹고 싶었는데."

기다란 의자에 나란히 앉아 그녀를 바라보고 있던 서하의 입가에 웃음이 서렸다. 눈빛이 깊어졌다.

사람이 반짝인다. 그것을 서하는 이 여자를 통해 선명하게 느끼고 있다. 손안에 들어온 귀한 보석. 너무도 빛이 나 꽉 쥐면 오히려 놓칠까 몰라 조심스럽다. 그러니 더욱 신중해질 수밖에. 진정 놓고 싶지 않다.

"어디 가서 굶지는 않겠군."

"새삼 뭘요. 중국어는 이얼싼쓰만 아는 사람이 밥, 차, 후식까지 다 시켜 먹는 거 확인하고서."

이린이 빙긋 웃었다. 그녀의 웃음이 그에게까지 전염되었다.

"월야월미?"

문득 시선을 돌린 서하가 이린이 말한 단어를 따라 되뇌었다.

"저게 글자인가? 월야월미라 읽어?"

서하가 시침을 뗐다. 조부께서 한학자이신지라 어릴 때부터 사서삼경을 외우고 컸다는 얘기는 쏙 집어넣었다. 어깨를 으쓱하는 이린이 귀여워서라도. 다관에서도 시침 떼고 있었다는 얘기는 더더욱 할 수가 없다.

"한자는 배운 적 없죠? 월이 두 개면 뭐뭐 할수록 뭐뭐 한다예요."

"그래? 그럼 밤이 깊을수록 아름다움이 더해간다는 뜻인가?"

그를 향한 이린의 눈빛이 이채를 띠었다.

"잘 엮어 맞히는데요?"

"밤이 깊을수록 아름다운 게 뭘까? 밤에 피는 밤장미?"

이미 플라스틱 스푼을 들고 빙수를 한 입 떠 넣은 이린이 눈을 흘겼다.

"밤장미, 그거 순수한 장미 얘기 아니죠? 남자들 생각은 정말."

"그럼 무슨 뜻?"

"야시장을 뜻한대요. 밤이 깊을수록 아름답다고."

"한이린."

이린이 자신을 부르는 소리에 고개를 홱 돌렸을 때였다. 빙수의 얼음을 물어 차가웠던 입술 위에 뜨거운 기운이 서렸다. 부드럽지만 또한 거친 기운, 그리고 아득한 느낌. 문득 이린의 두 눈이 커졌다. 심장이 쿵 내려앉았다.

어…….

흠칫 놀라 이린의 머리가 뒤로 주춤했다. 하지만 서하의 손이 그녀의 뒷머리를 지그시 눌렀다. 살짝 닿는가 싶더니, 그대로 밀려온 혀끝 사이로 단비 같은 촉촉함이 섞였다. 달다. 온몸이 저릿할 만큼. 차갑던 혀끝에 닿은 건 화염과 같은 뜨거움. 그렇지만 망고살처럼 부드럽다. 자꾸자꾸 맛보고 싶을 정도로 달콤하고, 또한 쌉쌀하다. 깊게, 또 깊게 그의 혀가 파고들었다. 길고 긴…… 정신이 아찔한…….

이런 키스는 해본 적이 없는데.

순간 움찔한 이린이 화들짝 몸을 뗐다. 빙수를 뜬 수저에서 녹은 물기가 그녀의 무릎 위로 뚝 떨어진 탓이었다. 저도 모르게 이린이 벌떡 일어섰다. 그제야 퍼뜩 정신이 들었다.

나 지금 키스했어? 더워, 더워!

화끈 달아오른 얼굴을 손부채로 부쳐 댔다. 그러다 휙 고개 돌려 서하를 노려봤다. 그녀를 올려다보던 서하의 입술 끝에 미소가 서렸다. 주변 사람은 전혀 의식하지 않는 천연덕스러움이 듬뿍 묻어났다.

"내가 뭐라 할지 안 궁금해요?"

서하는 뻔뻔하리만치 아무렇지도 않은 표정이다. 어깨를 으쓱한 그가 대답했다.

"따귀라도 때릴 테야?"

"따귀 맞을 짓 한 건 알아요?"

서하의 눈빛이 반짝거렸다. 아니라고 대답하고 싶은 것을 꾹 눌렀다.

밤이 깊을수록 아름다운 이는 한이린.

이린의 질문에 대한 대답은 이것이었다. 그리고 그는 자신을 좀 정확히 아는 쪽인지라 빠른 결정을 내렸을 뿐이었다. 만난 지 3시간 만에 청혼했다는 누군가가 지금은 온전히 이해가 된다. 하지만 모든 사람이 자신 같지는 않다. 이린에게는 날벼락일 수도 있다고 서하는 인정했다.

"도둑키스라도 하고 싶게 만든 건 당신이고, 그러니 이건 이린 씨 잘못이지."

이린의 눈이 커졌다. 적반하장도 유분수지. 서하의 말에 기가 막혔다.

"난 정서하 씨와 그런 거 할 생각 없었다고요. 우린 오늘 만난 사이라고요!"

이린이 너무도 확고한 목소리로 단정 지었다. 서하가 피식 웃었다.

없었다? 과거형? 현재형은 아니니 다행이군.

"많은 거 건너뛴 사이끼리 시간 얘기는 그만하지. 앞으로 주의할 테니까 앉아서 먹어. 좋아하잖아."

서하의 목소리가 담백했다. 의심에 찬 눈빛으로 그를 바라보던 이린이 그와 조금 떨어진 곳에 엉거주춤 자리 잡고 앉았다. 그 모습을 바라보던 서하는 크게 웃고 싶은 마음을 꾹 누르고 그녀 앞으로 빙수 그릇을 밀었다. 그때 문득 이린이 그를 똑바로 보며 물었다.

"내 망고 먹었어요?"

"응."

"못살겠다."

입안에 넣었던 망고 조각이 짧은 키스 사이에 사라진 것이다. 이린이 어이없다는 표정으로 하, 한탄을 했다. 서하가 너무도 뻔뻔해서 이린이 오히려 귓불이 벌겋게 달아올랐다.

아무래도 이 남자를 계속 봤다가는 큰일 날 것 같다. 자꾸 그의 페이스에 말려들고 있다. 누구라도 적당한 거리와 관계를 유지하던 한이린에게 거침없는 이 남자는 너무도 버겁다. 이린은 뜨거워진 속을 얼음덩어리로 달랬다.

3

호텔로 돌아온 것은 이린에게는 비교적 늦은 시각인 밤 10시였다. 생각해 보니 휴대전화도 룸에 두고 그냥 나왔다. 아무리 모친 전 여사의 전화를 받지 않겠노라, 다짐했더라도 룸으로 돌아가면 전화부터 할 생각으로 머릿속이 은근 복잡해졌다. 아마 모친은 딸이 연락도 없이 전화를 안 받으니, 지금쯤 대만행 비행기를 알아보고 계실지도 모르겠다.

하아. 내 인생 왜 이러니.

"오늘 고맙고 즐거웠어요. 언제 돌아갈지 모르겠지만, 귀국도 잘하세요."

호텔 로비에 들어서자마자 이린은 서하를 향해 손부터 내밀었다. 마치 기다렸다는 듯이.

"작별 인사?"

그녀의 손을 내려다본 서하의 서늘하고 긴 눈매가 못마땅한 듯 찌푸려졌다. 이린이 어깨를 으쓱했다.

"난 누구처럼 휴가 온 게 아니라니까요. 밥값 해야 해요. 내일 일 마무리하고, 저녁 비행기로 들어가요."

"저녁 비행기? 다음 날 바로 출근하고? 일 중독자인가?"

아······.

이린은 잠시 갈등했다. 이렇게 될 줄 예상한 것은 아니지만, 기왕 왔으니 하루쯤 여유는 부리자는 생각으로 내일 일정은 빼두었다. 그렇지만 서하에게 그 얘기를 할 수는 없다. 어차피 긴 인연이 아니라면, 여기서 인사를 하는 것이 맞다. 더 흔들리기 전에. 이린은 입술을 꾹 다물었다.

"회사 정책상 어쩔 수 없어요."

"그만큼 대우는 받나 모르겠군."

"아직 대우 같은 건 바란 적 없어요. 제가 좋아서 하는 일인걸요."

이린이 환하게 웃었다. 바라보던 서하 또한 미소 짓게 만들었다.

"무슨 일 하지?"

이린이 고개를 갸웃했다. 다시 만날 사이가 아니니 그 정도는 알려줘도 무방하려나.

"호텔관광업."

"호텔리어?"

이린이 대답 대신 고개를 끄덕였다. 어느 호텔인지만 알려주지 않는다면 상관없겠지. 이 남자가 당장 한국으로 들어올 것도 아닐 테고.

"그쪽은 무슨 일 하죠?"

"사채업."

1초의 망설임도 없이 날아온 대답에 이린의 표정이 일그러졌다. 그녀가 날렵한 서하의 옆모습을 흘끔 훔쳐보았다. 그는 한 치의 흐트러짐 없이 단정하여 틈이라고는 찾을 수 없다. 이럴 때만큼은 감정 없는 석상 같다.

"미국서 사채업하려면…… 주먹이나 총 좀 쓰는 분들하고도 가깝겠군요."

서하가 고개를 끄덕였다. 웃지 않으니 그의 얼굴은 너무도 단단해 보였다.

내가 이 남자를 너무 편하게 생각했나? 어둠의 자식 포스가 느껴져.

그런 생각이 미친 탓인가 보다. 서하에게서 어딘지 음산한 느낌이 들었다. 이린은 합, 입을 다물었다.

"아…… 음음, 오늘 제가 실수했다면 이해하시고요. 살기 힘들어도 열심히 살아요, 우리."

어렵사리 예의 차려 이린이 말을 꺼내자 바라보던 서하가 쿡 웃었다. 그러더니 이린의 손을 덥석 잡았다. 이번에도 상당히 진지하게 물었다. 놀란 눈으로 번쩍 고개를 든 이린은 입도 다물지 못한 채 그를 바라봤다.

"느낌이 어때?"

손과 손으로 전해지는 온기를 묻는 걸까. 아니면 다른 것? 이린의 눈썹이 움찔거렸다.

커다랗고 남자다운 그의 손에 가려져 그녀의 손은 보이지도 않았다. 이린이 작은 한숨을 서하 모르게 내쉬었다. 놓고 싶지 않다는 것이 솔직한 감정. 하지만 무시해야 한다. 지금은 여유가 없다. 이건 절대 사치란 말이다.

반면, 그녀와 달리 서하의 마음은 질주를 시작했다.

"설렌다, 나는. 심장이 사춘기 소년처럼 쿵쿵 울리고 있어. 이린 당신도 마찬가지일 거라고 확신해."

그렇지 않다면 진정 거짓이다. 그의 심장이 자신으로 인해 뛰고 있다니. 이 사실이 더 기쁘기도 하지만, 이린은 입을 열 수 없었다. 거짓을 말하기보다 묵비권을 행사했다. 그녀를 바라보던 서하가 재차 물었다.

"서로에 대해 더 알아볼 생각 없나?"

순간 이린의 눈빛이 움찔했다. 갈등이 치밀었다. 없다 하는 것도 거짓. 이 남자를 보면, 마음이 말랑말랑 붕 떠오르고, 심장이 간질간질해진다. 온몸이 솜사탕이 된 것이 아닐까. 자신도 모르게 달콤하게 웃고 있다. 이런 느낌이 존재한다는 것도 모르고 28년을 살았는데, 여기서 이 손을 놓는다면…….

이린이 지끈 어금니를 물었다. 그렇다 하더라도 지금은 아니다. 아직은 포기할 수 없는 것들이 있다. 이린의 눈빛이 차분해졌다.

"나는 모험을 즐길 만한 성격이 못 돼요. 충동적인 성격은 더더욱 아니고요."

한 번만…… 가능할까? 여전히 갈등은 죽지 않아 더욱 치열해졌다. 내일 하루라도 함께 있을 수 있지 않나. 이린의 심장이 뜨겁게 일렁거렸다.

안 돼! 미련이 길면 끊기도 어려워.

이린이 질끈 입술 안쪽을 물었다.

"그럼 남은 휴가 잘 보내요."

이린은 서하를 향해 웃어주려 노력했다. 그런데 입술만 실룩거렸다. 웃는 것조차 지금은 힘이 든 탓이다.

이린은 피로한 탓이라고 생각했지만, 심장이 따끔따끔거린다는 것을 부인할 수 없었다. 방금 전까지만 해도 솜사탕처럼 가뿐했던 몸이건만, 지금은 당장 녹아내릴 듯 힘들어졌다.

"안녕."

서하가 뭐라 얘기할 틈도 없이 그녀는 휙 몸을 돌렸다. 그런데 그녀가 로비 가운데에 놓인 중앙 계단을 향해 걸음을 떼려 했을 때였다.

"이린아! 한이린!"

너무도 익숙한 목소리가 들렸다. 그녀의 몸이 긴장하여 우뚝 섰다. 자신의 이름이 불린 쪽을 향해 시선을 돌렸다.

허, 뭐야.

커다란 이린의 눈에 바짝 힘이 들어갔다. 진정 예상치 못한 인물이 눈앞에 나타나자, 어이없어 헉 소리가 튀어나올 것 같았다. 거부감에 이마가 찌푸려졌다.

"이제 들어와?"

강민이었다. 한때, 정말 한때 이린이 결혼하겠다고 마음먹었던 그 남자. 많은 여자들이 얼굴만 보고 좋아한다며 쫓아다니는 수려한 얼굴이 지금은 잔뜩 일그러졌다. 나 화났다고 얼굴에 그대로 쓰여 있다.

"의외네요. 여기서 만나다니. 여긴 어떻게 왔죠?"

이린이 놀란 표정을 감추고 물었다. 목소리는 아주 평온했고, 기복조차 없었다.

"너 만나러."

이린이 미간을 찡그렸다. 날? 왜?

"난 주강민 씨 만날 이유 없는데요?"

한국은 좁으니까 혹시라도 그를 만난다면, 아무렇지도 않게 대

73

하려 했다. 만남과 헤어짐에 별 감정이 섞이지 않았으니까, 피할 이유도 꺼릴 이유도 없을 거라고 생각했다.

그런데 이곳은 이국땅. 그의 말대로라면 자신을 기다리고 있었다는 건데, 왜 기다리고 있는지, 이린은 알 수 없다. 이미 다 정리된 관계이건만. 의심이 먼저 드니 그녀는 표정관리가 되질 않았다. 딱딱하고 차가운 얼굴로 강민을 바라봤다. 게다가 자신의 등 뒤에는 이 상황을 전혀 모를 서하가 서 있다. 그 생각만으로도 그녀의 모든 것은 부자연스러웠다.

"있을 텐데?"

강민이 이린의 뒤에 서 있는 서하를 의식한 듯 조금 더 바짝 그녀에게 다가섰다. 친근한 사이라는 것을 드러내고 싶어 얼굴에 싱글싱글 웃음을 띠었다.

"나 약혼했다는 소식, 못 들었어? 모친께서 안 전하셨나?"

강민이 묻자, 이린은 황당하고 어이없다는 눈빛으로 그를 노려봤다.

그녀가 출장을 나오면, 모친이 매일매일 그녀에게 전화를 건다는 것을 강민은 안다. 그러니 모친 전 여사의 귀에 그의 약혼 소식이 들어간 것은 고의성이 짙어 보였다. 그러나 이린은 지금 그런 것까지 따지고 싶지 않았다. 절대 주강민이나 그의 집안과는 다시 엮이고 싶은 마음이 없다.

"내가 주강민 씨 얘길 왜 들어야 하죠? 당신이 무슨 짓을 하던

지 관심 없어요."

기분이 나쁘다 못해 불쾌할 정도였다. 서하와 함께한 저녁 동안 유쾌했던 마음이 순식간에 싸그리 사라지고 감당 못할 피로가 밀려들었다. 머리가 지끈거릴 정도로.

"너, 기분 안 나빠?"

"나빠야 하나요?"

"그래야 정상이지. 내가 약혼했는데? 다음 달에 결혼한다는데?"

이린의 눈매가 사납게 일그러졌다. 욱한 심정을 누르느라 주먹을 꼭 쥐었다. 이대로라면 이 넓은 로비 바닥에서 이 한심한 자식을 때려눕히는 추태라도 부릴 것 같았다. 내일 아침 조간신문 국제면을 장식할지도 모른다.

대한민국 제일그룹 장남이 대만의 수도 한복판에서 변사체로 발견되다.

"주강민 씨, 초딩이에요? 꼭 일부러 약혼한 사람처럼."

"그건 아니지만, 네가 알았으면 좋겠다는 생각은 했지."

강민은 계속 싱글거렸다. 그러나 시선은 여전히 서하를 흘끔거렸다.

"당신 약혼 이제 알았으니 됐죠? 피곤해서 먼저 올라갈게요."

머리가 깨질 것처럼 아팠다. 짧은 머리칼을 신경질적으로 쓸어 올린 그녀가 강민을 지나치려 할 때였다. 그가 이린의 팔목을 턱

잡았다.

"관심 없는 척하느라 고생하는데…… 파혼당하고도 정신 못 차렸지? 집에서 많이 곤란했지 않아? 아버지도, 네 오빠도, 보기 힘들었을 텐데."

강민이 낮은 목소리로 그녀의 귓가에 속삭이듯 말했다. 머리털이 쭈빗거릴 만큼 이린은 소름이 끼쳤다. 동시에 그녀의 시선이 자신도 모르게 서하를 찾았다. 그가 벌써 사라졌다는 사실이 묘한 안도감을 안겼다. 또한 실망감까지도.

"하."

짧은 한숨을 내쉰 이린이 이번에는 강민의 손목을 잡아끌었다.

이 자식을 정말 변사체 만들어 버리고 싶어!

욱한 그녀 대신 강민이 소리를 버럭 질렀다.

"야, 한이린!"

"조용히 따라와요."

강민의 팔을 잡고 이린은 성큼성큼 걸어 호텔 로비를 가로질렀다. 바깥 정원으로 나가는 문을 열자, 이곳 특유의 끈끈하고 후덥지근한 밤공기가 훅 하니 밀려들었다. 서슴지 않고 밖으로 나간 그녀가 어둑한 정원 한곳, 벤치에 앉고서야 강민의 팔을 놓았다.

"뭐 하는 거야?"

강민의 항의를 이린은 무시했다.

"얘기하자면서요. 이틀 뒤면 한국에 있을 나를 여기까지 찾아왔을 때는 정말 할 얘기가 있었을 거라고, 나도 생각해요. 정말 하고 싶은 얘기가 있다면, 얘기해요."

정작 이린이 이렇게 나오니 강민은 할 말이 없었다. 사실 이곳에 온 것은 충동적이었다. 새로운 여자와 약혼도 하고, 결혼 날짜도 잡혔지만, 낮이고 밤이고 생각나는 것은 한 여자뿐이다. 그러니 미치기 일보 직전인 것은 누구도 아닌 강민 자신이었다.

젠장, 한이린! 도대체 네 마음은 어디에 있는 거야!

자신이 깬 약혼이라 해도 어쩌면 떨어져 있는 동안 그녀의 마음이 달라졌을 수도 있다고 생각했다. 자신이 이렇게까지 못 잊어 찾아왔다는데, 감격까지는 바라지 않아도 어쩌면 극적인 화해는 가능할 거라고, 생각하기도 했었다.

어찌 되었든 약혼했던 사이이다. 마음이 아주 없어진 것도 아닐 텐데, 제가 보란 듯이 다른 여자와 약혼을 했으니, 이린의 성격상 지금 마음이 많이 불편할 것이다. 사랑까지는 아니더라도 이린이 자신을 좋아한 것은 사실이니까. 그러니 약혼한 동안 약혼자인 자신에게 그렇게 충실했던 것이 아닌가. 단 한 가지만 빼고 말이다.

이런 상황이니 지금쯤 나타나 그녀에게 사랑을 고백한다면, 이린도 못 이기는 척 넘어올 거라 생각했다. 그 도도한 한이린도 제가 자존심 세울 위치가 아님을 절실히 깨달았을 것이다. 어찌 되었든 아쉬운 쪽은 저쪽이 아닌가.

그런데 그녀를 기다리던 몇 시간 동안, 강민은 눈처럼 쌓이는 불안과 의심을 어쩔 수 없었다.

혹시 다른 남자가 있었어? 그런 거야?

이제나저제나 기다리던 끝이다. 이린이 정말 남자와 나타났을 때는 눈앞에 보이는 것이 없었다. 게다가 아직도 제 주제 파악도 못한 채 이렇게 차가운 태도라니.

"너…… 그새 남자 생겼니?"

강민의 물음에 이린이 어이없다는 표정으로 바라보았다. 그러다 짧은 숨을 내쉬었다.

"이거 완전 쇼킹하네. 출장에 동행도 했다? 갈 데까지 다 갔다? 컨퍼런스도 불참하고. 너 이런 거, 이건인 알아?"

"이봐요, 주강민 씨."

이린의 목소리가 낮게 가라앉았다. 분노를 담아 가뭇한 눈빛으로 강민을 바라봤다.

"스토커로 전직했어요?"

"스토커? 내가 그렇게 한가한 줄 알아?"

한가한 것 같다. 그것도 심심해서 미칠 것 같아 보인다.

"너에 대한 관심이야!"

"하."

이린이 한탄처럼 한숨을 내쉬었다. 일그러지는 강민의 시선을 피했다.

"함께 들어온 남자 누구야? 한이린 많이 발전했네? 출장 핑계

대고 남자랑 놀아날 줄도 알고."

"놀아나?"

이린의 눈매가 완전히 일그러졌다. 적어도 그가 ex—약혼녀에
대한 예의는 지킬 줄 알았는데. 기대가 컸었다.

"당신은 모든 사람이 자신과 같아 보여요?"

"왜? 또 내가 틀렸어? 저 새끼랑은 좋아 죽던데? 손도 잘 잡고.
넌 나랑 손잡는 것도 싫어했잖아! 내가 벌레라도 되는 것처럼!"

강민이 소리를 버럭 질렀다. 더 이상 버티지 못한 이린이 자리
에서 벌떡 일어섰다.

하, 정말. 이렇게 인성이 바닥이었어?

"할 얘기 끝났으면 갈게요. 우리 다시는 마주치지 말죠. 그게 적
어도 파혼한 사람에 대한 예의일 테니까."

이린이 자리를 뜨려고 몸을 움직였다. 그런데 이번에는 강민이
그녀의 팔을 억센 힘으로 잡았다. 그의 두 눈이 비열하게 번뜩였
다.

"적당히 해. 기껏해야 세컨드 딸 주제에."

"뭐라…… 했어요?"

이린이 순간 숨을 멈췄다. 강민의 입술이 내뱉는 소리가 믿기지
않아 되물었다.

"못 알아들어? 한국말로 해줘? 첩 말이야, 첩. 본처가 죽었다고
그 허물이 어디 가? 네 큰엄마 안 돌아가셨으면 넌 호적에도 오르

지 못했어. 아무리 콧대 높여봤자, 사생아잖아. 그런 너 데려다가 내가 제일그룹 사모님 만들어준다고 했었다고."

순간 이린의 눈에 불꽃이 튀었다. 저도 모르게 손이 올라 강민의 뺨을 호되게 내려쳤다. 밤공기가 둔탁하게 갈리는 소리가 났다. 그녀가 바득 이를 갈았다.

"미친 자식! 널 잠시나마 좋아해 보려 노력한 나조차 저렴해 보인다. 꺼져. 넌 평생 그렇게 살아!"

이린이 분노에 떨었다. 머리끝까지 화가 치밀어 눈앞이 벌겋게 변했지만, 기특하게도 눈물은 나지 않았다.

"야이, 씨발. 그럼에도 널 좋아한다잖아! 별 그지 같은 걸 좋아한다고 집안에서 내가 얼마나 스트레스 받았는데! 우리 집이 어떤 집안인지 몰라? 제일그룹이야, 제일그룹!"

이린이 피식 웃었다. 똑똑한 목소리로 말을 이었다.

"별 그지 같은 게 한마디 해줄게. 제일그룹? 그 그룹 일궈내신 조부님 생각하면 당신이 이러면 안 되지. 당신 대에서 말아먹으면, 저세상 가서 조부님 어떻게 볼래?"

"뭐? 이게 말이라고!"

"그리고 모르는가 본데, 주강민. 나, 별 볼일 없지 않아. 그지 같지도 않고."

그때는 이 남자에 대해 왜 몰랐을까.

아니다. 알고는 있었다. 그럼에도 이 약혼을 받아들였던 것은 기대하는 것이 있었기 때문이었다. 주강민과 순순히 결혼하면, 적어도 아버지가 자신을 조금쯤은 인정해 주실 줄 알았다. 그 대단한 집안의 핏줄이라는 자부심이 자신에게도 약간은 생길 줄 알았다.

아니, 아니다. 욕심이 과했다. 가족의 일원으로 인정받기를 바라다니. 결국은 이렇게 모두 부질없던 짓이었는데.

"당신이 몰랐을 뿐이야."

"야이씨, 한이린!"

강민이 다시 이린의 팔을 움켜쥐려 할 때였다.

"그만하시죠."

중저음의 목소리가 끼어들었다. 누군가 강민의 팔을 중간에서 낚아채 힘으로 버텼다. 그 반동에 의해, 오랜 운동으로 몸을 키운 강민조차 바람 앞에 누운 풀처럼 휘청거렸다. 황당하다는 표정으로 강민이 불쑥 나타난 서하를 향해 이마를 찌푸렸다.

"왜 껴? 순서도 몰라? 나 아직 저 여자랑 볼일 안 끝났거든?"

강민이 몸으로 밀치며 다시 다가왔을 때였다. 그의 멱살을 잡은 서하가 주먹으로 얼굴을 한 대 쳤다.

"헉!"

순식간의 일이었다. 강민은 변변한 저항도 못한 채 바닥으로 널브러졌다. 바라보는 서하의 한쪽 눈썹이 꿈틀거렸다.

"그만하라고 경고했다."

그가 아파 끙끙대는 강민에게 다가가 한쪽 무릎을 굽혀 앉았다. 강민만 들릴 만큼 작은 목소리가 흘러나왔다.

"사내새끼가 여자한테 못하는 소리가 없어. 똥폼 잡지 말고 인간부터 돼라."

그리고 서하는 지갑에서 꺼낸 명함 한 장을 그의 셔츠 주머니에 넣었다.

"내 변호사 연락처다. 억울하면 연락해."

뒤에서 강민이 끙끙대든 말든 서하는 뒤도 돌아보지 않고 몸을 일으켰다. 그사이 이린이 사라졌을까 사방을 둘러보는 마음이 급해졌다.

이린은 쉽게 찾을 수 있었다. 안도감이 약한 한숨으로 조심스럽게 흘렀다. 서하는 빠른 걸음으로 걸어 로비로 들어서는 이린을 따라잡았다. 표정이 굳었을 뿐, 다행히 다친 곳은 없는 듯했다. 하지만 본의 아니게 들어버린 말들이 그를 신경 쓰이게 했다. 그새 파리해진 안색. 피곤해 보이는 그녀의 눈앞에 서하가 손을 내밀었다. 그러나 한참이나 바라보면서도 이린은 기어이 손을 잡지 않았다.

"잡아요. 손."

결국 서하가 고개 숙여 그녀의 귓가에 속삭였다. 그런데도 이린은 표정의 변화조차 없었다. 그를 돌아서 가려 하는 그녀의 어깨를 서하가 잡아 돌려세웠다.

"이린."

서하는 그녀를 끌어당겨 품에 안았다. 천천히 등을 쓰다듬었다.

"왠지 모르지만 창피하다. 사람들도 쳐다보고…… 당신도……."

이린이 시무룩하게 중얼거렸다. 아닌 게 아니라 주변 사람들이 자꾸만 그들을 흘끔거렸다.

"올라갈게요."

서하는 순순히 그녀를 놔주고 대신 손을 잡았다. 사람들이 쳐다보는 것은 신경 쓰이지 않았다. 다만, 이린의 마음이 서하를 불안하게 했다. 그 또한 그녀의 보폭에 맞춰 천천히 계단을 함께 올랐다.

"이쪽이야. 짐 옮겨놨을 거야."

문득 이린이 정신을 차린 것은 말없이 걷던 서하의 음성이 나직하게 들린 때문이었다. 멍하니 발아래 계단만 보던 이린이 고개를 들어 서하를 바라봤다.

4층 비상구가 보이는 문 아래였다. 그때서야 이린이 생각난 듯 작은 한숨을 내쉬었다.

"아까 방 바꿔달라 했던 걸 잊었군요."

이린이 희미하게 웃었다. 마주친 눈망울에서는 지금이라도 물기가 뚝뚝 떨어질 것 같다. 서하는 그렇게 생각했지만, 이린은 의외로 어깨를 으쓱하고 말았다. 서하에게는 그것조차 아파 보인다는 것을 이린은 몰랐다.

"한잔할래요?"

바는 호텔 3층에 위치했다. 그것을 기억한 이린이 물었다.

"왜?"

이린을 바라보는 서하의 표정은 변화가 없었다. 좋다는 것인지, 나쁘다는 것인지. 이린 또한 다시 한 번 과장되게 어깨를 으쓱했을 뿐이었다.

"하. 이별주 정도 되려나요?"

아닌 척했지만, 이린은 말을 꺼내고 한 3초간 후회했다. 룸에 틀어박혀 혼자 잔을 홀짝이는 것보다야 사람들 틈에 섞이는 것이 나을지 모른다. 그럼에도 복병은 정서하. 오히려 그가 위험인물이 될 수도 있다는 생각이 스친 탓이었다.

몰라. 지금은 아무 생각 안 할래. 될 대로 되라지.

외롭다. 소름이 끼칠 만큼. 그리고 답답하다. 한번쯤 누군가에게 속을 드러낼 수 있으면 좋겠다. 지금 당장 자신에 대해 떠들고 다니지 않을 사람이 있다면, 저 밑바닥에 가라앉은 모든 것까지 꺼내 보여줄 수 있을 듯했다.

"당신도 알다시피 지금 기분 참 별로예요. 이런 날 한잔하지 않으면, 언제 한잔해요. 서하 씨가 친구가 돼줘도 좋고요."

이 남자가 오늘 보여준 호의만큼만 '사람답다' 면, 잠시 위로가 될 수도 있을 거라고 이린은 생각했다. 사람에게 다친 상처는 사람으로 치유하라면서. 이 남자가 정말 잠시라도 친구가 될 수 있을까.

그런데 그 짧은 이린의 망설임을 읽어버린 듯, 서하는 주저하지 않았다. 잡았던 그녀의 손목을 끌고 바로 바를 향해 걸었다. 이린의 주저함이 맘에 들지 않다는 것처럼 단호했다.

바(Bar)는 조용한 것 같으면서도 웅성거렸다. 시간이 갈수록, 그리고 조금씩 취기가 쌓여갈수록 이린에게 주변 소음은 사라지는 것이 아니라 더 심해지고 있다. 머릿속이 웅웅 울렸다. 이런저런 생각이 떠올라 기분은 점점 더 아래로 가라앉고 있다. 바다 밑까지 내려간 것 같다.

하아, 기분 정말 별로네.

"이린?"

한 손으로 무거운 이마를 받치고 있던 이린이 희미하게 웃었다.

"정말 신기해, 정서하 씨. 당신이 내 이름을 부르면, 내가 정말 근사해 보이거든?"

이린이 혼잣말처럼 중얼거렸다. 바에 나란히 앉은 서하의 얼굴을 쳐다보지 않고, 시선은 테이블 위로 올려진 그의 손을 향했다. 투박하지도 않고, 그렇다고 날렵하지도 않지만 묘하게 시선을 끈다. 그의 손등에는 힘줄이 툭 튀어나왔다. 만지고 싶은 충동이 불쑥 일었다.

"신기할 것 없어. 한이린은 정말 근사하니까."

이 여자처럼 근사한 여자는 본 적이 없다. 시간이 갈수록 서하는 자신의 느낌에 확신을 가졌다.

"하아……. 진짜 선수."

"내가 왜?"

"적절한 타이밍. 여자가 좋아할 포인트를 알아. 그런 당신 말은 별로 믿기지 않지만……."

이린이 쿡쿡대며 작게 웃었다. 취기가 있는 것은 아니지만, 알코올이 들어가니 스스로에 대한 제약이 스리슬쩍 풀리는 것은 어쩔 수 없다.

"난 정말 내 자신이 좋아요. 나는 열심히, 그리고 치열하게 살았거든요. 단 한순간도 내 시간을 허비한 적이 없어요."

이린이 서하의 손을 바라보던 시선을 거두고 자신의 와인 잔을 홀짝 비웠다. 생각난 듯 말을 이었다.

"있잖아요. 나 로잔호텔학교 최우수 논문상 받고 수석 졸업했어요. 자부심 가질 만하죠?"

"스위스 로잔?"

이린을 바라보던 서하의 눈빛이 반짝거렸다. 스위스 로잔호텔학교라면 세계 최고의 호텔학교이다. 이린이 얼마나 많은 노력을 하며 살아왔을지, 서하는 짐작할 수 있었다.

"흠. 로잔호텔학교 모르려나?"

"알아. 자타공인 세계 최고의 호텔학교. 들어가기도 힘들다고 들었어."

"맞아요. 들어가기가 하늘의 별 따기예요."

이린이 자못 어깨를 으쓱했다. 취기가 있어 행동은 미미하게 보였지만. 문득 깨달은 듯 으쓱했던 어깨에 힘이 쭉 빠졌다.

"그런데…… 살다 보니 나만 자부심 갖는 게 전부는 아니더라고요."

이린이 허무하게 웃었다. 피식피식 웃음이 새어 나왔다.

생판 모르는 남이 보는 시선은 무시할 수 있었다. 하지만 피를 나눴다는 사람들의 시선에는 어쩔 수 없이 약해진다. 그것이 자신의 안에서도 돌고 있는 같은 피 때문이라는 사실은 더욱 아이러니하다. 결코 밖으로는 드러나지도 않는 피 따위 때문에. 심지어 이건은 그녀의 존재가 수치스럽다고 했다.

"동생? 웃기지 마. 너 따위가 왜 내 동생이야! 죽이고 싶은……!"

그 말을 하던 이건의 눈빛을 기억한다. 어린 그녀는 뭐라 대꾸하지 못했다. 두렵기도 하고, 억울하고 분하기도 하고.

그런데 세월이 흐르고, 나이를 먹어서일까, 세상의 이치를 하나둘 알아서일까. 이린은 그런 말을 해야 했던 이건 또한 이해할 수 있을 것 같았다.

"만약에요. 내 남편이…… 내가 눈 시퍼렇게 뜨고 있는데, 다른 여자와의 사이에서 아이를 낳아 온다면……."

이린이 꿀꺽 마른침을 삼켰다. 스물여덟 살이 된 지금은 이런 가정은 가정만으로도 모골이 송연해졌다.

"가만있지 못하겠죠. 시앗은 부처님도 돌아앉는다고 했는데."

큰어머니는 그래서 더 일찍 돌아가셨다. 워낙 병약했던 몸에 화병을 얹었으니.

"그런데 나는 내 엄마도 이해해야 해. 엄마가 어떤 삶을 살았는지 내가 제일 잘 알고 있으니까."

부친이 보내주는 풍족한 돈이면 된다고 자조하셨다. 그렇게 낳은 딸자식 하나만을 평생의 목표로 삼아 한씨 집안사람들에게 말한마디 제대로 못하고, 숨 한 번 크게 쉬지 못하셨다.

"내가 죄인이니 어쩌겠니. 나는 그리 살아야 해. 하지만 이린아, 너는 아니다. 너는 당당한 이 집안 자식이야."

원죄라 생각하며, 섞이지 못하는 집안에서 숨죽이며 사는 것이 최선이라 생각한 모친을 이해해 드려야 했다. 그리고 힘이 돼야 했다. 모친에게 기댈 곳은 철저히 딸인 자신밖에 없음을 아주 어릴 때부터 알고 있었다.

"나는요. 사람들의 시선을 머리로는 이해해. 이해는 하는데…… 가슴이 반발해."

순간, 한쪽 팔로 머리를 받치고 있던 이린의 팔로 눈물이 쏟아졌다. 뜨거운 것이 주륵 팔을 타고 흘렀다. 그럼에도 이린은 자각하지 못했다.

"이린?"

그 팔을 서하가 잡았다. 고개를 든 이린의 눈빛과 마주친 순간, 서하의 심장이 쿵 울렸다. 눈매가, 눈빛이 파닥거렸다. 그녀의 눈물이 의도된 것은 아니건만, 심장이 데일 것처럼 뜨거워졌다. 아니, 지독하게 쓰리다. 이 여자와 함께 울어주고 싶다는 생각뿐 서하는 아무 생각이 나지 않는다. 그를 멍하니 바라보던 이린이 퍼뜩 정신이 들어 몸을 바로 했다.

"아후, 미안해요. 주책없게. 술 마시면 꼭 이런 여자 있죠?"

이린은 자연스럽게 서하에게 잡힌 손을 빼냈다. 손등으로 쓱 눈물을 닦아낸 그녀가 아무렇지도 않다는 듯 자신의 잔에 와인을 따랐다. 금세 눈물을 지운 얼굴은 더욱 투명해 보였다.

"더 해봐. 당신 얘기."

서하의 목소리가 낮고 거칠게 갈라졌다. 동시에 이린의 눈매가 움찔거렸다. 바라보지 않아도 그의 시선을 느낄 수 있다. 꽤나 예민하게. 감정에 취했을 때는 몰랐는데, 지금은 서하의 시선이 뜨겁게 느껴졌다. 한여름 태양볕을 여과 없이 마주한 느낌. 조금씩 견딜 수 없어지고 있다. 어쩌면 예상했던 순간이 다가왔을지도 모른다. 그녀가 천천히 두 눈을 감았다 떴다.

"이린 당신 약혼자였나?"

이린이 어깨를 으쓱했다. 부인할 여지가 없다.

"맞아요. 전 약혼자."

"파혼?"

"당했죠. 기막힌 상처죠."

이린이 어이없다는 듯 쿡쿡 웃었다.

"파혼이 당신을 상처 입히진 못했군."

이린이 또다시 재밌다는 듯 훗, 웃었다.

"뭘 근거로 그렇게 확신해요? 설마요. 나도 상처받았지. 한국에서 파혼은 여파가 비교적 커요. 특히 여자가."

"받았다고 해도, 이미 쿨하게 극복했을 거야. 내 말 믿어."

이린의 웃음이 서서히 잦아들었다. 그와 함께 있으니 마음이 점점 더 안정을 찾아간다. 다른 의미로 심장이 뜨거워지는 것과 달리.

"지금은 그 남자가 상당히 찌질해 보이죠? 그래도 예전엔 덜 그

랬어요. 그 남자가 여자들이 좋아하는 포인트를 좀 알아요. 어떡
하면 껌뻑 넘어가는지도 알고."

"두둔하나?"

이린이 시선을 들었다. 서하의 눈빛이 파릇하게 빛나고 있다.
길고 서늘한 눈매가 가늘어졌다. 그리고 이린 또한 지끈 입술을
물어 목구멍으로 치미는 뜨거운 무언가를 꿀꺽 삼켰다.

"그렇게 들려요?"

"응."

"한동안 그 남자의 좋은 점을 분석한 적이 있어요. 아마 찾아보
면 주강민 리포트도 있을걸요."

"누구한테 제출한 리포트?"

"한이린이 한이린에게."

서하의 눈썹이 이해할 수 없다는 뜻으로 일그러졌다. 그가 물었
다.

"왜?"

"그래야 정이라도 붙을 것 같아서."

대답을 하면서도 이린은 입안이 씁쓸했다.

"이렇게 되돌아보니, 그 남자도 조금은 이해가 되는군요. 그도
알았겠죠. 내가 이렇게 이성적으로 자신을 대하는 걸요. 나라도
정나미 떨어졌을 거예요."

이린이 희미하게 고개를 끄덕였다.

"왜 그렇게까지 해야 했는지는 이해 불능이지만, 이린 당신, 계속 그쪽 변명 중인 거 알아?"

이린이 문득 이마를 찡그렸다. 눈매를 가늘게 뜨고 그를 노려보는 척했다.

"하면 안 돼요? 혹시…… 질투해요?"

"응."

계속 같은 뉘앙스의 대답. 서하의 표정은 진중하다. 이린이 꿀꺽 침을 삼켰다.

"그 사람이 객관적 스펙이 좀 화려하긴 해요. 집안 빵빵하고, 학력도 그만하면 좋고. 외모도 어디 내놔서 빠지지 않고. 그래도 두둔해 줄 만큼 내 타입은 아니었어요."

그녀가 말을 한 템포 쉬었다. 비밀 얘기를 해준다며 목소리를 낮췄다.

"심각한 마마보이거든요. 무슨 일만 생기면, 바로 엄마한테 일러요. 아마 아까 일도 벌써 일렀을 거야."

이린이 어색하나마 쿡쿡대며 웃었다.

"본인 아니고도 머리 아플 뻔했군. 시어머니와의 관계는 중요해."

"그렇겠죠? 그랬을 거야."

여우의 신포도가 떠올랐다. 강민과의 약혼이 깨진 것에 미련은 털끝만큼도 없으니 적당한 비유인지는 모르겠지만.

"그런데 서하 씨는 경험해 본 것처럼 말하네요? 마치 시엄마를 겪어본 것처럼."

이린의 웃음이 계속해서 이어졌다. 분명한 것은 서하에게라도 털어놓으니, 마음이 가벼워지고 있다는 것.

참 이상한 사람이지, 당신.

이린의 시선이 그의 손과 자신의 손에 번갈아 멎었다. 그러다 자신도 모르게 혀끝으로 마른 입술을 축였다.

그녀의 한 손가락 끝이 슬며시 움직였다. 계속 신경이 쓰이던 그의 손등에 닿았다. 손끝 한 점을 통해 전해지는 미약한 온기. 그리고 떨림. 그의 것인지, 자신의 것인지 불분명하다. 그런데 원래 이어졌어야 했던 것일까. 붕 뜬 것 같던 마음이 손끝이 닿은 순간부터 가라앉기 시작했다.

기분이 이상해.

이린의 시선은 제 손끝에 집중됐다. 그림을 그리듯 손등에 닿은 손가락을 움직였다. 천천히, 그리고 의도한 것은 아니지만 유혹적으로.

"떨려요?"

이린의 손끝이 딱 멈췄다. 시선을 들어 도발적인 눈빛으로 그를 바라봤다. 남자의 깊은 눈동자와 마주친 순간, 심장이 전율했다.

아직은 무시할 수 있어. 그래, 아직은.

"내가 어떠길 원하지?"

이린은 대답하지 않았다. 흔들리지 않는 시선으로 그를 바라봤을 뿐이다. 아무렇지도 않아 보이던 서하 또한 목이 탄 듯 눈앞에 있던 언더락 잔을 단번에 비웠다.

그가 이린의 눈동자를 똑바로 바라봤다.

"떨려. 당장 이 손 움켜쥐고 싶을 정도로."

"그렇군요."

서하의 대답은 만족스러웠지만, 이린의 목소리는 담담했다. 오히려 쓸쓸하게 웃기까지 했다.

여유 있고 열정적인 이 남자가 부럽다. 그에 대해 많은 것을 알지 못하고, 보지 않았어도 분명히 알 수 있다. 정서하는 세상에 휘둘리기보다 지배하는 쪽이다.

그녀가 아는 어떤 남자와 같은 부류. 한이건, 배다른 형제인 그가 떠오른 건 자연스러웠다. 그러나 둘은 닮은 듯 다르다. 서하는 처음부터 그랬던 자의 여유로 충만했다. 모든 것이 쉽고 자신만만해 보인다.

하아, 지금 왜 한이건 생각을 해.

"한이린."

이린의 심장이 쿵 내려앉았다. 그가 부르는 자신의 이름에 이렇게 전율이 흐를 줄이야.

"몇 시간 전 본인이 한 말을 잊었나?"

이린이 조금씩 나른해지는 두 눈을 치켜떴다. 무슨 말이냐는 눈빛으로 물었다.

"모든 것은 마음의 문제라 했지."

"아…… 엘리베이터."

이린이 깨달은 듯 힘없이 웃었다. 여전히 그의 손등 위에 놓인 손가락을 다시 천천히 움직였다. 매끄러운 손등의 감촉이 손끝으로 전해졌다. 훅. 숨결이 뜨거워졌다. 몸속 깊은 곳이 진동하고 있다.

"당신 말이 맞아요. 마음을 열지 못했던 건 내 탓이었어요."

강민은 유난히 스킨십을 좋아했다.

"널 만지고 싶고, 갖고 싶은 것은 남자의 본능이 아니라 사랑이야! 구분했으면 좋겠어."

그러며 화를 냈다. 차라리 남자의 본능이라 했으면 솔직하다는 생각은 했을지도 모른다. 더 마음이 열리면, 그가 원하는 대로 자 주었을지도 모른다. 강민의 말대로 어차피 결혼하면 다 할 거, 조금 당겨 한다고 뭐가 달라졌겠나.

"직접적인 파혼 이유…… 얘기할 수 있나?"

이린이 훗 웃었다. 똑바로 서하의 눈을 바라보았다. 흔들림 없는 눈망울이 서로를 응시했다. 주변의 소음이 밀도 있게 그들을 향해 밀려들었다. 한 점에서 소멸되듯 모든 것이 사라진 순간 이린이 입을 열었다.

"내가 안 잤거든요. 그 남자와."

서하의 눈빛이 가뭇해졌다. 이린의 표정을 가늠하듯 눈매가 천천히 가늘어졌다.

"여자도 안 내키는 남자가 분명히 있고, 하필이면 그가 약혼자인 것은 심각한 문제가 있었어요."

이린의 음성이 천천히 잦아들었다. 은밀한 시선으로 서하를 바라봤다.

"정말 내 손이 닿으면 떨려요?"

"응."

서하의 눈빛이 깊어졌다. 무슨 말을 할까, 고민하기보다 이린이 말하는 대로 그대로 두었다.

"안 떨리는 것 같은데요?"

"숨기고 있어. 그런 쪽은 강해."

"아."

이린이 고개를 끄덕였다. 그리고 또 물었다.

"그런데 왜 떨려요?"

"본능이야."

이린의 눈빛이 문득 굳었다.

"남자의 본능?"

"아니."

"그럼?"

"당신을 알아본……."

이린의 눈매가 가늘어졌다. 그의 솔직한 대답에 심장이 쿵 내려앉았다. 욱신거리기까지 한 것은 조급함 때문일 것이다. 조금 더 이 남자를 만지고 싶다는 충동이 목 끝까지 치밀어 간질거렸다. 떨리냐고 물은 자신이 더 떨고 있다. 말을 해야 하는데, 입술만 달싹거려 이린은 마시고 있던 잔을 단숨에 비웠다.

"나는…… 모험할 만한 열정이 없어요."

겨우 입을 열었지만, 심장이 타는 듯 뜨거워졌다. 온몸으로 공기가 가득 들어온 느낌. 부풀어 터질 것 같았다.

하아. 무슨 음악이 이렇게 끈적거려.

이 감정은 모두 흐르는 음악 때문이다. 아니, 어쩌면 얼굴의 음영을 뚜렷하게 만드는 조명 탓일지도.

지독히도 자극적이고, 지독히도 매혹적인 남자. 붉은빛을 입지 않아도 붉은빛이 보였고, 검은빛 어둠 속에서도 유독 빛이 났다. 본인 스스로 그렇다는 것을 알고 있어서 더욱 빛나 보이는지도 모른다.

이린이 느른한 시선으로 서하를 바라봤다. 탄탄하게 각진 어깨와 가슴을 감싼 흰색 셔츠 사이로 근육질의 몸매가 드러났다. 강인해 보이는 목울대 밑으로 은빛 링이 걸린 목걸이가 반짝거렸다. 손 뻗어 만지고 싶은 충동. 친구가 필요했는데, 지금은 애인이 필요한지도 모르겠다고 이린은 쓰게 웃었다. 현실에서 도피하고 싶은 생각이 술기운에 모락모락 일고 있기 때문이기도 하다.

그런데 반전은 있었다. 이 남자, 의외로 담백하다. 시도 때도 없이 욕망을 드러내던 강민과는 차원이 달랐다. 그의 말대로 욕망을 숨기고 있다면, 어쩌면 정서하가 더 고단수일지도 모른다. 도도하게 고개를 쳐들어도, 이린은 단숨에 뜨거워진 심장을 무시하지 못했다.

위험해. 이린의 본능이 경고했다. 모험할 만한 열정이 없다면, 모험을 시도할 생각도 하지 말아야 한다. 충동도 도박도 지금은 할 수 없다.

젠장.

입술을 꽉 물어야 할 정도로 다리 사이의 중심이 뜨거워졌다. 그쪽이 움찔거리고 가슴이 부풀어 올랐다. 이런 경험은 처음이다. 하지만 욕망이라는 것을 모를 만큼 나이를 헛먹지 않았다. 그때, 이번에는 서하가 이린의 손을 감쌌다. 엄지손가락 끝이 그녀의 손등을 부드럽게 쓸었다. 이린이 흡, 숨을 들이켰다. 정확히 마주친 눈빛이 타는 듯 뜨겁다.

"날 알아볼 시간이 필요해?"

서하가 자신의 시간을 가늠했다.

"일주일이야. 그전에 분석 끝내."

서하가 이린의 하얀 얼굴을 손끝으로 쓰다듬었다. 감각적으로.

성감대가 그쪽이었나 싶을 만큼 이린은 예민하게 반응했다. 바르르 입술을 떨었다. 당장 그의 손가락을 꽉 물어버리고 싶었다. 하. 결국 참다못한 이린이 작은 한숨을 토해냈다.

"성병 있어요?"

"없어. 건강해."

이린의 어조는 평범한 일상을 묻는 듯 평이했다. 서하의 음성 또한 뚝뚝 끊겼지만 평소와 다르지 않았다. 하지만 모든 것은 수면 위의 일.

수면 아래, 이린의 심장은 불에라도 덴 듯 조여들었다. 침이 꿀꺽 넘어갈 것 같아 이린은 물이 가득 든 잔을 벌컥 들이켰다. 혹. 숨을 내쉰 후 그를 똑바로 바라봤다.

"나랑 잘래요?"

침묵이 흘렀다. 방금 그녀가 한 말은 생각뿐 아무 말도 하지 않았던 것처럼 무엇도 변하지 않았다. 다만 이린의 심장이 무섭게 뛰고 있을 뿐이다.

그런데 서하는 분명 들었다. 뒤늦게 그가 대답했다.

"원나잇? 그런 위로가 필요한가?"

서하의 입가에 느른한 미소가 천천히 스몄다. 상대를 관찰하듯 고개가 비스듬해지고, 턱을 받쳤던 한 손 끝으로 입술을 천천히 문질렀다. 바라보던 이린을 숨 막히게 할 만큼 그는 자극적이었다.

"흥미 없는데?"

이린의 눈빛이 움찔거렸다. 단번에 거절당하리라고는 생각지 못했다. 방금 한 말에 후회가 스며 약한 한숨이 새어 나오려던 찰나였다.

"이렇게 말하면 다른 남자를 찾을 건가?"

이린이 시선을 돌렸다. 심장은 이미 전속력으로 질주하고 있다. 서하의 시선을 제대로 마주 보지 못한 채 혼자 얼굴이 벌게졌다.

"그렇게 섹스에 굶주리진 않았어요. 올라가 쉴게…… 흡!"

어깨까지 으쓱한 이린이 애써 태연하려 할 때였다. 서하가 한 팔을 뻗어 그녀의 뒷목을 감쌌다. 순식간에 제게로 끌어당겨 입술을 덮었다. 거친 느낌으로 깊숙이 파고들어 이린의 혀를 빨아들였다.

서하는 정중하지도, 부드럽지도 않았다. 다관에서, 야시장에서 보여준 그의 감미로움이 허상이 아닐까, 그는 저돌적이고 생생했다. 당장이라도 이린의 모든 것을 먹어치울 듯 허기져 보였다.

스르륵.

문 닫히는 소리가 먼 곳에서처럼 들렸다. 모든 것이 꿈처럼 아득하다.

아래층으로 옮겼다 해도 호텔 객실의 모습은 똑같다. 그러니 여기가 자신의 룸인지, 어디인지 모르겠다. 구분은 무의미했고, 이린은 구별할 의지도 없었다.

모든 것이 낯설 뿐이다. 숨결조차 생생히 느끼고 있는 정서하라는 남자 때문이기도 하고, 자신의 반응 때문이기도 했다.

목이 말라. 탈 것 같아.

지금 이 순간, 이 남자를 마셔 버리지 않으면 죽을지도 모른다. 그만큼 이린은 절박하게 매달렸고, 서하의 호응 또한 매 순간 거세졌다.

부드럽던 그는 사라졌다. 마주 닿은 곳이 녹아내릴 듯 뜨겁고 거친 남자만 존재한다. 벽에 기댄 채 그 남자의 강철 같은 가슴과 두 팔 안에 갇혀 버린 이린은 키가 큰 서하에게 압도당했다. 마주 닿은 온몸이 심장이라도 된 듯 격하게 요동쳤다. 훅. 가볍지만 뜨거운 숨결이 그녀를 타오르게 했다. 옭아맸다. 맛을 보듯 잠깐 닿았다 떨어진 입술이 감질났다. 조바심치는 순간 입술이 다시 맞붙었다.

흡!

숨결이 빨렸다. 이린을 부둥켜안은 서하가 단숨에 그녀의 입술을 파고들었다. 고른 치아를 가른 혀끝이 도망가지도 못하게 그녀의 혀를 휘어 감았다. 그녀의 숨결을 단번에 막았다.

욕망에 젖은 소리, 농도 짙은 빛깔이 노골적으로 유혹한다. 부드러운 혀가 단단하게 얽혔다. 하아. 달콤한 신음이 새어 나오도록 서하는 깊게, 그리고 아프게 그녀를 빨아들였다. 이린의 숨결 한 톨도 처음부터 모조리 제 것이었던 양.

나락으로 떨어지고 있다. 한숨 소리도 녹아내려 사라졌다.

하아.

이린이 가냘픈 신음을 흘렸다. 견디지 못하고 두 팔을 서하의 목에 둘렀다. 조금 더 밀착된 몸. 단단한 몸이 꿈틀거리는 것이 확연히 느껴졌다. 가슴, 복근, 강철 같은 허벅지 사이의 중심까지.

서늘한 객실의 공기와 달리 육체는 빠르게 달아올랐다. 뜨겁게 젖어든 중심이 엇갈린 다리 사이로 서로에게 닿았다. 저도 모르게 이린이 몸을 비틀었다. 천을 뚫고, 직접 닿고 싶은 열망으로 몸속 깊은 곳이 뜨거워졌다. 불거진 그의 남성이 꿈틀거린 것을 이린은 정확히 느껴 몸서리쳤다.

미치겠군.

서하 또한 신음을 악물었다. 단 한 번도 느낀 적 없는 뜨거운 열기에 진땀이 흘렀다. 눈앞이 아찔했다. 그 반동으로 맞붙은 입술을 거세게 밀어붙였다. 자신도 모르게 이린의 봉긋한 가슴을 억세게 움켜쥐었다. 흠칫. 놀란 이린의 몸이 펄쩍 뛰었다.

"이린."

"훗!"

서하의 속삭임에 이린이 몸서리쳤다. 그녀는 짧은 숨을 겨우 삼켰다. 조금 더 가까이 다가가고 싶은 욕망을 주체할 수 없었다.

이것이 나야? 어떻게?

의문은 잠시. 그저 이 남자와 닿고 싶고 만지고 싶다. 부드럽고 연한 입술이 짙은 마찰에 부풀어 올랐다. 까칠하게 돋은 그의 턱수염이 이린의 여린 살갗을 발갛게 물들였다.

"숨을…… 못 쉬겠어."

서하의 움직임을 이린은 겨우 쫓아갔다. 짧게 짧게 숨을 몰아쉬던 이린이 겨우 입술을 열었다. 조금 거리를 둔 서하의 입술이 이린의 아래위 입술을 가볍게 물었다 놓았다. 그녀의 타액을 맛나게 핥았다.

"지금은?"

그의 입가에 희미한 미소가 떠오르자, 이린의 심장이 무서운 속도로 뛰었다. 가슴이 눈에 띌 정도로 들썩거렸다. 그녀의 어깨를 한 팔로 안은 서하의 손끝이 이린의 얼굴선을 스쳐 목덜미를 훑었다. 이린은 온몸이 전기라도 맞은 듯 충격으로 굳었다. 으음. 부자연스럽게 가늘고 더운 숨이 새어 나왔다.

"이린."

이린은 눈에 띌 정도로 떨었다. 실내의 흐릿한 불빛 아래, 추운 듯 떨고 있는 그녀가 안타까울 정도였다. 움직임을 멈춘 서하가 가늘어진 눈매로 그녀를 바라보았다. 천천히 입술을 열어 이름을 불렀다. 동시에 이린이 그의 목덜미에 멎었던 시선을 들었다.

하!

이린의 숨이 턱 막혔다. 그녀의 시선이 파랗게 타고 있는 서하의 시선과 허공에서 얽혔다.

그의 눈동자에 비쳐 선연히 드러난 것은 자신의 붉은 욕망.

살아온 지금껏 단 한 번도 느끼지 못했던 갈증, 갈망.

갖고 싶다. 머리끝부터 발끝까지, 이 남자의 전부를.

어느 누구에게도 보여주고 싶지 않다. 오로지 자신만 보고 싶다.

지독한 열망으로 이린의 몸이 부들부들 떨렸다. 그녀는 두 눈을 꾹 감았다.

"멈추지 마요."

그가 하려는 말이 보인다. 원한 것이 아니냐고. 그만두겠냐고, 그의 눈빛이 묻고 있다. 그리고 이린은 아니라 대답했다. 이 감정이 무엇일까, 분명히 드러낼 순 없어도 여기서 그만두기는 싫다. 단 한 번이라도, 숨이 막힐 만큼 무더운 여름밤이 준 소름 끼치는 전율을 만끽하고 싶다. 심장을 묘하게 간질거리고, 두근거리게 하는 이 남자가 오늘만이라도 내 것이라고 여긴다 해도 뭐라 할 사람이 없다. 아니, 이 순간을 즐긴다 해도 뭐라 할 수 없다. 내일 새벽, 비교적 맑은 정신에 잠시 후회해도 상관없다. 지금은 지금일 뿐.

괜찮아. 살아오며 적어도 한이린은 매 순간 순간 충실했어. 후회 따위 하지 않아. 지금의 나도 최선이니까.

"천천히. 급할 필요……."

서하의 묵직한 목소리가 들린 순간, 이린이 두 손을 뻗어 서하의 얼굴을 감쌌다. 세상 단 하나 소중한 것처럼 엄지손가락으로 부드럽게, 그리고 유혹적으로 어루만졌다. 순간 그의 눈빛이 파릇하게 빛났다. 주춤했던 열기가 이내 확 달아올랐다.

"난 급해요."

까치발을 한 이린이 혀를 내밀어 서하의 입술을 스치듯 핥았다. 달콤하고 짜릿한 전율이 온몸을 훑었다. 이내 깊게 서하의 입술을 물고 두 눈을 감았다.

서하가 조금 더 선명하게 느껴졌다. 그의 가볍고 산뜻한 체취가 코끝을 자극하고, 그의 옅은 신음이 귓가를 스쳤다. 그것만으로도 그는 그녀를 뜨겁게 했다. 당당한 그조차 신음하게 만든 이 순간이 그녀를 기분 좋게 했다. 당장 숨을 쉬지 못한다 해도, 온몸을 태울 것 같은 열락에 이린은 자신을 맡겼다.

"서하……."

열기 가득한 목소리가 어느새 익숙한 이름을 뱉었다. 동시에 감각적으로 그녀의 등을 쓸어내리던 서하의 손길이 셔츠 안으로 미끄러져 들어왔다. 움찔한 그녀의 허리를 다른 손이 움켜쥐었다. 천천히 움직인 그에게 이끌려 침대 위에 앉혀진 것도 이린은 꿈속처럼 느끼고 있었다.

"이린."

서하의 뜨거운 손끝이 이린의 살결을 쓸었다. 아기와 같은 보드라움. 찰나 서하는 신음을 삼켰다. 손끝이 미끄러지듯 올라와 하얀 브래지어에 가려진 가슴을 지그시 움켜쥐었다.

"하아……."

이린의 호흡이 가빠졌다. 흥분으로 도드라진 정점을 서하의 손끝이 자극했다. 으흣. 이린의 몸이 튀어 오를 듯 전율했다. 복부가 움찔한 순간, 서하가 두 손으로 그녀의 허리를 움켜쥐어 자신에게 바짝 붙였다. 그대로 들어 올려 그녀의 티셔츠와 브래지어를 단숨에 벗겨냈다. 침대 위에 앉은 그녀와 그 앞 바닥에 무릎 꿇은 서하의 시선이 거의 동등해졌다. 이내 서하가 드러난 그녀의 가슴을 탐욕의 시선으로 훑었다. 둥근 곡선과 분홍빛 젖꼭지. 그곳에 닿은 서하의 시선만으로도 이린은 숨이 막혔다. 제대로 숨을 쉬지 못했다.

"창피하다."

심장이 터질 것 같아. 이린이 입술을 달싹였다. 미간이 일그러졌다. 두 손으로 가슴을 가리려고 했지만, 서하가 먼저 그녀의 몸을 안고 목덜미에 입술을 찍었다. 흑. 뜨거운 숨결이 터져 이린의 몸이 움찔거렸다.

눈같이 하얀 목덜미는 숨이 멎을 만큼 따뜻하고 부드럽다. 짓이겨 피를 보고 싶은 충동마저 일으킬 만큼 가냘팠다. 결코 다시는 놓고 싶지 않은 감정과 설렘이 서하의 피를 마지막 한 방울까지 소용돌이치고, 뜨겁게 만들었다. 당장이라도 몰아쳐 제 것으로 만들고 싶지만, 그러기엔 또한 조심스럽다. 다그치면 이 여자, 오히려 도망갈지도 모른다.

그래서 서하는 되도록 천천히 움직였다. 욕망에 충실하되 아닌 척. 그녀의 목선을 따라 입 맞추던 그가 가슴골이 시작되는 곳에서 멈췄다. 후. 뜨거운 한숨을 내쉬며 이린을 천천히 침대 위로 쓰러뜨렸다. 하얀 어깨와 둥근 가슴, 그리고 날씬한 허리. 불꽃처럼 날름거리는 시선이 그녀의 모든 곳을 핥듯이 훑었다.

"하……."

작은 한숨과 함께 눈을 뜬 이린의 눈빛 또한 검게 반짝였다. 어느새 옷을 벗은 서하의 탄탄하고 넓은 상체가 그녀의 눈앞에 있다. 벽같이 높고 단단해 보인다. 그리고도 티끌 하나 없이 매끄러워 보여 손끝으로 쓸어보고 싶은 유혹이 물밀듯 밀려들었다. 동시에 시선을 아래로 내린 순간, 이린은 두 눈을 지끈 감고 말았다. 가슴이 들썩거렸다.

자신과 같은 욕망. 우뚝 솟은 서하의 남성이 그녀를 떨게 했다. 검은빛 중앙에서 당당히 고개를 쳐들었다.

이제 와 움츠릴 생각은 없었다. 그랬다면 아무리 취중이라도 그리 말하지 않았으리라. 그렇지만 이렇게 심장이 터질 줄은 예상치 못했다. 이린은 살짝 두려움이 밀려들었다.

남자가 벗은 거 첨 보는 거 아니잖아.

그런데 이렇게 긴장하다니.

젠장. 스물여덟이나 나이 헛먹었어.

그가 눈치채지 못하게 대범하게 넘기고 싶었으나 이린은 저도 모르게 꿀꺽 침을 삼켰다. 가늘게 내쉬는 숨결이 더욱 서하를 자극하는지도 그녀는 몰랐다. 어떤 말도 지금은 필요치 않았다.

입술이 다시 격하게 맞닿았다. 서늘하다. 그러나 순식간에 델 만큼 뜨거워진다. 서하의 입술이 이린의 생각을 흐트러뜨렸다. 혀끝에 닿은 느낌은 표현 못할 만큼 달아 온몸이 녹을 것 같다. 그녀는 저도 모르게 침대 시트를 움켜쥐었다.

"으음."

이린이 희미한 신음을 흘렸다. 남은 옷가지도 벗겨져 나가고 있음을 어렴풋이 알았다. 하지만 손끝 하나 움직일 힘도 없이 나른해졌다. 서하의 입술이 귓가를 누비다 숨결을 불어넣고, 그의 손이 그녀의 온몸을 애무했다. 지독히도 달콤한 자극을 불러일으키는 입술과 혀끝. 그의 것이 닿은 곳은 한없이 움츠러들었다.

하아. 눈물 날 것 같아.

묘한 쾌감에 이린은 몸을 떨었다. 온몸 구석구석을 누비는 서하의 손길을 견딜 수 없다. 가슴을 움켜쥐고, 엉덩이 위에, 그리고 누구도 닿아본 적 없는 다리 사이에서 서하의 손길을 느끼고 있다. 살과 살이 맞닿아 뜨겁게 달아오르고 있다. 깊은 곳에는 이미 뜨거운 물기가 가득 스몄다. 이린의 몸이 부들부들 떨었다.

"홋!"

목덜미에 머무르던 그의 입술이 그녀의 유두에 닿았을 때, 이린의 몸이 튀어 올랐다. 작은 분홍빛 돌기를 코끝으로 문지르고, 입술로 건들던 그가 혀끝으로 핥고 굴렸다. 찌릿찌릿, 전기라도 온 것 같은 저릿한 자극이 온몸을 꿰뚫었다. 그리고 순간, 서하의 입술이 와락 젖꼭지를 빨아들였다. 이린의 허리가 들썩거렸다. 그의 머리카락을 움켜쥐고 격렬한 쾌감에 몸을 틀었다.

견딜 수…… 없잖아. 미치겠어.

이린의 숨결이 거칠어졌다. 가슴을 빠는 서하의 입술이 뜨겁고 야릇했다. 동시에 허리를 쓸어내리던 서하의 손끝이 꼭 붙은 이린의 두 다리 사이까지 느릿하게 쓰다듬자, 아득한 쾌감이 밀려들었다.

하, 하지 마.

이린은 비명을 지르고 싶었다. 낯선 욕망에 눈앞이 하얘졌다.

"하아."

겨우 숨을 내쉰 이린이 움켜쥐었던 그의 목덜미를 더 깊게 끌어안았다. 꽉 붙었던 허벅지에 힘이 풀려 스르르 벌어진 순간, 서하의 손끝이 이린의 여성을 파고들었다. 갈라진 틈을 길게 쓸었다. 움찔하여 다시 힘을 주려 하자 서하의 목소리가 나직하게 들렸다.

"괜찮아, 이린."

그의 눈빛은 보지 못했다. 그가 괜찮다고 했으니, 이 묘하고 스멀거리는 느낌은 괜찮아질 것이다. 이린은 그렇게 믿고 있었다.

그런데 문득 섬광처럼 스며든 생각에 이린이 눈을 떴다. 이 목소리를 들었던 기억이 났다.

"서하 씨, 내가 기절했을 때요."

그녀가 아래로 내려가려는 서하의 머리를 두 손으로 감쌌다. 그의 눈빛을 정확히 마주했다. 욕망으로 짙어진 눈빛이 이린을 내려다보고 있다.

"그때 내가 울었어요?"

서하는 대답하지 않았다. 그럼에도 이린은 대답을 들은 것 같았다.

"당신이 곁에 있었고요?"

"괜찮아요. 이제."

"곁에 있을게. 울지 마요."

그 목소리가 당신이었구나.

이린이 서하의 얼굴을 천천히 쓰다듬었다. 가슴이 뿌듯해졌다. 두려움과 긴장이 사라지고 있다. 그와 이마가, 코끝이 닿았다. 천천히 겹쳐진 입술 위에서 서하가 속삭였다.

"이제 두려움 같은 건 잊어."

"흡!"

그가 이린의 입술을 완전히 덮었다. 동시에 그녀의 젖가슴을 움켜쥐었다. 그녀의 가는 허리가 허공으로 들리고, 깊게 파고든 그의 혀가 이린의 안을 제 것처럼 헤집었다. 모양 좋은 가슴이 그의 손아래 일그러졌다.

"서하 씨!"

어느새 다리 사이의 까슬한 둔덕을 쓰다듬던 서하의 손끝이 갈라진 틈으로 스며들었다.

"흐읏!"

온몸이 극도로 민감해졌다. 서하의 손끝 움직임조차 소름 끼치게 선명했다. 그의 손끝이 꽃잎 사이의 돌기를 스친 순간, 이린은 저도 모르게 서하에게 매달렸다. 번개 같은 전율이 눈앞을 강타했다. 아찔한 쾌감. 눈앞이 어지러웠다. 그를 안은 온몸에 힘이 들어가다 부들부들 떨었다.

"하!"

서하의 숨결도 가빴다. 그가 내뱉는 낮은 신음이 또한 이린을 떨게 했다.

그가 달뜬 숨을 내쉬는 이린의 입술을 격렬하게 빨아들였다. 동시에 그의 손가락 또한 이린의 여성 위에서 유연하게 움직이기 시작했다.

"아앙…… 흐응……."

견딜 수 없다. 이린이 몸을 뒤틀었다. 조용한 룸에는 입술이 부딪치는 야릇한 소리가 매끄럽게 들렸다. 그녀의 다리 사이가 흥건히 젖어들었다.

"하아…… 서하, 그만……."

온몸이 젖고 있다. 서하의 손목 움직임이 빨라질수록 이린의 몸은 절정의 파도를 넘나들었다. 견딜 수 없을 만큼 쾌감이 밀려들었다.

"죽을 것 같아."

서하를 끌어안은 채 이린은 부들부들 떨었다. 감당할 수 없는 절정의 파도 앞에서, 마주 붙은 입술을 더욱 세게 물고 제 안으로 빨아들였다.

"이린."

그 순간이다. 서하가 부른 자신의 이름이 들린 순간, 이린은 번쩍 눈을 떴다. 중심을 가른 아득한 통증이 그녀를 굳게 했다.

단 한 번. 매끄럽게 밀려들었다. 서하는 머뭇거리지 않았다. 제 중심을 뿌리 끝까지 이린에게 밀어 넣었다. 쉽지는 않아 이를 지끈 물었지만, 강한 힘으로 치고 들어갔다. 그리고 다음 순간, 그도 이린도 당장 숨을 멈췄다.

"아!"

이린이 비명 같은 외마디를 터트렸다. 그와 결합되었다는 사실에 놀라기도 전, 절정의 쾌락을 넘나들며 축 늘어졌던 적이 언제인 양, 이린의 온몸이 바짝 긴장했다. 겁먹은 그녀의 눈빛이 순간 움직임을 멈춘 서하의 시선과 맞닿았다.

"이린?"

서하의 목소리가 깊게 가라앉았다. 걱정이 드러났다. 이린이 저도 모르게 눈을 꽉 감고 이를 지끈 물자, 서하의 이마 또한 희미하게 일그러졌다.

"이린!"

서하가 그녀의 귓가에 계속 이름을 속삭였다. 그제야 눈을 뜬 이린의 시선이 흐릿해졌다. 바들바들 떠는 이린의 시선과 맞닿았다.

"숨 쉬어."

이린이 가까스로 서하의 말을 알아들었다. 몸이 쪼개지는 것이 이런 걸까. 찢어진 것 같아. 눈물이 날 것만큼 아팠다.

"진짜…… 아프다. 당신…… 너무 큰 거 아냐……."

숨이 턱턱 차오르면서도 이린은 허세를 부렸다. 아무렇지도 않다는 표정으로 그녀는 계속하라고 고개를 끄떡였다.

"이린, 천천히…… 힘을 빼……."

이를 악문 서하가 말을 뱉었다. 그러다 문득 그의 눈매가 가늘어졌다.

설마.

서하의 수려한 얼굴이 일그러졌다. 고통을 참는 이린의 얼굴을 살피듯 내려다봤다.

뜨겁다. 그녀의 내부가 그의 중심을 숨도 못 쉴 듯 조이고 있다. 순간, 그는 하, 짧게 탄식했다.

첫 경험이야?

서하의 눈빛이 야수의 그것처럼 맹렬해졌다. 제 것을 향한 열망이 그를 폭주하게 할 것 같다. 그녀의 안에서 그의 것이 꿈틀대며 크기를 더 키웠다.

"으훗!"

이린이 격렬하게 고개를 저었다. 그녀의 두 허벅다리를 팔로 감싼 서하가 천천히 중심을 빼내려 하자, 이린이 흐느끼듯 신음을 토해냈다.

"아아……."

쾌감이 아닌 고통. 그의 남성이 빠져나올수록 그녀의 내부 또한 딸려 나오는 것 같다.

"아. 아파……."

이린의 얼굴이 완전히 일그러졌다. 상체를 들썩이며 안간힘을 쓰다가 서하의 팔을 붙들었다. 가까스로 움켜쥐고 버거워했다. 어두운 눈빛으로 바라보던 서하는 더 이상 움직이지 않았다. 그조차 긴장하여 굵은 땀방울이 뚝 떨어져 이린의 가슴 위로 흘렀다.

"서둘지 마. 더 고통스러워."

서하가 이린의 몸을 감싸 안았다. 짧은 머리칼을 쓰다듬고, 긴장으로 굳은 몸을 구석구석 어루만졌다. 그들이 결합된 곳도 조심스럽게. 검은빛 체모를 가르고, 뾰족하게 솟은 돌기를 천천히 문질렀다.

"으흣!"

이린의 몸이 위로 솟구쳤다. 그가 그녀의 머리끝에 입술을 맞췄다.

"괜찮아, 이린."

그가 속삭였다. 무어라 표현하지 못할 감정으로 심장이 터질 것 같다. 욕망, 욕정과는 다른 감정이 가슴을 꽉 채우고 있다.

4

사방이 고요했다. 에어컨 바람 소리조차 묵직한 고요 속에 갇혀 멀게만 느껴진다.

"왜 말 안 했지?"

서하가 안고 있던 이린의 몸을 고쳐 안으며 물었다. 이린의 미간이 희미하게 일그러졌다.

방금 전 정사의 여운은 묵직한 통증으로 남았다. 다리 사이의 은밀한 곳도 가슴 끝도 쓰리고 얼얼하다. 진이 다 빠져 손가락 끝조차 움직일 수 없을 것 같다. 네 팔다리는 서하와 얽혀 묶이듯 안기고, 시트 안 그의 가슴이 얼굴에 닿을 듯 말 듯 맞붙었다. 그 위에 이린이 작은 한숨을 내쉬었다.

말을 안 한 것. 무엇을 묻는지 알고 있다. 그가 첫 경험의 흔적을 모두 지워준 이상 아니라고 우길 수는 없는 일이었다.

"특별히 알릴 만한 것이 아니니까. 신경 쓰였어요?"

그녀의 물음에 서하가 한 손으로 그녀의 턱을 제 쪽으로 돌렸다. 얼굴이 닿을 듯 말 듯 가까이 맞닿았다. 바라보는 이린의 눈동자가 흔들렸다.

"재미…… 없었죠?"

서하의 눈매가 가늘어졌다. 못마땅하다는 뜻이다.

"그런 의미 아니야. 재미로 따질 만한 것도 아니고."

"미안해요. 잘못 물었어. 그런데 내가 말했다면, 무언가 달라졌어요?"

서하의 눈빛이 깊어졌다. 말없이 한참 동안 상대를 바라보다가 대답했다.

"아니."

"그럼 됐잖아요."

이걸로…… 충분해. 나는 당신을 욕망했고, 후회는 없어요.

이린의 눈빛이 하지 못한 말을 담았다. 그가 쉽게 여자를 만나는 남자가 아닌 것은 믿어진다. 그건 제게도 믿을 수 없는 행운. 이린이 옅은 한숨을 내쉬었다.

"피곤해요. 잘 거야."

이린이 지끈 두 눈을 감았다. 서하의 품으로 깊게 파고들었다.

동시에 이린의 짧은 머리를 쓰다듬던 그의 눈매가 가늘어졌다. 손길이 뚝 멎었다. 결코 놓아주지 않겠다는 듯 그녀를 숨 못 쉬게 꽉 끌어안았다.

❖

새벽은 푸르스름한 빛으로 온다. 습습하고 뜨거운 여름밤을 지난 새벽일지라도 새로운 날이 시작되는 시각은 가볍고 상쾌한 법이다.

방금 풀을 자유형으로 한 바퀴 돌아온 이린이 수영장 밖으로 팔을 내밀고 가쁜 숨을 골랐다. 이른 새벽의 수영장에는 사람이 거의 없어 그녀는 마음껏 너른 풀을 유영할 수 있었다. 한쪽 벽이 모두 통유리창으로 설계되어 서서히 깨어나는 타이베이의 새벽이 한눈에 들어왔다. 어제보다는 흐릿한 날. 한낮에는 소나기라도 내릴 것 같은 예감이다.

이린은 물이 뚝뚝 흐르는 얼굴을 손을 들어 훔쳤다.

"한국에는 일주일 뒤쯤 들어갈 수 있어."

위에서 들린 갑작스런 목소리에 이린이 놀라 고개를 들었다. 마주친 서하의 두 눈이 밝게 웃고 있다. 자는 것을 보고 나왔는데, 언제 일어난 걸까. 그녀의 생각과 동시에 첨벙 소리가 울리고 물방울이 한껏 튕겼다. 수영장 안으로 몸을 날린 서하가 가른 물살이 출렁거렸다. 완전히 돌아서 그 모습을 보던 이린의 눈빛이 흐릿해졌다. 짧은 레인을 단숨에 왕복하는 그의 모습이 어쩐지 눈에 익었다.

"서하 씨, 어제도 이 시간에 수영장에 왔어요?"

물속에서 서하의 모습이 쑥 올라와 이린의 앞에 섰다. 구릿빛으로 그은 그의 가슴 위로 물방울이 뚝뚝 흘렀다. 단단한 팔과 다리는 어떤 힘에도 쓰러지지 않을 만큼 단단해 보였다.

하.

이린은 저도 모르게 옅은 한숨을 넘겼다. 정서하가 치명적이라는 사실을 시시때때로 느끼고 있다. 물에 젖은 머리카락, 송곳도 뚫지 못할 것 같은 단단한 근육으로 짜여진 가슴. 이린은 당장이라도 시선을 돌리고 싶은 것을 애써 눌렀다. 서하는 대답 대신 깊게 고개를 끄덕였고, 그녀는 가볍게 한숨을 내쉬었다.

"그랬군요."

"이제 알아보나? 나는 엘리베이터에서 바로 알아봤어."

서하가 빙긋 웃었다. 옆 레인에 있던 남자를 '지나가는 행인1' 정도로밖에 취급하지 않았다는 사실을 이린은 굳이 말하지 않았다. 물속에서 닿은 그의 몸이 오히려 더 신경 쓰였다.

수영장 벽과 그의 몸 사이에 끼어 있다. 물속에 잠긴 그의 손은 그녀의 허리에 닿았다. 실내수영장이라 비키니 수영복이 아닌 원피스 수영복을 착용한 것이 이 순간 다행으로 느껴질 정도로 이린은 그의 손길에 민감해졌다. 물론 욕망은 제 것이 더 클지도 모른다. 그에게 닿고 싶은 손끝이 움찔거린 것을 그녀는 얼굴을 쓸어내리는 것으로 무마시켰다.

"아까 한 말, 무슨 뜻이에요?"

"아까? 무슨?"

"한국 올 수 있다고 했잖아요."

서하가 아, 짧은 소리로 대답했다.

"한국에는 왜 가요?"

이린이 비교적 조심스럽게 물었다. 그의 휴가지는 대만으로 한정된 게 아니었나. 설마 휴가가 한 달씩 되고 그런 것 아니야?

"한이린이 거기 있으니까."

서하의 대답이 끝나자마자, 이린이 고개를 홱 들었다. 입이 떡 벌어져 당황했다.

"내가 한국에 있는 것과 무슨 상관인데요. 당신은 미국으로 돌아가야지. 우린……."

급하게 말을 잇던 이린이 또한 급하게 말을 끊었다. 상대를 자극하지 않고 돌려 말하고 싶은데, 적당히 메울 단어가 떠오르지 않았다. 서하의 얼굴을 마주 보다가 하, 작은 한숨을 내쉬며 손바닥으로 얼굴을 쓸어내렸다. 난감하다는 표정이 그대로 드러났다. 바라보던 서하가 한쪽 입술을 비틀며 웃었다.

"말하고 싶은 건 돌리지 말고 말해."

"아니, 내 말은……."

"우린 원나잇이었다? 그 말을 못하는 건가?"

아니라고 당당히 말해야 했다. 단순한 욕망만으로 설명하기에는 묘한 어떤 것이 서하와의 사이에는 존재하고 있다. 그럼에도 이린은 고집스럽게도 인정하고 싶지 않았다. 어금니를 지끈 물었다.

"아니라고 할 수 없어요. 우린 당연한 끝이 있었잖아요. 여기서 깔끔해져요."

"싫다."

서하의 목소리는 단호했다.

"정서하 씨!"

이린이 비명처럼 그를 불렀다. 서하는 대답하는 대신 조금 더 그녀에게 다가가 허리에 얹었던 손을 바짝 끌어당겼다. 동시에 이린이 헉, 급한 숨을 내뱉었다. 그의 입술 위에 빙긋 웃음이 서리고 물속이지만 맞닿은 중심이 무서울 만큼 빠르게 뜨거워졌다. 그의 남성이 크게 부풀어 이린은 숨을 쉴 수 없었다.

"말해. 불렀잖아."

그의 얼굴이 너무도 가까이 다가와 있다. 이린은 고개를 어떻게든 고개를 뒤로 빼려고 안간힘을 썼다. 표정이 울 것처럼 일그러졌다.

"얼굴 좀 치워봐요. 얘기를 못하잖아."

"싫은데?"

그는 꼭 악동 같았다. 당황한 이린의 얼굴을 귀엽다는 표정으로 내려다봤다.

"공공장소에서 이러는 건 꼴사나워요."

"나도 그래. 그래도 예외는 있지. 우리만 있으니까, 상관 없어."

서하의 말대로이다. 이 넓은 수영장이 마치 개인 수영장처럼 그녀와 그, 둘뿐이었다. 이내 포기한 이린이 하, 옅은 한숨을 내쉬던 순간이었다.

흡!

서하의 입술이 이린의 것을 집어삼킬 듯 빨아들였다. 치아를 가른 그의 혀가 정열적으로 파고들어 그녀의 혀를 기세 좋게 얽었다. 꼿꼿이 선 혀끝이 그녀의 입안을 섬세하게 핥았다. 수영장 물과 섞여 쌉쌀한 느낌이다.

"하."

신음이 터진다. 서하의 손에 가슴이 잡혔다. 수영복 위로 도드라진 유두를 그는 손끝으로 긁고 문질렀다. 흐웃. 이린은 가까스로 그의 손목을 붙들었다. 흥분이 가시지 않은 그녀의 눈동자가 물결처럼 일렁거렸다.

"정서하 씨 쿨한 성격인 줄 알았는데. 뒤끝 있는 남자였어요?"

"내 여자가 마음에도 없는 소릴 해. 어떤 놈이 그걸 받아들여?"

"내 여자?"

이린의 눈매가 일그러졌다. 눈빛이 흐릿해졌다. 그러나 서하는 그녀의 기분은 철저히 눈감았다. 그의 손이 그녀의 얼굴을 부드럽게 감쌌고, 긴 눈매에 살짝 힘이 들어갔다.

"한이린, 당신 내 여자 맞아."

누구도 넘볼 수 없는, 그의 유일한 여자다.

"그런 말 하지 마요. 내가 왜 누군가의 소유가 되죠? 한이린은 한이린이지 당신 것이 아니에요."

이린이 욱 치솟은 성격을 누르지 못하고 맞받아쳤다. 상대를 바라보는 시선이 서로에게 직선으로 꽂혔다. 푸르른 새벽빛이 어린 파란 물빛 안에서 누구의 시선도 한 치 밀림이 없었다. 서늘한 실내 공기처럼 팽팽하게 대립했다. 기어이 서하가 무거운 목소리로 그녀를 불렀다. 기다렸다는 듯 이린의 말도 뒤따랐다.

"이린."

"우린 좋은 기억 갖고 여기서 끝내자는 얘기예요."

"왜 그래야 되지? 당신과 나, 우린 단순히 육체만이 아니었어. 너와 내가 나눈 건 감정이었다고."

서하의 미간이 일그러졌다. 달싹이는 이린의 입술을 뚫어질 듯 바라봤다.

"내 인생에……."

이린의 눈빛이 흔들렸다. 서하의 얼굴 위로 여러 사람의 모습이 스쳤다. 어머니, 아버지, 자신을 두고 수군거리던 사람들, 그리고…… 오빠, 이건. 이린이 입술을 꾹 물었다.

"남자는 없어요."

이린은 단호했다. 표정이 굳는 서하를 무시했다.

"당신이 원하는 건 단순한 섹스파트너가 아니잖아요. 미안하지만 나는 그렇게 될 수 없어요. 아, 그래도 당신은 내게 특별해요. 당신은 내 가장 약한 곳을 봤으니까. 잊지 못할 거야."

이린이 두 눈을 감았다. 약해지려 하는 마음을 외면한 채 눈을 뜬 순간, 똑바로 바라보던 서하와 시선이 마주쳤다. 파릇한 빛이 튄 것 같아 이린의 눈빛이 멈칫했다. 그의 입술 끝이 묘한 느낌으로 뒤틀렸다.

"그것뿐인가?"

이린의 눈매가 긴장으로 굳었다. 서하가 한 말이 의외라 이린은 더욱 긴장했다. 무슨 말이든 해야 할 것 같은데, 무언가 울컥해서 심장이 먹먹해졌다.

"그것뿐? 그게 다이면 안 돼요?"

안 되는 이유는 또 있다. 정서하는 한 남자와 너무도 닮았다. 그녀에게는 몇 번을 생각하고 해내야 하는 버거운 일들이 이들에게는 너무도 쉬운 일이다. 이런 감정적인 일조차도.

그녀가 주춤한 틈을 뚫고, 서하가 말을 이었다. 비튼 입술 끝이 비죽 올라갔다.

"아니, 돼. 간단명료해졌잖아. 당신만 해결하면 되니."

서하는 표정이 없었다. 검은 눈동자가 반짝 빛을 발했다. 무슨 의도인지 모르는 이린의 눈빛이 어두워졌다.

"일단 나가자."

"어머!"

서하가 그녀의 허리를 두 손으로 번쩍 들어 올렸다. 좌르르 물소리와 함께 그녀는 수영장 가에 앉혀졌다. 지금까지와 달리 이제는 이린이 서하를 내려다볼 만큼의 시선 차이가 났다.

또 다른 느낌이다. 숭배하듯 바라보는 그의 시선은 이린의 심장을 저릿하게 했다. 그녀의 눈동자가 사정없이 흔들렸다.

당신을 어떻게 해야 할지, 사실 나도 모르겠어.

어깨에서 툭 힘이 빠졌다. 의지가 꺾였다. 이린이 저도 모르게 손을 뻗어 서하의 얼굴을 어루만졌다. 올려다보던 그가 빙긋 웃었다.

"오늘 일정이 어떻다고 했지?"

이린이 망설였다. 진실을 고백하자면, 아무것도 없다는 것이 맞다.

"왜요?"

"당신과 1분 1초라도 더 붙어 있고 싶어서."

이린이 '아' 짧게 감탄했다. 사춘기 소년처럼 떼쓰는 것 같으면서도 서하의 대답은 충분히 감정을 울렸다. 그녀의 표정이 웃는 것도 우는 것도 아닌 미묘한 표정으로 변해갔다.

하루만 더 당신을 알게 되면, 미련 같은 것 없을지도 몰라.

단 하루 정도라면.

세차게 밀려든 갈등의 끝. 이린이 결심을 굳혔다. 입매가 서서히 부드럽게 풀렸다.

"그럼…… 우리 택시관광 갈래요? 데스크에 관광안내 책자 있던데."

"어디로?"

"지우펀[九份]? 센과 치히로의 행방불명 봤어요?"

"지브리 애니메이션?"

이린이 고개를 끄덕였다.

"그 만화 모티브가 된 곳이래요. 거기 가면 허공에 홍등이 쭉 걸린 유바바의 온천장이 있을 것 같아."

이린이 원래의 제 표정을 되찾았다. 풍부한 감정 그대로 그녀가 환하게 웃었다. 바라보는 서하의 마음을 놓이게 한 순간이다.

"나 사실 만화영화 상당히 좋아해요. 센과 치히로는 열 번은 봤을 거야. 우리 거기 가봐요."

서하가 대답없이 고개를 끄덕였다. 찰나. 눈빛이 섞였다. 깰 수 없는 침묵 속, 또다시 이린의 심장이 저릿해졌다. 손끝이 움찔거렸다.

"오늘 비행기 탈 거라고 했지?"

이린이 말 없이 서하를 내려다봤다. 희미하게 웃었다.

"그래서…… 보낼 건가요?"

서하가 대답없이 입술을 올려 웃으며 오히려 되물었다.

"뭐라 할 것 같아?"

이린 또한 대답하지 않았다. 대신 그녀는 두 손으로 서하의 얼굴을 붙들었다. 허리 굽혀 그의 입술 위에 가볍게 입 맞췄다. 떨어지려 했지만, 그가 어느새 그녀의 뒷목을 붙들었다.

하.

탄식이 흐른다. 깊게 나눈 입맞춤이 길게 이어졌다.

지우펀[九份]은 밤이 되어야 진가가 드러나는 마을이다. 옛 대만의 정취가 고스란히 살아 있는 골목은 가파른 계단으로 이어졌고, 그 골목을 따라 늘어선 건물의 처마에는 붉은 등이 주르륵 달렸다. 어스름이 깔리기 시작하면 홍등은 일제히 불이 밝혀진다. 밤이 깊어질수록 아름답고, 사람도 많아지는 곳.

지우펀은 고도가 높은 곳이다. 전망을 볼 수 있는 곳에는 위험을 방지하기 위해 난간이 쳐졌고, 그곳에 기대어 아래를 내려다보면 멀리 작은 항구까지 눈에 들어왔다. 가슴이 탁 트일 만큼 전망이 아름답다고 이린은 생각했다. 물론 누군가와 함께였느냐가 더 중요할지 모른다.

이린의 시선이 옆을 향했다. 석양의 붉은빛이 스민 서하의 얼굴을 한참이나 바라봤다. 날렵한 얼굴 옆선은 베일 만큼 선명했다.

"그만 봤으면 해. 얼굴 따끔거려."

서하도 시선을 돌렸다. 시선이 마주치자 이린이 빙긋 웃었다.

"이제 내려갈까? 더울 텐데."

거리마다 사람이 많아 더 더운 것 같다. 여유 있는 표정인 서하조차 땀을 엄청 흘렸다.

"이 정도야 뭐."

이린이 어깨를 으쓱했다. 그 모습이 서하는 우습다. 그러면서도 깔끔하게 드러난 목덜미에 입 맞추고 싶을 만큼 사랑스럽다.

"본인이 더위에 기절한 것은 생각도 안 나는 모양이군."

"아, 제가 그랬습니까?"

이린이 쿡쿡대며 웃었다. 동시에 덧붙였다.

"원래 대만에서는 더위를 견뎌내야 한대요. 이열치열."

"그래도 인간적으로 너무 더워. 센과 치히로는 찾으러 안 가나?"

서하가 이린의 손을 잡아끌었다. 그들을 태우고 왔던 택시기사가 알려준 길을 따라 걷기 시작했다.

아메이차로우(아매차루, 阿妹茶樓)라는 이름이 다관의 입구에 붉은 깃발처럼 늘어졌다. 3층이나 되는 목조건물은 풍성한 녹음에 싸였다. 담쟁이넝쿨이 건물을 휘감았고, 처마를 따라 총총히 달린 홍등은 이미 켜져 붉은빛을 발하기 시작했다. 방금 짧은 소나기가 지나간 뒤라 공기와 풍경은 깨끗했고, 그사이 태양이 바다 저편으로 떨어지기 시작하여 주변이 붉게 물들었다.

차루로 들어가는 나무문 너머로 작지만 고풍스런 정원이 보였다.

"정말 유바바의 온천장 같다. 이 문 너머 들어가면 영화처럼 나를 잊을 것 같지 않아요? 기억 같은 것이 사라진다거나."

서하의 손을 잡고 안으로 들어서던 이린이 우뚝 섰다. 덩달아 주춤한 서하를 올려다보았다. 고개를 갸웃거린다.

"누구세요? 왜 제 손을 잡고 있죠? 어머. 나도 내가 누군지 모르겠어."

이린의 정색에 서하는 또다시 웃음을 터트렸다. 그는 이린이 하는 말 한마디도 놓치지 않았다.

"당신 이름은 한이린이야. 이름 찾아줬으니까, 제발 기억도 돌아와 줘."

서하가 이린의 손을 잡아끌었다. 은근슬쩍 뒤에서 껴안는다. 친밀한 접촉. 땀을 많이 흘렸음에도 싫지 않다. 상대의 땀 냄새도 아무렇지 않다니. 이린은 그저 신기할 뿐이었다.

"조심해. 미끄럽다."

기습적으로 내렸던 소나기에 계단이 젖었다. 앞서 가던 서하가 이린의 발끝을 살폈다. 배려받는 느낌도 나쁘지 않다는 생각으로 그녀는 다관의 입구로 가는 계단을 오르기 시작했다.

입구는 이내 나타났다. 안으로 들어서니 실내는 중국식의 고풍스러운 모습이다. 원목 테이블과 등받이가 긴 나무의자, 그리고 각양각색의 수많은 다구들.

[이쪽으로 오세요.]

종업원은 영어가 가능했고, 그들을 창가 쪽 전망 좋은 곳으로 안내했다. 자리에 앉다가 주위를 둘러본 이린이 무심코 한마디 했다.

"여기요. 가이드 책에서는 평일에도 자리가 없을 정도라고 했거든요. 일본 사람들이 특히 좋아해서. 오늘 무슨 날인가? 손님이 없어요."

"그런가?"

서하 또한 무심히 동의하고는 종업원이 내민 메뉴판을 살폈다.

"확실히 시원한 곳에서 보니 더 좋다. 여긴 지대가 높아도 너무 더운 거 있죠."

"아열대가 괜히 아열대가 아니지."

바깥 경치를 보던 이린이 쿡쿡대며 웃었다. 창틀에도 녹음이 한창이다. 그러다 시선을 돌리니 이미 종업원은 주방 쪽으로 가서 준비를 하고 있다.

이린이 나란히 앉은 서하를 바라봤다.

"나 주문 안 했는데 그냥 가네요?"

"시켰어. 추천하는 거."

"아, 영어가 됐죠? 보디랭귀지 안 하니 좋긴 하네."

잠깐 사이 준비가 끝났나 보다. 다구 일체를 갖춘 종업원이 다시 나타났다. 그들의 테이블 위에 다식이 담긴 접시를 주룩 늘어놓는 것도, 차를 우려내어 놓는 것도 마치 미리 준비라도 한 것처럼 모든 것이 신속했다. 물론 차 맛도 일품이었다. 설탕이 안 들었어도 은은하게 달콤한 맛. 홀짝 차를 마신 이린이 미심쩍은 눈빛으로 고개를 갸웃댔다.

"오늘 우리 계 탔나 봐요. 어쩜 이렇게 없을 수 있지? 여기 항상 손님이 많아서 시끄러운 거 감안하랬거든요."

"계는 내가 탄 것 같아, 이린?"

"네?"

이린이 무슨 소린가 하여 시선을 돌렸을 때였다. 서하가 팔을 뻗어 그녀의 뒷머리를 끌어당겼다. 기습처럼 그녀의 입술을 덮쳤다. 단숨에 파고들어 숨결을 훔쳤다. 방금 마신 차향의 풋풋함과 씁쓸함, 달콤함까지 둘 사이를 오갔다.

깊고, 더없이 감미롭다. 두 눈을 감은 이린의 두 볼이 붉은 홍등처럼 발갛게 달아올랐다.

❖

타이베이로 다시 돌아온 것은 늦은 밤이었다. 택시 뒷좌석에 나란히 앉았던 이린은 서하의 어깨에 기대어 잠이 들었다.

"이린?"

서하가 속삭이듯 이름을 불렀다. 손끝으로 부드럽게 그녀의 얼굴을 어루만졌다. 그러나 이린은 깨지 않았다. 아니, 못하는 것일지도 모른다. 어제오늘 그녀는 무리를 했을 테니까. 원인의 대부분이 그였으니 서하는 미안할 뿐이었다.

그때 문득 진동으로 해뒀던 휴대전화가 울렸다.

—[어디야?]

서하가 받자마자 마이클의 목소리가 들렸다. 어지간히도 궁금했나 보다.

—[루안이 전화를 안 받아서 너한테 했어.]

[운전 중이라 못 받았을 거다. 지금 호텔로 돌아왔어.]

서하가 운전석에 앉은 이를 흘끔 바라봤다. 지금껏 이린은 택시 기사로 알고 있던 이였지만, 실제는 마이클의 개인 운전기사인 사람이다.

—[흠. 정말 이게 무슨 일이야? 갑자기 지우펀엘 간다질 않나. 아메이차루를 몽땅 전세 내달라질 않나. 내가 차루 주인도 아니고, 갑자기 알아보느라 얼마나 힘들었는지, 상상이나 해? 너, 내 고생 꼭 알아둬라.]

[그래, 알아. 고맙다.]

마이클의 너스레에 서하의 입가에는 미소가 서렸다. 이린을 바라보는 눈빛이 부드럽다.

—[너, 이실직고해. 정말 혼자 관광 간 거 맞아? 루안을 고문해 볼까? 도대체 혼자 무슨 청승을 떨고 있는 거야? 네가 배낭여행 다니는 대학생도 아니고 말야.]

서하가 소리 나지 않게 웃었다.

[지금 말하긴 곤란하다. 차라리 루안을 고문해. 바쁘다. 끊는다.]

상대가 뭐라 하기 전 서둘러 전화를 끊은 서하가 부드러운 손길로 이린을 안아 들었다. 음, 소리를 내며 희미하게 몸을 뒤척였지만, 그녀는 깨어나지 않았다. 루안은 눈치 빠르게 차 문을 연 채 기다리고 있었다.

[루안, 마이클이 진실을 알고 싶다고 루안을 고문한답니다. 참을 수 있어요?]

[아무리 보스라 해도 의리는 지켜야죠. 비밀에 대한 보장은 확실합니다.]

루안이 씨익 웃었다. 고맙다는 인사를 한 서하가 이린을 안은 채 호텔 로비로 들어섰다.

타이베이의 무더운 여름밤이 그의 뒤를 따라 흐르고 있다.

❖

서하는 침실 침대 위에 이린을 조심스럽게 내려놓았다. 여전히 그녀는 깊게 잠들어 깨어나지 못하고 있다.

"이린?"

침대에 걸터앉은 서하가 그녀의 귓가에 이름을 속삭였다. 땀과 먼지를 흠뻑 뒤집어썼다면서 들어가자마자 따끈한 물속에 몸을 담그겠다고 몇 번이나 다짐하지 않았다면 깨우지 않았을 것이다.

"다 왔어요?"

이린의 목소리는 잠에 푹 잠겼다. 그녀의 머리카락을 손바닥으로 쓰다듬던 그가 빙긋 웃었다.

"그래. 객실로 올라왔어."

"벌써? 어떻게?"

"내가 안아서."

두 눈을 슬며시 뜬 이린이 힘없게 웃었다.

"창피하다. 안겨오다니……."

"괜찮아. 얼굴 모자이크 처리했어."

이린이 쿡쿡대며 웃었다. 여전히 잠에 취한지라 웃음이 꼬리를 남긴 채 사라져 갔다.

"더 누워 있어. 물 받아줄게."

"응……."

서하는 이린을 가만히 바라보다가 그녀의 손을 잡아 입술에 댔다. 그대로 일어서 욕실로 들어섰다.

❖

이린이 깨어난 것은 그녀를 안은 서하가 욕실로 들어서던 순간이었다. 서하의 벗은 어깨에 얼굴을 대고 있던 이린이 나른한 목소리로 물었다.

"서하 씨…… 어디 가?"

"씻으러."

"아……."

이린이 한숨을 내쉬며 눈을 떴다. 조명이 은은한 욕실에는 향긋한 향이 가득했다. 월풀욕조를 채우는 물소리는 여전히 들리고, 그녀는 서서히 잠에서 깨고 있다. 이린은 완전히 벗은 몸으로 그에게 안겨 있는 것을 깨닫고는 얼굴을 붉혔다.

그와 함께 씻은 적이 있지만, 이런 자세로 안겨 물속까지 들어간다고 생각하니 아랫배 쪽에서 묘한 자극이 일어났다. 그녀는 서하의 가슴에 더욱 깊이 얼굴을 파묻었다.

"정말…… 야하다."

"정말 야한 걸 본 적이 없는 모양이군."

서하가 희미하게 웃었다.

"원한다면 오늘 밤새워 보여줄 수 있는데 말이지."

"그렇게 말하는 건 원하지 않아도 보여줄 거란 뜻이잖아요."

"그 말은 원한다는 말인가?"

서하는 그녀를 안고 천천히 욕조 안으로 들어갔다. 출렁이며 물이 넘침과 동시에 그녀는 발끝부터 온수에 잠겨갔다.

"하."

물은 적당한 온도였지만, 탄식처럼 신음이 터졌다. 서하의 목을 두 팔로 감싸 매달린 이린이 옅은 한숨을 내뱉었다. 따뜻한 물이 온종일 지친 몸을 부드럽게 감싸고 있다.

"이린?"

완전히 들어와 욕조에 앉은 서하가 이린의 이름을 부르고, 그녀의 입술에 부드럽게 입맞춤했다. 그는 한 손으로는 이린의 등을 감싸고, 다른 한 손으로는 그녀의 얼굴을 감싼 채 말랑말랑하게 벌어진 입술의 위아래를 번갈아 핥았다. 조금씩 숨소리가 깊어지고, 상대의 몸에 닿았던 손이 움직이기 시작했다. 물에 젖어 매끄러운 살결을 천천히 쓰다듬었다.

"잠 다 깼어요."

춥, 하며 입술이 떨어지자, 이린이 허스키한 음성으로 입을 열었다. 수증기와 은은한 어둠에 묻힌 서하의 얼굴을 물끄러미 올려다봤다.

이 밤이 지나면, 당신을 잊게 될 거야.

자신은 없지만 그래야 한다.

"왜, 이린?"

서하가 물었다. 그녀의 손을 잡아 손가락 하나하나 모두에 키스했다. 바라보던 이린의 심장이 저릿하게 통증이 일었다.

살아오는 동안 이렇게 아름다웠던 시간이 또 있었을까.

"궁금해서. 정서하 씨의 야함은 어디까지일까."

이린이 악동처럼 웃었다. 바라보는 서하의 눈빛이 불꽃처럼 타올랐다. 입술을 슬며시 비트는가 싶더니 그녀의 목을 확 끌어당겼다. 그대로 제 입술로 그녀의 입술을 덮었다. 자유로운 한 손이 제 허벅지 위로 걸터앉은 이린의 다리 사이를 파고들었다.

"으응!"

예민한 곳이다. 더운 물에 이완되어 부드러운 그녀의 여성을 서하의 손가락이 세심하게 어루만졌다. 그리고 천천히 움직임을 시작하자, 이린의 몸이 움찔거렸다.

"하."

서하는 짙은 키스로 그녀의 한숨까지 모조리 빨아들였다. 동시에 단단하게 커진 남성이 그녀의 아랫배 쪽을 자극했다. 이린 또한 본능적으로 그의 중심을 어루만졌다. 물이 뜨거운 건지, 서하가 뜨거운 건지 그녀는 알 수 없다. 눈앞이 아득해지고 숨이 턱에 차는 순간, 이린은 더 이상 참지 못하고 몸을 솟구쳤다.

"훗!"

그의 어깨를 잡은 몸을 서하는 쓰러지지 않게 잡고 이제는 눈앞에 나타난 그녀의 둥근 가슴을 크게 물었다. 혀끝이 단단해진 젖꼭지를 희롱하고, 입술로 빨아들였다. 그의 이가 젖꼭지를 잘근대자, 이린은 저도 모르게 날카로운 비명을 질렀다. 결코 아프지 않음에도 자극은 감당할 수 없다. 그의 손안에서 다른 쪽 가슴이 뭉개질 듯 일그러졌다.

"이건 어때?"

이린이 욕조 벽에 몸을 기댔을 때, 서하가 물속에 잠겼던 그녀의 다리를 들어 올렸다. 무엇을 할지 이린이 짐작하지 못하는 사이, 그가 물기가 흐르는 그녀의 발가락을 하나씩 입안에 넣고 빨기 시작했다. 혀끝이 그곳을 날름날름 자극하고 있다.

"하. 서하 씨."

이린이 발을 당기려 했지만 서하의 힘이 이겼다. 그의 입술이 그녀의 다리를 따라 올라오고 있다. 이린은 어쩔 수 없다는 듯 작게 웃었다. 감당할 수 없는 쾌감에 몸을 떨며 눈을 감았다.

그가 하는 모든 행동이 자극적이다. 눈으로 보는 것은 더욱더. 그가 자신을 숭배하는 것 같아 더욱 숨을 쉴 수 없다.

"이 정도로 눈 감으면 안 될 텐데?"

어느새 다가온 입술. 깊게 가라앉은 목소리.

서하가 그녀를 들어 안아 제 허벅다리 위로 앉혔다. 몸과 몸이 겹쳐지고, 그는 입술에 닿은 이린의 귓불을 입술로 물고 혀끝으로 핥았다. 보드라운 엉덩이를 꽉 움켜쥐었다.

"하으…… 흡!"

이린의 숨이 순간 멈췄다. 서하가 제 안을 채운 때문이었다. 뜨겁게 이완된 몸이지만, 그가 들어올 땐 여전히 버겁고 벅차다. 그녀의 몸이 파르르 떨었다. 기대와 또한 흥분이 겹쳤다.

"서하 씨."

문득 이린이 그의 이름을 불렀다. 서하의 목을 한껏 껴안고 있던 그녀가 고개를 들었다. 한 몸이 된 순간의 그의 표정을 기억하고 싶었다. 심장이 저릿해지고, 가슴이 꽉 막혔다. 그리고 그녀가 움찔댈수록 그녀의 안에 들어온 서하의 것이 더욱 크기를 키웠다.

"흠."

못 참겠다며 그 또한 탁한 신음을 내뱉었다.

"할 말이 있어 보여."

이린이 말없이 바라보기만 하자, 그녀의 얼굴을 쓰다듬던 서하가 물었다.

"당신 옆에 있을 여자는 행복할 것 같아요."

"지금 내 곁에 있는 여자는 한이린이야."

그의 말이 맞다. 그래서 이린은 이 순간만큼은 자신이 행복하다고 느꼈다.

서하가 이린을 꽉 끌어안았다. 결합이 더욱 단단해진 느낌이다. 숨 쉴 틈도 없을 만큼 뻐근한 느낌이지만, 또한 충만하고 안정된 느낌. 이린 또한 서하를 마주 안았다. 이마가 닿고, 코와 입술이 차례로 닿았다. 이린은 신음에 가까운 한숨을 겨우 참았다. 핑 돌았던 눈물이 주륵 흘러내린다. 이린이 물에 젖은 손으로 마치 물기를 닦아내는 것처럼 눈물을 닦아냈다. 서하는 몰라야 한다. 이 서글픔 자체가 그에게는 비밀이니까.

타이베이가 제게 준 선물 같은 오늘이 지나간다.

이 순간이 영원했으면, 이린은 바랐다.

5

아침 6시.

이린은 습관적으로 아래층으로 내려갔다. 여름이라도 날이 흐릿한 오늘 같은 날은 밖이 아직 어둑어둑하다. 그렇지만 집 안은 이미 대낮처럼 불이 환히 밝혀졌고, 일하는 이들의 움직임으로 부산했다.

부친께서 비공식적이지만 대외활동을 접으신 지금도 변하지 않는 룰이 한 가지 있다. 아침식사 시간에는 집 안의 모든 사람들이 한 식탁에 모여야 한다는 사실이었다. 그것은 뼈대 깊은 집안이라는 자부심의 한씨 집안사람이라면 평생 따라붙은 습관이기도 했고, 평생을 걸쳐 지켜갈 어떤 신념과도 같아 지금은 부친이 부재

중인 집안에서 실질적인 가장 역할을 하고 있는 서른한 살의 한이건 또한 마찬가지로 지키고 있는 룰이기도 하다. 부친이 본가를 비우신 지금도 그 룰은 변하지 않았다. 아마 부친께서 돌아가시더라도 이 룰은 변하지 않을 거라, 이린은 생각했다. 한이건은 부친보다 더 독하다 평가받는 인물이니까.

엄마도 정말 신경 많이 쓰셨지.

어린 소녀에게 아침 6시란 거의 새벽에 맞먹었다. 그 시간 전에 일어나 또랑또랑한 눈빛을 빛낼 만한 유치원생이 얼마나 될까. 그러니 새벽마다 엄마와 딸의 잠 전쟁은 이 집에 들어온 후 한동안 이어졌었다.

그때, 식당으로 들어서려던 이린의 발길이 멈칫했다.

클래식하고 어두운 색상의 가구들이 채워진 식당 중앙에는 넓은 식탁이 놓였다. 식탁 위에 깔린 흰색 러너가 기준이라도 되듯 물건들이 완벽한 대칭을 이뤄 배치가 되었고, 그 한쪽은 이건의 자리, 그리고 그 맞은편이 이린 자신의 자리였다. 먼저 와 본인의 자리에 앉아 지금 막 서천댁이 가져다 놓은 국을 한 수저 뜨고 있는 이건을 바라보며 이린은 저도 모르게 한숨을 삼켰다. 심장이 쿵 떨어졌다.

하. 진짜 피는 못 속여. 어떻게 나이 들수록 아버지를 빼닮냐.

성격은 원래 비슷했다. 냉정하고, 철저히 본인 중심의 세계관. 고압적이고, 오만하고, 독선적인 것까지. 그런데 진정 그 아버지의 그 아들, 외모까지 똑 닮아간다. 하얀 얼굴, 반듯한 이마와 날카로운 콧날까지 이건은 젊은 날의 부친과 똑같이 닮았다. 각이 져 한 치도 빈틈을 찾을 수 없는 탄탄한 체격까지 비슷해서 언뜻 보면 같은 사람이라고 할 것 같다.

그놈의 지긋지긋한 피!

파란 스트라이프 무늬가 들어간 하얀 드레스셔츠 차림의 이건은 완전무결해 보였다. 무슨 정장 슈트 광고에서 빠져라도 나온 듯. 세수만 겨우 하고 내려온 자신과 대비가 되어, 이린은 씁쓸하게 웃었다.

그래요., 아침잠 많은 나는 한씨 집안 돌연변이예요.

"좋은 아침이에요."

분명 자신을 봤으면서도 묵묵히 수저질만 하는 이건에게 이린이 먼저 말을 걸었다. 성격 꽁하고 나쁜, 같은 사람이 될 수는 없었다. 그럼에도 대꾸 없는 상대란 사람을 참 지치게 만들었다. 하루 이틀 된 일도 아니니, 이제 와 발끈하기도 그렇지만 말이다.

"공항 일은 유감이다."

서천댁이 끓인 황태국이 한 수저 들어가자 깔깔한 입안이 조금 진정됐다. 담백한 맛을 기대하며 그녀가 다시 한 수저 떴을 때였다. 문득 들린 이건의 건조한 목소리에 이린의 움직임이 멈칫했다. 저도 모르게 시선을 들자, 공교롭게 그녀를 바라보고 있는 이건의 눈빛과 딱 마주쳤다. 언제나처럼 섬뜩하리만치 차가운 느낌.

심장이 철렁거렸다.

이 남자도 찌르면 피가 나오려나. 어쩜 이렇게 동질감이 들지 않을까. 자신과 아버지가 같으니 반쪽 피는 통한다는 뜻인데, 간혹 그것마저 의심스러울 정도로 이건은 너무도 멀다. 이린은 저도 모르게 미간을 모았다.

"정치해요?"

이린의 질문에 무슨 뜻이냐는 듯 이건의 한쪽 눈썹이 미미하게 일그러졌다.

"'유감'이라는 애매모호한 단어를 쓰기보다 미안하다고 하는 것이 더 깔끔할 텐데요."

이린이 최대한 목소리를 깔았다. '부회장님'이라는 호칭이 따라 나올 뻔한 것을 안간힘으로 참았다. 차라리 회사라면 더 좋았을 텐데, 안타깝게도 지금은 집이었다. 그렇다 해도 유년기를 제외하고는 평생 몇 번 제대로 쓰지도 않던 '오빠'라는 호칭이 바로 나올 리 없다.

"오래 기다렸나?"

눈썹을 살짝 찌푸림으로 못마땅하다는 뜻을 가득 내보이던 이건이 이내 시선을 돌렸다. 먹던 밥을 다시 먹기 시작하니, 이린 또한 그만 바라보고 있을 수 없어 다시 수저를 들었다.

"세 시간."

말이 좋아 세 시간이지. 이린이 욱 치솟은 감정을 참지 못해 뒷

말을 보탰다.

"하필 공항 로비는 무슨 공사를 한다고 에어컨도 고장나 찜통이 따로 없더군요. 타이베이 여름 날씨 아시죠?"

이린은 비꼬고 싶은 마음을 최대한 눌렀다. 평온을 유지하려 애썼다. 그날 일을 생각하면 속이 부글부글 끓어오르다 못해 넘치지만, 이미 지난 일이니 충분히 참을 수 있었다. 다시 이런 일이 발생치만 않는다면.

"본의 아니었으니, 그렇게 이 득득 갈지 않아도 돼."

이내 수저를 완전히 내려놓은 이건이 비교적 차분한 목소리로 입을 열었다. 훗. 이린은 속으로 코웃음을 넘겼다.

"얼마 전부터 그쪽도 사장 건강이 안 좋아 아들이 모든 일을 맡아 처리하고 있다는 걸 몰랐다."

"한이건 사단에서 모르는 일도 있었어요?"

안 넘어갈 것 같은 밥을 한 수저 억지로 떠 넣던 이린이 이건을 바라보며 생글거리며 웃었다. M그룹의 하나에서 열까지 모든 것을 진두지휘하는 한이건의 비서진이 놓치기에는 무리가 있어 보인다.

변명을 해도 참. 스토리텔링 능력이 너무너무 떨어져. 문과 출신 맞아? 직원들 앞에서는 둘러대기도 잘하면서 무슨 말을 이렇게 못하시나.

"아. 별로 중요치 않은 정보였나 봐요. J투자신탁의 사장 대행이라는 아들이 누군지는. 부회장님 구미가 안 당길 정도로 형편없는 인간인가 봐."

이린이 이해했다는 표정으로 고개를 끄덕였다. 그녀를 무표정하게 빤히 바라보던 이건이 이내 자리에서 일어서려다 다시 앉았다. 평소와 다른 그의 행동이 이제 막 아침밥을 먹기 시작한 이린의 마음을 불편하게 했다.

"할 말 있어요?"

이건은 대답하지 않다가, 이린이 포기할 즈음 뜻밖에도 입을 열었다.

"독립해. 원한다면 내일이라도 오피스텔로 옮겨."

밥을 떠 넣으려던 이린이 순간 말문이 막혔다. 이건의 입에서 지금 이 얘기가 나올 줄은 전혀 예상치 못했던 탓이었다. 솔직히 상당히 갑작스러웠다.

"이건 무슨 의도죠?"

이린의 눈매가 가늘어졌다. 가늠하듯 이건을 바라보나, 그는 여느 때처럼 표정을 드러내지 않았다. 감정 없는 사람 그 자체이다.

"의도?"

이건이 한쪽 눈썹을 올렸다. 기분이 안 좋다는 뜻이라는 것을 이린은 알고 있다.

"그런 거 없어. 원했던 거 아니었나?"

이건의 질문에 이린은 입을 열지 못한 채 큰 눈을 끔뻑거릴 뿐이었다.

이건의 말이 맞다. 답답한 이 집에서 벗어나기는 무척이나 원했던 일이다. 그녀 명의의 오피스텔로 주중이라도 나가 살겠다고 했다가 부친에게 씨도 안 먹힌 전력도 있다. 물론 이건 또한 가세했다는 것을 알고 있다. 그럼에도 그 일은 이린이 언제나 원했던 일이다. 특히 요양을 요하는 부친께서 경기도 어느 경치 좋은 곳으로 거처를 옮기신 후, 아무리 외출 좋아하는 모친이라도 서울을 띄엄띄엄 오게 되신 후, 그리하여 이 넓은 집에 이건과 둘만 남게 되었을 때부터는 지속하여 그녀의 머릿속에 맴돌아 요구했던 사항이었다.

그런데 지금. 이 집의 실질적인 가장이 그녀의 오래된 소원을 들어준다고 한 것이다. 그럼에도 이런 반응이 나온 것은 당황한 탓이었다. 독립에 대한 것이 이런 예상치 못한 무방비의 순간, 이건의 입에서 나오니 이린은 잠시 적응하지 못했다.

"맞긴 한데. 갑작스러워서요."

이건의 속내를 짐작하기 어려웠다. 함께 산 것이 벌써 이십 년 가까이나 됐는데, 이건은 여전히 남보다도 못한 가족이었다. 가족이긴 해? 이린은 속으로 한탄했다.

"갑작스러운 거 없어. 때가 됐을 뿐이야."

"오피스텔로 간다 했을 때, 아버지보다 실질적으로 막은 건 부회장님이었어요."

이린이 담담히 말했지만, 이건의 눈매가 살짝 일그러졌다.

"그건⋯⋯."

무언가 생각하는 듯 이건이 말을 끊었다. 그리고 이린이 조급해지기 전 그가 말을 이었다. 단어를 고르는 것처럼 신중했다. 그러나 그는 평소에도 말을 아끼는 사람이었으니, 이린은 특별하다 생각지 않았다.

"네게 약혼자가 있을 때였으니까."

이린이 날카로운 눈매로 이건을 노려봤다.

약혼자? 주강민?

이린의 눈앞에 타이베이의 악몽이 설핏 스쳤다. 그곳까지 쫓아왔던 강민이 떠올라 가슴이 선득거렸다. 그녀의 표정이 확 일그러졌다.

도대체 이 남자는 좋게 봐줄 수가 없다. 이건의 한마디 한마디는 이린의 감정을 들쑤셔 놓는다.

이것도 재주겠지.

"어떻게 듣기에는 참 안 좋은 말이군요. 약혼자가 있으니 밖에 내놓지 못한다? 내 행실이 그렇게 나빠 보였나요?"

이건은 표정의 변화가 없었다. 아무렇지도 않게 어깨를 살짝 으쓱했을 뿐이었다.

"그런 의미 아니야. 너보다는 약혼자가 있다는 게 문제였지."

약혼자보다는 남자라고 하고 싶었을 텐데. 이린의 입매가 비틀렸다. 훗. 자조적으로 웃으며 그녀 또한 수저를 놓았다. 아무리 제 몫의 밥은 남기지 않는다는 것이 신념이라 해도, 지금은 제대로 넘어가지 않았다.

"뭐, 어쨌든 좋아요. 지금은 남자 따위 없으니까 결격 사유 없는 건가요? 그럼 혹시 남자 생기면, 다시 들어와야 해요?"

이린이 어금니를 지끈 물었다. 유독 떠오르는 한 남자 때문에 이건에게 속이라도 들킨 듯하여 그녀는 내심 뜨끔해졌다. 하필이면 이 순간 그 남자의 얼굴이 떠올라 눈앞이 어지럽다니. 강렬하게 남은 기억. 그러나 다시 만나지 못하고, 만나지 않을 거라고 스스로에게도 되뇌고 있다.

그 남자, 정서하를.

"지금 오피스텔이 좁으면, 조금 더 기다려. 알아보라 할 테니까. 아무래도 어머니도 드나드실 텐데."

"아니요!"

이린이 급하게 부정했다. 모친 생각이 떠오르자, 침대 하나 놓인 단칸방이라도 족하다는 생각이 불쑥 치밀었다. 부친하고 무슨 일 있다고 짐 싸 들고 오시면 곤란하니까. 무슨 일이냐는 듯 바라보는 이건을 향해 이린이 하하 실없이 웃었다. 이마를 쓰다듬다 짧은 앞머리를 쓸어 올렸다.

"오피스텔로 옮길게요. 회사 출근하기도 가까우니 좋고. 더 큰 곳은 필요 없어요."

이린이 고개를 저었다. 바라보던 이건이 얘기 끝났다는 듯 자리에서 일어났다. 이린이 급하게 물었다.

"이러는 이유, 안 알려줘요? 갑작스럽기도 하고, 빠르기도 하고."

삐딱하니 시선을 돌린 이건과 이린의 시선이 맞닿았다. 이건의 눈매가 가늘어졌다.

"넌…… 아침 먹을 때마다 체할 것 같은 얼굴이잖아."

순간 이린의 얼굴이 벌겋게 달아올랐다. 당황해 입술을 달싹거리다가 급하게 숨을 몰아쉬었다.

"내가 언제요! 그런 적 없어요!"

이린이 강하게 부정하자, 이건이 훗, 짧게 웃었다. 잘생긴 입술이 비틀렸다.

"넌 표정을 감추지 못해. 성격상."

이린의 눈매가 살짝 일그러졌다. 명확히 반박하지 못하는 것은 이린 스스로 자신의 성격을 파악하고 있기 때문이었다. 확실히 포커페이스가 특기인 한씨 집안 남자들과 자신의 공통점은 없는 듯하다.

"체할 정도는 아니에요. 그렇게 보였다면…… 내가 미안해요."

이린이 하, 짧은 한숨을 내쉬었다. 그런 그녀를 잠시 바라보던 이건이 식당에서 나가려 몸을 돌렸다. 아니, 그러려고 한 순간이었다.

"그리고 한이린."

이린의 심장이 덜컹 울렸다. 서하가 자신의 이름을 불렀을 때도 심장이 쿵쿵 울렸다. 하지만 그와는 전혀 다른 느낌으로 이건이 이렇게 부르면 정말 오금이 저릴 만큼 긴장하게 된다. 심하게 말하면 제 생사여탈권이라도 가진 이처럼.

이건을 돌아본 그녀는 저도 모르게 침을 꿀꺽 삼켰다. 온기라고는 한 점도 없을 듯한 차갑고 서늘한 눈매가 그녀를 주시했다.

"회사가 아닌 이상, 네가 날 부르는 호칭은 오빠다. 명심해."

이건의 어조는 단단했다. 딱 떨어지게 자신의 말만 한 그는 머뭇거리지도 않고, 식당을 나섰다. 마치 한바탕 세찬 바람이라도 지난 것처럼 이린은 저도 모르게 제자리에 굳었다.

"아가씨, 아침 다 드셨어요?"

"네? 아……."

서천댁이 그녀에게 평소처럼 커피를 들고 올 때까지 그녀는 얼이 나간 듯 움직일 수 없었다.

젠장, 뭐야. 이제 와 오빠 노릇이라도 하겠다고?

이린이 서천댁이 내민 커피를 받아 들었다. 평소 그녀가 마시던 에스프레소 커피의 진한 빛깔 위에서 모락모락 김이 올랐다.

"고맙습니다."

이린이 고개를 돌려 자신의 방이 있는 위층으로 올라갔다. 단번에 들이켤 수 없는 뜨거운 커피라는 것이 아쉬울 정도이다.

흥흥! 뭐야, 한이건. 우습잖아!

콧방귀가 절로 나오는 아침이다.

❖

골프장은 시야가 확 트였다. 잔디가 잘 가꿔진 푸른 페어웨이 (Fairway) 위로는 채 가시지 않은 새벽안개가 이제 막 떠오른 아침 해 아래 이슬이 되어 맺혔다. 드물게 지나는 사람들의 발길에 채여 투명한 아침이슬이 길 위에 점점이 흩뿌려졌다. 습도 높은 타이베이의 공기도 이 새벽과 아침의 경계에는 상쾌함을 머금었다.

[뭐? 그냥 보내?]

막 라운딩을 끝낸 직후였다. 드라이버 샷의 정확도가 꽤 높아 기분이 싱글싱글 좋던 마이클이 서하의 한마디에 두 눈을 휘둥그레 떴다. 클럽하우스를 얼마 앞두고 멈춘 골프카에서 훌쩍 내려 아직 자리에 앉아 있는 서하를 바라봤다. 진짜냐며 눈빛으로는 몇 번을 확인하고 결국 끝내 혀를 끌끌 찼다.

[레오 맞아? 네가 여잘 놓쳐? 그걸 나보고 믿으라는 얘기냐.]

그것도 서른 넘어 처음 평생을 함께하고 싶은 여자라고 했다. 그런데 아무런 기약 없이 본국으로 보냈다고?

마이클이 어이없다는 듯 항의해도, 골프카에서 내린 서하는 별

다른 반응 없이 클럽하우스의 현관문을 향해 걸었다. 마이클의 호들갑과 달리 서하는 밝은 표정이었다. 좋은 일이 있다는 듯 행동까지 가벼웠다. 남색 칼라가 달린 흰 셔츠가 그의 얼굴을 더욱 환하게 했다. 이제 떠올라 찜통더위를 쏟아낼 햇살 아래에서도 물기 머금은 듯 싱그러워 보였다.

[솔직히 말해라. 뒷조사 들어갔지?]

서하의 태도가 여간 여유로운 것이 아니라, 십년지기 친구인 마이클이 오히려 조바심을 냈다. 분명 무언가 있을 것 같다는 마이클의 의심에 서하가 쿡, 웃음을 터트렸다. 언제나 매의 눈처럼 매섭고 서늘하던 눈매에도 웃음기가 서렸다.

[그렇게까지 하고 싶지는 않아.]

서하의 얼굴에서 싱글거림이 한순간 가셨다. 진중함마저 내비치는 모습이 평소의 그와 다르다. 그러니 마이클은 어떤 기대감에 부풀었다. 일에만 빠져 여자를 돌 보듯 하던 기업사냥꾼 '레오 정'과 달라 흥미로웠는데, 그 이상인 듯하다. 그제껏 끼고 있던 골프 장갑을 벗어 들고 마이클도 서하의 옆으로 나란히 걸었다. 그의 옆구리를 툭 쳤다.

[믿고 있는 구석이 있구만.]

마이클이 싱긋 웃었다. 정서하가 제 울타리 안에 들어온 사냥감을 고분고분 내주었을 리 만무하다.

[아니, 없어. 아마 인연이 있으면 다시 만나려나?]

여전히 서하의 대답은 마이클의 호기심을 충족시키지 못했다. 그가 혀를 끌끌 찼다.

[허어, 인연. 그런 단어가 네 입에서 나오다니. 세상 말세다.]

객관적 근거와 자료가 없으면 천부한 동물적 감각도 무용지물이라 주장하던 정서하다. 인연이라는 말은 감, 혹은 느낌이 좋다라던 서하가 평소에 쓰던 단어와는 어감이 살짝 달랐다. 그러니 마이클의 눈매가 의심으로 가늘어졌다.

[마이클, 이런 말 알아? '한번 만난 인연은 잊혀지는 것이 아니라 잊고 있을 뿐이다'. 잊지 않을 거야. 나도, 그녀도.]

[뭐냐, 너. 여기 와서 불교사원에라도 심취했냐?]

서하가 유쾌한 표정으로 하하, 웃음을 터트렸다. 너무도 오랜만에 보는 환한 웃음이라 마이클의 두 눈이 휘둥그레 커졌다.

['The Spiriting Away Of Sen And Chihiro(센과 치히로의 행방불명)' 알지? 거기 대사다, 인마.]

[센과 치히로? 미야자키 하야오 감독 꺼? 야아, 이거 도대체 뭐야. 네가 만화영화를 다 알아?]

[이제 좀 좋아해 보려고.]

서하가 시치미를 뚝 뗐다. 그의 표정을 보던 마이클이 하하, 웃음을 터트렸다.

[이제 알았어. 아메이차루도 그래서 빌렸구만? 그 영화 모티브가 됐다면서 일본 관광객들만 엄청나다던데. 혹시 그 여자, 일본

인이야?]

　[아니. 어느 나라 사람이 중요한 건 아니지 않나?]

　마이클이 휘파람을 휘익 불었다. 놀랍다는 표정이다.

　[이런. 여우한테 단단히 홀렸어. 쯧쯧.]

　마이클이 혀를 찼다. 그러나 얼굴에서는 웃음이 떠나지 않았다.

　[여우라. 맞아. 나도 처음에는 그렇게 생각했어.]

　서하가 고개를 끄덕여 인정했다.

　[상대가 여우라고?]

　[그래. 내가 홀렸다고. 그런데 그 여자…… 여우가 아니야.]

　서하가 이린을 떠올렸다. 직설적이고, 감정에 솔직한 여자. 상대를 이용하거나 홀리려는 생각은 아예 갖고 있지 않은 여자이다.

　[차라리 여우였으면 좋겠다.]

　[그럼 곰이야?]

　서하가 쿡 웃었다. 이린의 눈치가 없어 보이긴 하지만, 곰처럼 미련해 보이진 않는다.

　[토끼야. 좀 우직한 토끼.]

　마이클이 휘익, 휘파람을 불었다.

　[사자와 토끼냐?]

　마이클은 여전히 기막히게 놀랍다는 표정이다.

　[어쨌거나 얼음사자를 뒤흔든 우직한 토끼 여자가 상당히 궁금하다.]

[네 반응이 너무 요란하다, 마이클.]

[널 안 이후 최고로 핫한 얘기이니까.]

서하가 대답 대신 피식 웃었다. 뚝 웃음 끊긴 표정이 냉철하게 바뀌었다.

[정말 인연이라면, 페이스북 하나로도 찾을 수 있을 거라 생각해. 시간이 좀 걸리겠지만.]

마이클과 서하의 시선이 정확히 맞닿았다.

[그녀에 대해 아는 것은?]

서하의 눈빛이 짓궂게 반짝였다.

"그래요. 우린 서로 못 잊을 타이베이의 만남이었으니까. 하지만 당신과 나, 살고 있는 바닥이 다르다는 건 인정해야지 않아요? 정말 당신이 쿨한 사람이라 믿고, 내 전화번호는 오픈할게요. 혹시라도 한국 들어오면 알려줘요. 한 번은 만나줄 수 있으니까. 친구로서."

이린의 전화번호를 알고 있긴 하나 서하는 얘기하지 않았다. '친구'를 강조하며 한 번은 만나줄 것이라 했던가. 한 번은? 서하는 코웃음 쳐 비웃었다. 한 번 만나고 그만둘 거라면, 애초에 시작조차 하지 않았다. 인연이야 엮으면 될 일이다.

[한국서 온 호텔리어야.]

[그래?]

호텔리어라 밝힌 것은 이린 자신이었다. 그날 호텔에서 있던 컨퍼런스에 참가해야 했다고 했었다. 마이클의 눈빛이 의미심장하게 반짝였다.

[레오 네가 여유롭던 이유가 있었군. 그렇다면 국제관광업 아시아권 총회 참석차 왔을 확률이 높아. 알아봐 줘?]

마이클이 슬쩍 서하의 의향을 떠봤다. 화교 출신인 마이클의 집안이 변호사로 나선 그를 제외하고는 대대로 호텔업에 종사하고 있다는 배경이 작용했다. 대만뿐 아니라, 홍콩, 싱가포르, 그리고 동남아시아 각국까지 그의 집안에서 운영하는 호텔이 즐비하였으니, 총회 참석자 명단 입수하기란 의외로 쉬운 일일지 모른다.

[아니.]

그럼에도 서하가 단호하게 고개를 저었다.

[인연 아니면 포기할 거다. 믿지 못할 인연으로 만났으니, 쉽게 잊혀질 인연이 아니야.]

[하……. 네가 인연을 운운하다니. 예상 밖이다.]

[나 또한.]

마이클의 얼굴에 흥미로운 기색이 가득했다.

[바로 한국 들어가야 하는 것 아냐?]

여러 곳에서 투자제의가 들어오고 있긴 했다. 신경 쓰고 싶지 않아 돌아보지 않고 있을 뿐이었다.

[호텔에 투자할 생각은 정말 없냐? 우리 부친도 한국에 체인 하

나 추진 중이시던데. 혹시 알아? 그 여자가 네가 투자할 호텔에 근무할지. 그거야말로 드라마틱한 인연이네.]

[한국 투자는 아직 확정된 것이 없다.]

서하가 고개를 저었다. 마이클은 흠, 표정이 신중해졌다.

[한국 M그룹이 자체 사업 정리를 시작해서 산하 호텔 매각에 나섰다는 소리가 파다해. 아버지도 관심 있게 지켜보시는 것 같았어. 한국 진출을 염두에 두셨으니까. M호텔이 입지뿐 아니라 여러 가지로 좋아. 특히 제주 M호텔.]

[그래도 관심 없다. 호텔은 힘만 들고 재미없어. 처음부터 발 들이지 않는 것이 나아.]

[그럼 한국에는 가지 말고 계속 여기 있어라. 특별히 네가 갈 이유가 없잖아. 여기서 진행되는 일만 처리하면, 하련으로 넘어가서 쉬자고.]

서하의 말에 마이클의 눈빛이 의심으로 반짝였다. 어조가 슬슬 놀리고 있다.

[비꼬는 거 너한테 안 어울려, 마이클. 나는 아직 휴가 중이다. 나머지 내 휴가를 어디서 보내든 그건 내 마음이야.]

[한국에 누가 있느냐가 중요하겠지.]

마이클이 키득거리며 웃었다. 어림없다는 듯 고개를 절레절레 흔들었다.

[한국 입국은 언제?]

[공식적으로는 안 가.]

[비공식은?]

마이클의 말에 서하의 긴 눈매가 일그러졌다. 그들이 문을 연 클럽하우스 현관 저편으로 마이클의 동생인 레이첼이 그들을 찾기 위해 두리번거리고 있었다. 서하와 마이클의 시선이 동시에 상대를 향했다. 서하가 급하게 입을 열었다.

[지금이라도 당장.]

[네 심정 이해한다. 오늘 밤 비행기라도 타라.]

그때, 두 남자를 발견한 레이첼이 그들을 향해 손을 흔들었다. 선캡을 쓰고, 짧은 스커트를 입은 그녀가 빠르게 그들을 향해 달려오고 있었다.

이린이 이건을 다시 보게 된 것은 출근을 한 지 3시간 뒤였다. 호텔 별채 사무동에 있는 자신의 사무실로 출근했던 그녀는 강남의 M그룹 본사사옥까지 미친 듯이 차를 몰았고 비서실도 거치지 않은 채 부회장실 문을 부서져라 열어젖혔다. 머리끝까지 화가 치민 그녀와 달리 예상대로 이건은 자신의 책상에 그림처럼 앉아 업무 중이었다.

"한 상무님!"

이린의 불같은 성격을 알고 있는 이건의 비서들이 쫓아 들어왔다. 여간한 사람이면 그대로 끌려 나갔겠지만, 이린은 그나마 패밀리라는 특권을 누리고 있다. 어찌지 못하고 쩔쩔매는 비서진을 향해 이건이 나가라고 눈짓을 했다. 그때다 싶어 그들은 곱게 문을 닫고 나갔다.

"내가 올 거 알고 있었죠?"

이린이 도전적으로 물었다. 정말 그녀가 찾아올 것을 알고 있기라도 했다는 것처럼 이건은 표정 변화조차 없었다. 평이한 어조로 입을 열었다.

"앉아."

"어떻게……."

이린이 혀를 찼다. 아침 식탁에서 자신의 얼을 빼놓은 것에 어떤 속셈이 도사리고 있을 거라 예상했어야 한다.

"이렇게……."

이린은 차마 말을 잇지 못했다. 그녀는 나름 차분해지기 위해 속으로 열을 셌다. 앉아 있던 책상에서 일어나 소파로 오는 이건의 행동을 시선으로 뒤따랐다.

"이런 식으로 뒤통수칠 거란 생각은 못했어요."

그의 말대로 소파에 앉은 이린이 이건을 향해 입을 열었다. 낮되 날카롭게. 지금 밀리면 안 돼! 강박처럼 되뇌었다.

"한 상무도 알고 있던 일이야. 그게 왜 뒤통수지?"

이건의 턱이 오만하게 들렸다. 완고하게 보이는 턱 선. 이린 또한 지지 않고 그를 노려봤다.

"난 호텔을 매각한다는 사안에 찬성한 적 없어요. 내가 출장 가서 이곳에 없는 사이 결정을 내버린 것이 뒤통수친 것이 아니라면 무엇이 뒤통수죠?"

이린이 이건을 노려봤다. 그녀를 바라보던 이건이 음, 목울림 소리를 냈다.

"호텔이 구조조정 대상에 오른 것이 하루 이틀 일은 아니잖아. 한 상무가 호텔에 특별한 애정이 있는 것은 알지만, 언제까지 이대로 끌고 갈 순 없어."

이건의 목소리가 단호했다. 이린이 지지않고 반박했다.

"그나마 가치가 남았을 때 시장에 내놓아 팔아넘기겠다는 속셈이잖아요! 경영 상태가 호전되고 있다고, 보고받지 못하셨습니까?"

이린의 말이 도전적이자, 이건은 이내 이마를 찌푸렸다. 희고 반듯한 이마에 희미한 선이 생겼다. 못마땅하다는 뜻이다.

"재무제표 읽을 줄 모르나? 밑돌 빼어 윗돌 괴고 있는 거 안 보여?"

"자구노력에 대한 보고서는 안 보셨습니까?"

이건이 한마디도 지지 않는 이린을 차가운 눈빛으로 응시했다.

"한 상무가 공들인 호텔이라는 건 알지만, 밑 빠진 독에 물 붓기야. 냉정한 시각으로 봐. 마지못해 떠안은 곳이었고, 처음부터 그쪽 사업은 무리였어. 호텔에서 손 떼."

"손을…… 떼라고요?"

이린의 미간이 일그러졌다.

"본사로 들어올 거 아니면, 공부를 계속하던지, 아니면 잠시 쉬어."

"아뇨."

이린이 자리에서 벌떡 일어섰다. 분노가 솟구쳐 참을 수 없었다. 이글거리는 눈빛으로 이건을 쏘아봤다.

"난 포기하지 않아요!"

"한이린! 고집부리지 말고 하라는 대로 해! 그게 너한테도 좋아. 넌 손해 볼 것 없잖아."

이린만큼 이건의 목소리도 강해졌다. 손해 볼 게 없다? 게다가 명령조? 이린의 눈에 불똥이 튀었다.

"이건 오. 빠! 아버지도, 당신도 항상 이런 식이야."

회사에서는커녕 집에서도 '오빠'라는 호칭이 입에 붙질 않았는데, 지금 유독 그 단어가 떠올라 이린이 으득 이를 갈았다. 부르르 몸이 떨어 주먹을 꼭 쥐었다.

"본인들의 잣대로 남의 인생을 재단하고, 규격에 맞춰 버리고, 이런 식으로 통보해 버리면 끝이라 하고…… 하!"

이린이 울컥한 감정을 참지 못해 잠시 숨을 몰아쉬었다. 혼란스런 마음을 어쩔 수 없어 앞머리를 마구 엉클어 버리고 싶었다. 훅. 깊은 숨을 내쉰 그녀가 차가운 이건의 눈빛을 똑바로 마주했다.

한씨 집안으로 편입한 건 내 의지가 아니었어! 생각대로 가능하다면 당장이라도 탈퇴하고 싶다고!

이린은 소리치고 싶었다. 그녀는 이성을 잃는 대신 입술을 악물었다. 흥분으로 떨리는 목소리를 간신히 눌렀다.

"방법을 찾으면, 우리…… 나와 내 직원들한테도 기회를 줄 건가요?"

이린이 다시 이건을 바라봤다. 이건의 검은 눈동자가 깊어졌다.

"네 오기이고 집착이야. 다시 한 번 말한다. 호텔에서 손 떼."

이린이 꿀꺽 분노를 삼켰다.

"부회장님이 오기나 집착으로 보신다면, 그렇게 보세요. 저는 호텔 살려놓을 테니까."

이건의 눈빛이 차갑게 번뜩였다. 소리는 나지 않았지만, 피식 비웃는 소리를 이린은 들은 듯했다.

"어떻게?"

"J투자신탁이 아시아에 투자처를 찾는다 했죠? 리조트 투자를 많이 했던 곳이잖아요. 그쪽 투자금이 들어오면 가능하죠?"

이린의 가슴이 들썩거렸다. 대답하지 않는 이건을 뚫어지게 보다가 더 이상 참지 못하고 등을 돌렸다. 그리고 그녀는 이건의 대답은 결국 듣지 못한 채 그대로 문을 열고 그곳을 나가 버렸다.

쾅.

육중한 나무문이 크게 울리며 닫혔다. 그 뒤로 소파에 앉아 있던 이건이 자신의 얼굴을 쓸어내렸다.

제기랄.

벌떡 일어선 이건은 눈앞이 아득해져 어금니를 꽉 물었다.

하.

생각과 언어의 괴리. 깊은 숨에 이건의 어깨가 아래로 툭 내려갔다.

"부회장님."

그때, 조심스런 목소리가 들렸다. 비서실장이다. 그가 별다른 반응이 없자, 비서실장이 말을 이었다.

"중국 하이시엔 회장님 전화입니다."

한 손으로 얼굴을 쓸어내린 이건이 자신의 책상을 향해 몸을 돌렸다. 이미 그는 평소의 그로 돌아가 있었다. 냉정하고 무표정하여 감정 한 방울 드러나지 않는 한이건으로.

자신의 사무실로 돌아왔지만, 이린은 쉽사리 진정할 수가 없었다.

"하!"

속이 터질 것 같아 이린이 한탄을 내뱉었다. 명색이 특급호텔의 CEO란 자리에 앉은 홍 대표의 될 대로 되라는 식의 마인드를 도저히 용납할 수 없었다.

뭐라? 그룹 기본 방침에 자신은 따르겠다고?

"이거 한 잔 드시고 진정하세요, 상무님."

이린의 비서인 희정이 얼음이 가득 든 물 한 잔을 들고 그녀를 따라 들어왔다. 받아 들이켜는 이린의 어깨가 들썩거렸다. 머리끝까지 저릿할 만큼 물은 시원했지만, 이린의 속은 여전히 답답했다. 다 마신 물 잔을 자신의 책상 위에 소리도 시원하게 탁 내려놨다.

"사장님은 아무 생각 없으신 거, 상무님 아시잖아요."

희정이 시무룩하게 한마디 했다. 위에서 명목상 앉혀놓은 허수아비 사장이란 의미이다. 희정이 행동을 멈추고 빤히 바라보는 이린을 향해 씁쓸하게 웃었다.

"상무님도 너무 속 끓이지 마세요."

희정의 말에 이린이 눈가를 찌푸렸다. 오늘따라 공들여 립스틱을 발랐던 입술을 지끈 깨물었다.

"현희정 씨, 입사한 지 얼마지?"

"3년 차인데요."

"이제 알 만하지 않아? 희정 씨는 호텔이 어떻게 되도 상관없어? 다른 데 갈 거야?"

"아뇨. 무슨 그런 말씀을."

당황한 희정이 변명처럼 말을 붙였다.

"나, 공채로 당당히 시험 치고 면접 봐서 이 호텔 들어왔거든? 내가 낙하산 아닌 거 다 알고 있는 희정 씨가 그런 말 하니까, 너무 당황스럽다."

희정이 얼얼할 정도로 이린의 어조는 차갑고 냉정했다.

"적어도 지금 나한테 할 말은 아니야."

인정받고 싶었다. 그 상대가 부친이었든, 오빠인 이건이었든 상관없는 누군가에게. 자신도 덤으로 생긴 자식이 아니라, 하나의 인격체로 보아달라고. 그렇게 밤잠 안 자고 쌓아온 자신의 모든 것이 그들의 한마디에 정리되고 사라지는 꼴은 보고 싶지 않았다. 오기? 집착? 그런 말로 매도되는 것이 속 터질 만큼 지금은 분하다.

돈이 안 된다고? 그럼 돈이 되게 만들면 될 일이다. 말로 하면 단순했지만, 정작은 단순하지 않은 그 일로 그녀는 지금 대만 출장에서 돌아온 이후 계속 속을 끓이고 있다.

"상무님, 그런 의미로 드린 말씀 아니에요. 죄송합니다. 상무님도 조금쯤 편하게 일하셨으면 해서 말씀드린 거예요. 사실 상무님은 본사로 들어가실 거란 얘기가 파다해요. 경영수업은 어디서든 받으시면 되니까."

몇 가지 정정해 주고 싶은 말이 있었지만, 당장이라도 눈물을 터트릴 것 같은 비서를 향해 이린은 다른 말을 할 수 없었다. 작게 한숨을 쉰 그녀가 짧게 혀를 찼다.

"한 가지만 분명히 해. 나 편하자고 여기 떠날 생각 털끝만치도 없어. 그러니 희정 씨도 그런 줄 알고 일해. 일단 제주 지배인 연락해서 올라오시라 해."

사업계획을 다시 세워야 한다. 카지노 유치 계획을 손봐야겠다.

이린의 머릿속이 복잡하던 그때, 휴대전화가 울렸다. 이건의 번호가 뜨자, 저도 모르게 이마가 일그러졌다. 아마 방금 홍 대표가 자신과의 대화를 모두 일러바쳤으리라. 이린은 그렇게 생각했다. 희정을 향해 나가라는 눈짓을 한 그녀가 휴대전화 통화를 꾹 눌렀다.

"한이린입니다. 말씀하세요."

이건은 바로 입을 열지 않았다. 그가 전화를 건 상황임을 인지한 이린이 눈매를 찌푸렸다.

"무슨 일이시죠?"

젠장. 매일 이렇게 뜸 들여서 나 안달 나게 하지. 어떤 여자 남편이 될는지, 진짜 그 여자 불쌍하다.

—비서실에서 J투자신탁 관련 자료 보냈을 거야. 살펴봐.

이린의 반듯한 미간이 일그러졌다.

"그것 때문에 직접 전화까지 주셨어요, 부회장님?"

이린은 비꼬는 어조가 되지 않기 위해 안간힘을 썼지만, 자신의 뜻대로 되지 않았다.

—네가 원한다면 그룹 차원에서 J투자신탁과 협상 준비하도록 해둘게.

내가 원한다면?

이린의 눈썹이 위로 치켜 올라갔다. 둥글둥글하던 눈매가 매서워졌다. 일단 욱하니 오른 성질을 꾹 눌렀다. 이건의 말 한마디 한마디가 그녀를 자극하고 있다. 냉정하지 못하다는 것을 이린 스스로가 알고 있었지만, 어쩔 수 없었다.

참아서 속 터지는 것보다 낫잖아!

그녀는 거침없이 입을 열었다.

"제가 이 호텔 대주주인 건 확실해도 일개 주주일 뿐이에요. 그런 개인이 원한다는 말에 좌지우지될 만큼 우리 호텔이 형편없지는 않습니다. 그룹 입장은 여전히 호텔을 정리하고 싶은 건가요?"

이건의 대답은 한참 후에 나왔다.

—그래. 장기적 관점에서 사업을 정리, 주력해야 할 필요가 있으니까.

주력사업이 아니라는 말이다. 젠장. 훅, 앞머리를 입바람으로 불어 올린 이린이 또 손으로 이마와 머리를 쓸어 올렸다.

"그럼 그룹은 손을 떼시겠다는 말로 들리니, 그냥 이 일은 자력 갱생하도록 전적으로 맡겨두시죠, 부. 회. 장. 님!"

이건의 말이 바로 이어지지 않았다. 그 짧은 찰나, 한숨 소리를 들은 듯하여 이린은 저도 모르게 이마를 찌푸렸다.

　—네 뜻이 그렇다면. 필요한 것이 있으면, 언제든 얘기해라.

　이린의 심장이 순간 흠칫거렸다. 저도 모르게 눈빛이 흔들렸다.

　이건 뭐지?

　이건의 어조가 분명 달랐다. 부드러워진 것도 그렇지만, 혼란스러울 만큼 뭔가 달랐다. 하지만 정확히 짚을 수 없어 이린은 소름이 끼쳤다.

　"그런 일 없을 겁니다."

　전화를 끊은 이린이 자신의 책상 의자에 털썩 주저앉았다.

　"하! 무슨 일이야, 대체. 왜 그래? 갑자기?"

　사람이 갑자기 변하면 이유가 있다는데……. 한이건 혹시 죽을 병이라도 걸렸어? 설마.

　이린이 혼잣말로 중얼거렸다. 확실히 이건의 태도가 좀 이상하긴 하다. 그런데 그것이 더 적응이 안 되어 이린은 혼란스러웠다.

　"쳇! 죽든지 말든지."

　꺼져 있던 컴퓨터 모니터가 비밀번호를 입력하자 다시 환해졌다. 자신의 계정으로 들어온 메일을 확인하며, 일단 이건이 비서실을 통해 보냈다는 자료부터 클릭했다. 그러다 그녀의 두 눈이 화등잔만 하게 커지기 시작했다.

　훅. 이린이 한 손으로 앞머리를 거칠게 쓸어 올렸다. 갑자기 가슴이 답답해져 자리에서 벌떡 일어섰다.

"뭐야, 이거!"

소리는 작았지만 비명 같았다. 어이가 없다는 게 이런 걸까. 입술을 악문 그녀가 화면 속 한 남자의 얼굴을 뚫어질 듯 노려봤다.

정서하 씨, 당신이 왜 거기 있는데?

서하는 자신을 '사채업자'라고 소개했다. 그 말을 순진하게 받아들인 자신은 또 어떻고.

— Leo Chung. J루자신탁의 이사, 변호사 출신.

친형의 죽음과 부친의 건강악화로 J루자신탁의 실질적인 모든 일을 총괄하는 위치로 급부상.

모니터 안에 적힌 텍스트를 이린은 읽고 또 읽었다.

"허허! 돈을 굴리는 직업이긴 했네."

사채업자라는 말이 완전히 틀리지는 않았다. 그렇지만, 이린은 당장 눈앞에 놓인 서하의 사진을 보면서도 헛웃음만 흘릴 뿐이었다.

휴대전화가 다시 울린 것은 그때였다. 멍한 시선이 액정 위에 떠오른 숫자를 바라보았다. 감이 안 오는 번호. 왜 그랬을가. 평소 이 기분이라면, 아는 번호가 아니면 받지 않았을 텐데, 그녀는 자신도 모르게 통화를 눌렀다. 휴우. 한숨이 절로 터졌다.

"한이린입니다."

―이린, 내가 어디 있는지 알아?

이린의 온몸이 순식간에 얼어붙었다. 그녀는 숨도 쉬지 못하고 제자리에 우뚝 섰다. 지끈 온 힘으로 어금니를 악물었다.

"서하……?"

이 목소리를 못 알아들을 리 없다. 이린의 심장이 바닥까지 뚝 떨어졌다.

6

"괜찮으십니까?"

문득 들린 목소리에 이린이 고개를 들었다. 이린이 탄 차 문을 열어주었던 호텔의 도어맨이 우뚝 선 그녀를 향해 질문한 것이다. 이린은 심호흡을 해 멍한 머릿속을 털어냈다. 상대를 향해 괜찮다는 의미로 싱긋 웃었다. 그러나 빙글빙글 돌아가는 자동문을 지나 불빛이 은은하게 켜진 로비로 들어섰지만, 그럼에도 이린의 머릿속은 명쾌해지지 않았다.

참 바보 같다, 한이린.

한탄을 하지만 누가 이런 상황이 오리라 짐작이나 했을까. 지금도 이렇게 마음이 갈피를 잡지 못하는데, 앞으로의 일을 누가 알까. 자신이 지금보다 조금 더 융통성 있는 사람이었다면, 출구를 생각할 수 있었을까.

이린은 앞 머리카락을 쓸어 올리며 하, 짧은 한숨을 내쉬었다.

서하, 왜 당신이지? 왜 하필……. 그럼 당신은 내가 누군지 알아?

로비 한쪽에 이린이 우뚝 섰다. 쉽게 발걸음이 옮겨지지 않는 머릿속이 어지러웠다.

분명 그는 자신이 누구인지 알지 못한다. 정서하가 로비스트를 쫓아다닌다? 생각만으로도 웃긴 일이다.

그러니 이린은 더 혼란스러웠다. 아니, 조금 더 솔직해지면, 서하와 재회했을 때, 무슨 말로 서두를 열지, 무슨 말을 먼저 꺼내야 할지, 이린은 아직 정하지 못했다.

당신을 알고 있다고, 나는 당신 도움이 필요하다고, 얘기를 해야 하나. 당신을 만난 것은 정말 우연이니, 이해해 달라 해야 하나.

정하지 못한 마음이 초조해졌다. 자신의 입장, 그의 위치. 그리고 자신이 지금 해야 할 일들.

J투자신탁의 투자를 이끌어내기 위해, 제일 먼저 정서하, 레오정의 마음을 움직여야 한다는 것을 머릿속은 알면서도 마음이 움직이지 않았다. 이런 식으로 그와 다시 만나게 되리라고는 절대 예상치 못했다. 바라는 바도 아니었다.

그냥 다 말해 버려. 탁 까놓고. 투자하라고. 아니, 도와달라고.

이린이 또 한숨을 폭폭 내쉬었다. 앞니로 입술을 질근질근 씹었다.

이게 뭐야. 사람 대하는 거 너무 어렵잖아. 절대 로비스트는 될 수 없는 성질머리인데.

서하의 전화를 받고 지금까지 고민했지만, 이린은 사실 어떤 결론도 내지 못했다. 그럼에도 그를 거절하지 못한 채 이렇게 올 수밖에 없던 이유는 한 가지였다.

보고 싶었다. 그것도 많이. 그건 인정할 수밖에 없었다. 서하의 전화 목소리를 듣는 순간, 온몸이 전율한 것은 다른 모든 이유를 떠나 반가움 때문이었다. 아닌 것은 아닌 것이라고, 좋은 기억은 좋은 기억일 뿐이라고, 정서하는 이곳, 서울 땅에 존재하는 인물이 아니라고, 귀국한 이후 매 순간 누른 마음이 어쩌지 못하고 한순간 터진 것이다.

그래. 다른 거 생각하지 말고, 오늘은 얼굴이라도 보자. 나 보고 싶어 왔다잖아. 내가…….

이 말도 틀렸다. 그가 얼마만큼 자신이 보고 싶었는지 모르지만, 지금은 자신이 그를 더 보고 싶다. 이린은 무덤덤하려 무척이나 애를 썼지만, 심장은 제멋대로 쿵쿵 뛰었다.

그렇게 이린이 자신 없는 걸음을 옮길 때였다. 시선을 돌린 그녀가 우뚝 멈췄다.

하, 젠장. 저 인간은 왜 또 여기 있어. 제발 마주치지 마라.

이린의 미간이 일그러졌다. 로비 저편 코너에서 강민이 나타난 것을 본 탓이었다. 비교적 직선거리에 있는 그가 원망스러울 정도로 이대로 그녀가 엘리베이터를 향해 걸어간다면, 그와 딱 맞닥뜨리게 된다.

"오빠! 강민 오빠!"

그때, 로비의 중앙에서 2층으로 연결된 계단을 총총걸음으로 내려온 한 여자가 온 로비에 들릴 만큼의 큰 소리로 강민을 불렀다. 이내 쪼르르 달려가 그의 팔짱을 꼈다.

"많이 기다렸지?"

"주차장에서 지금 올라온 거 안 보여?"

폴짝폴짝 뛰며 애교를 부리는 것을 보니, 주강민이 늘 외치던 귀엽고 깜찍한, 이름하여 그의 스타일인 여자이다. 약혼했다는 여자인지, 다른 여자인지는 모르겠지만.

젠장, 젠장. 다시 보고 싶지 않은데.

볼을 빵빵하게 부풀린 이린이 투덜거렸다. 타이베이에서의 어이없는 만남 이후 처음이니 참으로 얄궂은 타이밍이었다. 하필이면 이럴 때 마주치게 되다니. 알아보게 된다면, 주강민의 성격상 공교로운 일이 벌어질지도 모른다. 다행히 로비로 들어오는 사람들이 많아 대충 가리면 될 것 같기도 했다.

이린이 강민을 외면하여 몸을 돌리려 할 때였다.

"쉿!"

이린의 심장이 철렁 내려앉았다. 확 다가온 온기, 그리고 단단함. 누군가 뒤에서 그녀를 둘러 안고 귓가에 바람같이 속삭였다. 전율이 인 그녀를 모르는지, 상대는 그녀를 뒤에서 완전히 감싸 안아 밖이 환히 보이는 통유리창을 향해 돌아섰다. 그리고는 짧은 이린의 머리카락 위에 입 맞췄다.

서하!

전율 흐른 이린의 몸이 단번에 굳었다. 저릿하고 애틋한 느낌은 전적으로 정서하의 것. 온전히 전해져 이린의 심장이 저릿해졌다. 그리고 눈앞이 어지러웠다. 등 뒤로 느껴진 정서하라는 단단한 존재에 그녀는 그를 느낀 순간부터 바로 힘이 빠졌다.

그러나 그는 너무도 단단히 그녀를 얽어 안았다. 움직이기는커녕 숨도 쉴 수 없었다. 귓가에 내려앉은 서하의 숨결이 냉방 잘된 로비의 공기마저 뜨겁게 달아오르게 했다. 이린을 긴장하게 했다. 그녀가 저도 모르게 꿀꺽 마른침을 삼켰다.

"언제부터 봤어요?"

이린이 냉정을 가장하며 입을 열었다. 그 또한 강민을 봤으리라. 어쩌면 로비로 들어선 후, 한참 동안 망설이는 자신도 모두 보고 있었을 수도 있다.

"들어오는 것부터."

유리창에 비친 서하가 한쪽 입술을 말아 올리며 희미하게 웃었다. 조금 난감함에 부닥친 이린이 두 눈을 감았다 떴다. 서울 지리를 잘 모르는 그를 위해 호텔로 찾아오겠다고 한 것은 이린 자신이었으니, 누굴 탓할 이유도 없었다.

"이대로 가버릴 건가?"

서하가 나직한 소리로 물었다. 눈을 뜬 이린의 시선이 바로 앞 유리창에 얼비친 서하의 눈과 마주쳤다. 날카롭고 단단한 얼굴선, 그리고 우뚝 선 콧날, 하지만 대조적으로 그녀의 귓가에 닿을 듯 말 듯 가까운 서하의 입술은 부드러운 호선을 그리고 있다. 회사에서 나오느라 정장 차림인 그녀와 달리 편안한 캐주얼 차림의 그는 당장이라도 훔치고 싶을 만큼 매력적이었다. 이린은 눈앞이 어지러워 서하의 단단한 팔을 꽉 잡았다.

"아니요. 여기까지 왔는데, 내가 왜요."

크게 숨을 들이켠 그녀가 도전적으로 고개를 치켜들었다. 서하의 한쪽 입술 끝이 재밌다는 듯 말렸다. 그리고 동시에 유리창에 얼비친 모습 멀리로 호텔을 나서는 강민이 보였다. 이린도 확인을 했고, 그도 보았으리라. 그 순간 서하가 학처럼 뻗은 이린의 목선에 입술을 댔다. 흡. 순간 숨이 멈췄다. 미간을 일그러뜨리며 몸서리치는 이린을 보고 서하가 쿡쿡대며 웃었다.

"이런 캐릭이었어요?"

이린이 날카로운 어조로 물었다. 서하를 올려다보는 그녀의 둥글던 눈매가 표독하니 매서워졌다. 그러나 서하는 짐짓 모르겠다는 표정으로 어깨를 으쓱했다.

"무슨?"

"하!"

상대가 오리발을 내미니 이린은 어이가 없다.

"아무 데서나 쪽쪽대는 공중도덕 제로에 느끼남이었냐고요."

새침해진 이린이 나름 딱딱한 어조로 따지며 그의 품에서 벗어나 보려고 애를 썼다. 하지만 서하의 단단하고 굵은 팔은 꼼짝도하지 않았다.

"좀……."

이린의 이마가 긴장으로 굳었다. 저녁이라 드나드는 사람이 비교적 많은 호텔에서 강민처럼 낯익은 얼굴을 또다시 마주치지 말란 법이 없다. 다행이라면 호텔에 저녁 행사는 없어 보여 아는 사람을 만날 확률이 적다는 것? 불행은 이 호텔 매니저가 그녀도 아는 인물이라는 것이었다. 지금 그가 여길 내려올 일은 거의 없다하더라도 은근히 신경 쓰였다.

"이린, 당신은 남녀 사이에 대해 조금 더 알 필요가 있어."

"나도 알 건 다 아는데요?"

이린이 뾰로통하게 대꾸했다. 서하의 눈가에 웃음이 서렸다. 상대가 순진하고 귀엽다는 듯.

"사랑에 빠진 남녀는 그런 것을 초월하지. 언제든 만지고 싶은 것이 본능이야. 게다가 나는 본능에 민감한 사람이고."

이린의 눈매가 움찔 굳었다. 사랑? 한 2초쯤 움직이지 못한 그녀가 그를 쏘아봤다.

"난 당신과 사랑에 빠졌다고 얘기한 적, 없어요. 그리고 그건 남자의 본능 아닌가요? 굳이 사랑이라는 이름 붙이지 않아도."

"그래? 당신은 나 안 만지고 싶단 말이군."

이린의 어조가 나름 매서웠지만 서하는 너스레를 떨었다.

"사랑은 아니라니…… 심장이 이렇게 빨리 뛰는데 말이지."

이린이 팔을 움찔했다. 바로라도 서하가 가슴을 움켜쥘 것 같은 생각이 들어 견딜 수가 없었다. 다리 사이가 움찔거리고 열기가 몰려들었다. 그가 알까 두려울 정도로. 자신이 이렇게 밝히는 여자였는지, 이린은 당황스러웠다. 그리고 그전은 몰라도 그가 그 말을 한 순간부터 이린의 심장은 더욱 걷잡을 수 없이 뛰었다.

"다, 단정 짓지 말아요. 평소 뛰는 것과 같을 거예요."

"당신 맥박과 심장은 똑같이 뛴다는 걸 잊었군."

서하가 다른 사람은 모를 만큼 빠르게 이린의 목덜미를 입술로 훔쳤다. 하필이면 동맥이 뛰고 있는 그곳이다. 짜릿한 전율이 이린의 온몸을 휘감았다. 그녀는 두 눈을 지끈 감았다 떴다. 서하의 입술이 직접 자신의 입술에 닿은 것처럼 감미로웠다.

"이린."

그때, 서하가 그녀의 이름을 불렀다. 자신에게서 약간 떼어내고는 그녀의 귓가에 속삭였다.

"사실 지금 나는 당신을 으스러지듯 안고 키스하고 싶지만, 여긴 한국이니 참고 있다는 것만 알아둬."

이린을 바라보던 서하가 웃었다. 환하고 매력적인 웃음에 다시 넘어가지 말자 다짐했건만, 그런 마음까지 녹아내릴 것 같았다. 그렇게 웃지 말라고 구박하고 싶은 말이 목구멍까지 밀려들었다. 마음으로야 자신이 먼저 이 입술을 훔치고 싶었다. 그의 말대로 만지고 싶었다. 이거야말로 자가당착인 셈이다.

"조마조마하군요."

한숨처럼 이린이 내뱉었다. 왜 그러냐는 뜻으로 서하의 눈에 힘이 들어갔다. 한쪽 눈썹이 위로 치켜 올라갔다. 그와 시선이 마주쳤지만, 이린의 입술은 정확히 열리지 않았다.

난 불륜에 빠진 여자 같은 이 느낌이 정말 싫어요.

이린이 혼잣말을 속으로 삼켰다. 서하는 이 마음을 이해할 수 없을 것이다.

무엇이 이 남자를 움직일 수 있을까. 그녀에게는 무조건 호의적인 감정으로 말랑해 보이지만, 결코 그것이 그의 전부가 아니라는 것쯤은 눈빛만으로도 알 수 있다. 사적인 감정을 내세운다면 그의 반응이 어떨지. 보지 않아도 보이는 느낌이랄까.

그 이전에 그의 마음을 이용해 무언가를 하겠다는 것은 이린에게도 용납되지 않았다.

지금, 그녀는 혼란스럽다. 무엇이 먼저인지 결정할 수 없는 탓이다. 그런 이린의 마음을 눈치채지 못한 서하가 짐짓 화난 표정을 지었다.

"한이린."

이린의 심장이 철렁 내려앉았다. 그가 부르는 자신의 이름은 언제나 심장을 떨게 한다.

"나는 이렇게 주춤거리고 망설이는 당신을 보려고 온 건 아니야."

이린이 그를 바라봤다. 심장이 뭉클거렸다.

"미안해요. 피곤할 텐데……."

약한 한숨을 내쉰 이린이 담담하게 입을 열었을 때였다. 서하가 그녀의 말을 뚝 잘랐다.

"나는 지금 1분 1초가 아깝다."

사랑스런 모습을 바라보는 것만으로도. 사랑할 시간을 보내는 것만으로도.

이린이 서하의 얼굴을 빤히 올려다봤다. 서하가 하지 못한 나머지 말들이 들린 것 같아 이린은 온몸이 저릿해졌다.

이 남자가 왜 냉혈한 기업사냥꾼이라는 말을 듣는지 알 수 없다. 자신만을 향한 눈동자는 검고 깊다. 심장을 저릿하게 한다. 피를 끓게 하고, 살아 있다는 것을 느끼게 한다.

그러니 충동은 순간.

이린이 그대로 두 손을 뻗어 서하의 얼굴을 감싸 끌어 내렸다. 그리고 자신은 발돋움을 하여 그의 입술에 입 맞췄다. 쪽. 아주 짧은 순간. 하지만 그 순간만큼 따스하고 감각적인 입술이 제 것이 되었다. 그것이 이린을 만족스럽게 했고, 동시에 서하의 눈빛은 야수처럼 번뜩이게 했다. 그의 온몸을 불타게 만들었다.

"서하……"

서하가 이린의 팔을 잡고 성큼성큼 걷기 시작했다. 채 그의 보폭을 따라잡지 못한 이린이 당황하여 그의 뒤를 뛰듯 쫓아갔다. 들고 있던 숄더백이 어깨에서 미끄러져 내리자, 서하는 그녀의 가방까지 번쩍 들고 앞장섰다.

"서하 씨!"

누가 볼까 하는 의심은 둘째였다. 이린은 서하의 힘을 감당할 수 없었다. 엘리베이터까지 급하게 다가가고, 마침 도착한 엘리베이터에 타고 나서도 서하는 어떤 말도 하지 않았다.

아픈데…….

그가 잡은 팔목에 너무도 힘이 들어가 놓아달라 하고 싶어도 서하의 표정이 너무 무섭다. 그리고 서하 또한 제 힘조차 제어가 안 되어 그녀의 팔목을 잡은 손에 점점 더 큰 힘이 들어갔다. 그러다 엘리베이터가 닫히자, 기다렸다는 듯 그가 이린을 끌어당겨 품에 꼭 안았다.

보이고, 느껴지는 것은 서하의 가슴뿐. 엘리베이터에 탔다는 느낌보다는 그의 품에 갇혔다는 것이 더 크게 다가왔다. 쿵쿵 뛰는 그의 심장이 귓속을 울려 그녀 또한 심장이 미친 듯이 뛰기 시작했다.

"어디…… 가요?"

"룸."

서하의 대답은 한마디였지만, 그 순간 이린의 심장이 덜컥 내려앉았다. 그의 의도가 무엇인지 그녀도 알아챘다. 해일처럼 밀려온 기대감과 숨 막힐 듯한 긴장이 이린의 온몸을 휘감았다. 한 조각처럼 맞닿은 몸의 아래쪽 한 부분이 유난히 신경 쓰이기 시작한 탓이다. 너무도 단단하게 흥분하기 시작했다. 꿈틀거리며 튀어나올 것 같았다.

"이럴 생각은 아니었어."

결국 서하가 묵고 있는 룸의 문이 열렸을 때, 거의 끌어당기다시피 그가 이린을 안으로 밀어 넣었다. 스륵 문이 닫히기도 전, 서하가 낮고 깊은 목소리로 이린의 귓가에 속삭였다. 은밀하고 나직한…… 그리고 치명적인 목소리로.

뜨거운 숨결이 이린의 귓가를 스쳤다. 이린은 저도 모르게 서하의 팔뚝을 움켜쥐었다. 저릿한 느낌이 중심을 관통해 당장이라도 이 남자를 갖지 않으면 죽을 것 같았다. 갈증에 목이 말랐다. 이린은 자신을 믿을 수 없었다. 스스로에게 이런 열정과 광적인 욕구가 있었을 줄이야.

"생각은 언제나 변할 수 있어요."

그리고 상황도 언제나 변할 수 있다. 아무 생각하지 않고 이 순간 이 열정을 즐겨야겠다. 다른 생각은 일단 모두 접고.

이린이 서하의 목을 먼저 끌어안았다. 보기만 해도 가슴이 터질 것 같아 미칠 것 같다.

이 남자, 나한테 무슨 짓을 한 걸까. 며칠 못 본 사이 감정이 숙성이라도 된 거야?

불꽃처럼 타오른 눈빛이 뜨겁고 버거웠다. 바라보기도 벅찬 남자. 이린이 서하의 입술을 찾아들었다. 강렬하게 맞붙어 미친 듯이 서로를 탐했다. 달다. 어쩌면, 아니, 확실히 한국으로 돌아온 이후 계속 이 남자를 만지고 싶었다. 그가 보고 싶어 침대에서 뒤척거린 적도 몇 번이다.

"하."

이린이 작게 한숨지었다. 그녀의 얼굴을 감쌌던 서하의 커다란 손이 등과 가슴을 훑어 내려가 그녀가 입고 있는 정장 바지의 벨트부터 풀었다. 툭. 옷이 떨어지는 소리를 이린은 먼 소리처럼 느꼈다.

발레파킹을 맡겼던 그의 스포츠카가 눈앞에 놓였다. 하지만 강민이 움직이지 않자, 그의 팔짱을 끼고 있던 여자가 이상하다는 표정으로 강민을 바라봤다.

"오빠, 안 타?"

강민이 슬쩍 고개만 돌렸다. 방금 그들이 나온 호텔의 로비 한 쪽을 의심에 찬 눈빛으로 노려보았다.

"오빠, 바빠. 모임 시간 늦어."

여자의 채근이 도에 넘치자, 강민이 마지못해 몸을 돌려 차에 올랐다. 보란 듯이 고개를 뻣뻣이 들고 그의 차에 올라탄 여자가 차가 움직이자마자 운전하는 강민의 옆얼굴을 슬슬 쓰다듬었다. 짜증이 확 밀려든 강민이 소리를 버럭 질렀다.

"야! 운전하는데 만지지 말랬지!"

"어머, 오빠? 언제는 좋다더니? 스킨십 좋아하잖아."

신경질적인 그의 반응에 여자가 새초롬 토라졌다.

"아까부터 오빠 이상해. 누구라도 봤어?"

호텔 정문을 나와 대로로 끼어들기 위해 잠시 차를 멈춘 강민이 무언가를 떠올리듯 골똘해졌다. 여자의 질문에 기다렸다는 듯 이름 하나를 내뱉었다.

"한이린."

"한이린? 오빠 약혼녀였잖아. 그 여자가 왜?"

찰싹 달라붙는 여자를 강민이 귀찮다는 투로 밀어냈다.

"분명 한이린이야. 내 눈은 속이지 못해. 한이린이 맞아."

강민의 미간이 심할 정도로 일그러졌다. 사람들이 많아 정확지 않다 해도 강민은 확신할 수 있었다. 의도적으로 중간에 끼어들어 자신의 시야를 가린 남자도 분명 그놈이다. 바로 확신할 수 없던 것은 너무도 급작스런 일이었기 때문이었고, 곁에 들러붙은 이 여자 때문이기도 했다.

"그 새끼였어. 그 새끼……."

강민이 혼잣말처럼 중얼거렸다. 모든 것이 분명해졌다. 자신의 눈썰미가 정확하다고 강민은 믿고 있다.

한이린이 날 피해? 그 새끼까지 데리고 다니는 주제에?

"그 새끼는 또 누구야? 누구 말하는 거야? 으응, 오빠?"

여자가 한껏 비음을 섞으며 아양을 떨었다.

"있어. 미국까지 자기 변호사 찾아오라던 개놈의 자식."

강민이 잇새로 씹듯 말을 내뱉었다.

"미국? 왜 하필 미국까지? 꼭 가야 해? 전화로 끝내."

"너, 입 안 다물래!"

강민이 다시 버럭 소리를 지르자, 여자 또한 찔끔 몸을 움츠렸다. 오늘따라 신호도, 밀려드는 차들도, 입의 혀처럼 굴어 데리고 다니기 편하던 여자도 그의 짜증만 일으키고 있다.

❖

룸은 조용했다. 숨소리마저 선명히 들릴 만큼 공기는 차갑고 또 렷했다. 아무 소리도 없는 적막은 순수의 밀도 높은 사막의 밤, 혹은 심해를 연상시켰다. 어둑한 룸의 천장이 하늘이 되어 별빛이라도 쏟아져 내릴 것 같았다. 그리고 그 아래 킹사이즈 침대 위에는 지금 막 사랑을 시작한 이들의 뜨거움이 모닥불 대신 이글거리며 타올랐다.

탄탄하고 단단한, 그리고 늘씬한 체격을 자랑하는 남자의 몸에 하얗고 가는 여자의 몸이 넝쿨처럼 착 휘감겼다. 두 다리와 두 팔이 엇갈려 화염처럼 뜨거운 서로의 중심을 향해 치달았다.

"헉!"

이린이 짧은 탄식을 내뱉었다. 그가 그녀의 두 다리를 활짝 벌리고, 그의 머리가 그녀의 중심으로 내려갔을 때부터 짐작했어야 했다.

"서하 씨!"

그가 입을 크게 벌려 그녀의 검은 숲을 입안에 가뒀다. 강하게 빨아들였다. 그리고 쉴 틈 없이 혀끝으로 갈라진 틈과 여성의 입구를 아래위로 핥았다. 그의 타액과 그녀가 흘린 물기가 두서없이 섞여 흘렀다.

"흐응…… 아훗……."

이린은 미친 듯이 고개를 저었다. 제 중심에서 떨어지지 않는 서하의 머리카락을 깊숙이 쥐어 잡았다. 뾰족해진 돌기가 그의 입술과 혀끝으로 끊임없이 자극됐다. 그녀의 눈앞에서 수많은 별이 한꺼번에 폭발했다. 온몸에 힘이 들어가고 허벅지가 부들부들 떨렸다.

"서하, 서하!"

이린이 그의 이름을 불렀다. 어느새 상체를 일으킨 그가 이린의 입술을 제 것으로 막았다. 혀가 얽히고, 이린은 제 맛이 남은 그의 혀를 정신없이 빨았다. 미처 삼키지 못한 타액이 입가로 주륵 흘렀다.

그 순간이다.

"흡!"

서하의 남성이 그녀의 중심을 정확히 꿰뚫었다. 두 눈을 꼭 감았던 이린이 번쩍 눈을 떴다. 농도 짙은 그의 애무로 감당할 수 없을 만큼 뜨거워지고, 쾌감으로 몸부림쳤건만 지금은 전혀 다른 자극이 치달았다.

"하…… 아…"

견딜 수 없어 이린이 그의 등을 움켜쥐었다. 그녀의 여성 깊숙한 안으로 들어온 서하만큼 그녀 또한 그를 파고들었다. 완벽히 하나가 되었다.

아파.

이린이 입술을 있는 힘껏 깨물어 버렸다. 아무리 그를 원한다 해도 이 순간만큼은 버겁다. 당황스러울 만큼. 숨을 쉴 수 없을 만큼. 그로 꽉 찬 아래쪽에 힘이 들어가고 두 다리가 후들거렸다.

"이린?"

그녀의 동요를 느낀 것이다. 서하의 이글거리던 시선이 멈칫 했다. 진중한 눈빛으로 이린의 움직임을 주시하고 있다. 한 치의 틈도 없이 맞붙은 중심이 화톳불처럼 두 몸을 뜨겁게 달군다.

"충분히 열렸다고 생각했는데도 좁아. 아프게 해서 미안해."

"하……."

서하의 진심이 전해진다. 심장이 또다시 욱신거린 이린이 억지로라도 웃으려 기를 썼다.

"괜찮…… 아요."

그녀가 이를 지끈 물고 서하의 어깨와 등을 되는대로 움켜쥐었다. 에어컨이 돌고 있는 룸에서도 땀이 배어나 손이 미끄러졌다. 그 손을, 그리고 팔을 잡은 서하가 그녀를 두 팔로 안았다. 결합한 그대로 깊숙이 몸을 숙여 목덜미에 입술을 찍었다. 그녀의 체향을 듬뿍 마시다가 쇄골에 자잘한 키스를 퍼부었다. 또다시 휩쓰는 쾌감의 열풍.

"흐웃."

이린이 저도 모르게 움찔거렸다. 짧게 거친 숨을 내쉬었다. 관능, 그리고 열정, 욕망. 지금껏 자신과 상관없다 여긴 것들을 이 남자와 경험한다. 또 다른 어떤 것이 있을까, 이린의 몸은 기대로 가득 찼다. 두 다리 사이에 힘을 줘 서하의 남성을 꼭 가뒀다. 그를 난폭하게 빨아들였다.

"흐음."

서하가 희미하지만 거친 신음을 흘렸다. 견딜 수 없던 탓이다. 동시에 이린 또한 온몸에 짜릿한 전율이 흘렀다. 눈앞이 아득해지고 동시에 자연스럽게 쿡 웃음이 터지자, 서하의 눈빛이 이채로 빛났다. 무슨 일인가 궁금하여 이린을 불렀다.

"왜 웃지, 이린?"

아찔하게 밀려온 쾌감이 다소 잠잠해지자, 그에게 바짝 안겼던 이린이 서하의 귓가에 속삭였다.

"나는요. 당신 신음 소리가 좋아. 미칠 것같이 좋아."

이린의 목소리가 가늘게 떨렸다. 저도 모르게 가라앉아 거칠게 갈라졌다.

정서하가 누구인지 모를 때도 그랬다. 본능적으로 이 사람은 세상을 제 발밑으로 두는 것이 익숙할 거라 생각했건만, 그런 그가 자신의 움직임 하나에 거칠게 신음한다. 그것이 이린의 가슴을 뿌듯하게 만들기도 하고, 벅차게 만들기도 했다. 그의 몸으로 만들어내는 쾌락, 쾌감과는 다른 것으로 이린을 흥분하게 했다.

서하가 감싸 쥐었던 이린의 가슴이 밀가루 반죽처럼 일그러졌다. 분홍빛으로 물든 유실이 짙은 색으로 단단해져 그의 손안에서

굴렀다. 때로는 차갑게, 때로는 따스한 벨벳 같은 느낌이 좋아 서하의 손은 계속 그곳에 머물렀다. 먹어치울 듯 이린의 입술을 빨아들였던 서하가 탁한 목소리로 으르렁거렸다.

"그건…… 이린 당신이 자극하니까."

서툴러도 자극적이다. 이린은 본능적으로 그를 받아들이고 있다. 버겁고, 힘겨울 거라는 것을 알면서도 멈출 수 없는 것 또한 제 것을 향한 남자의 본능. 서하는 주춤거릴 수 없었다. 강하게 허리를 쳐 올렸다. 야릇한 마찰 소리가 조용한 객실을 가득 채웠다.

"하읏!"

서하는 야수처럼 돌진하다가도, 때로는 신사처럼 부드러웠다. 어느 순간, 움직임을 멈춘 그가 이린을 내려다봤다. 거친 숨결을 가다듬고, 땀에 흠뻑 젖은 그녀의 이마를 훔쳐 준다. 그가 희미하게 웃었다.

"괜찮지?"

이린이 고개를 끄덕였다.

"내가 이런 쪽은 잘 몰라 재미없죠?"

"이린, 당신은 그래?"

서하가 짐짓 무서운 표정으로 물었다. 표정과 달리 그의 손끝이 부드러운 검은 숲에 뒤덮인 이린의 여성을 조심스럽게 갈랐다. 뾰족하게 드러난 분홍빛 정점에 서하의 시선이 슬쩍 멎었다. 그리고 손끝으로 그곳을 천천히 문지르기 시작하자, 이린이 흡 숨을 멈췄다.

"으훗!"

서하의 몸을 끌어안은 이린이 부들부들 떨기 시작했다. 그와 결합된 여성이 수축과 이완을 반복하기 시작하자, 그의 남성도 움직이기 시작했다.

"대답해 봐, 이린. 재미없어? 지루해?"

서하가 이린의 귓가에 속삭였다. 절정의 문턱을 간신히 숨을 헐떡이며 드나들고 있던 이린이 흐릿한 눈빛으로 고개를 저었다. 아니라고.

"아아, 그만……."

작은 산과 같은 오르가슴 앞에서 이린의 몸이 축 늘어지기 시작했다. 더 이상 버틸 힘이 없다. 그때서야 서하가 손을 놓고 이린의 몸을 감싸 귓가에 속삭였다.

"당신이 좋아. 이린, 당신이…… 좋다."

서하의 대답을 듣는 동시에, 거친 숨을 내쉬던 이린이 그의 얼굴을 두 손으로 감싸고 입술을 찾았다. 단 과일 같은 서하의 입술을 파고들어 제가 먼저 그의 혀를 감쌌다. 볼이 홀쭉해질 만큼 그를 빨아들였다. 격정적으로, 그리고 마음을 따라 빠르게. 서하가 땀에 젖은 이린의 얼굴을 손끝으로 쓸었다. 입술을 뗀 서하의 입가에 희미하게 웃음이 서렸다.

"이제 천천히……."

단단한 근육으로 짜인 서하의 등이 부드러운 물결처럼 일렁거렸다. 흐름을 따라 이린의 몸 또한 파도처럼 출렁거렸다. 룸 안은 뜨거운 열정이 해일처럼 밀려들고 밀려 나갔다.

7

이건이 오랜 친구인 병주의 전화를 받은 것은 사장단 회의가 끝난 오후였다.

사무실로 돌아온 그가 소파에 온몸을 내던지다시피 기대앉았다. 테이블 위에 놓인 휴대전화는 연달아 울렸다. 발신자는 '손병주'. 녀석의 전화는 집요했고, 결국 그는 휴대전화 통화버튼을 눌러야 했다. 아니, 아침부터 부재중 전화로 남은 녀석의 전화를 확인했지만, 이건이 다시 전화하지 않은 것뿐이었다.

—전화 좀 받아라.

"바빴다."

—너 바쁘고 돈 많이 버는 건 알지만, 너무하다 생각 안 해? 대

한민국 경제는 한이건이 다 책임지냐?

병주는 투덜댔지만, 짜증을 낸다는 느낌은 아니었다. 이건은 평소와 같이 무뚝뚝하게 대꾸했다.

"내가 일을 좀 못 해. 머리가 나쁘니 몸이 고생이다."

—짜식. 뚫린 입이라고 말은. 네가 머리 나쁘면, 나는 아메바냐? 암튼 잊지 않았지? 오늘 저녁 6시야!

"바쁘다."

쳇, 하며 병주의 혀 차는 소리가 들렸다. 그가 버럭 소리를 질렀다.

—너 그럴 줄 알고 몇 주 전부터 콜했잖아!

"미안하다. 잊고 있었어."

—점점. 야, 형들도 다 나오는데, 네가 못 오는 이유가 뭐야? 네가 출석률 제일 낮아. 이러다 자동아웃이다.

알 만한 집안의 자제들만 들어올 수 있다는 모임 얘기였다. 이건은 꽤 오랫동안 얼굴을 내밀지 않았지만, 올해 회장은 그의 죽마고우 병주였고, 녀석의 전화를 매번 피하기란 어려웠다.

"아웃시켜. 오히려 고맙다."

—하! 외로움은 더럽게 타는 놈이 튕기기는 또.

병주의 말에 이건의 차가운 눈매가 가늘게 경련했다. 정곡을 찔렸지만, 상대가 병주이기에 참을 수 있다.

—얼굴 잊어먹겠다. 다들 바쁜 거 알아. 이럴 때나 좀 보는 거

지. 오랜만에 민수도 들어왔어. 너 연락 안 된다고 난리다.

민수도 어릴 적 친구이다. 이건이 옅은 한숨을 목 뒤로 넘겼다.

"당분간 참석 어려워. 정리 좀 되면 갈게."

—그 소리 1년째다, 짜식아! 내용 좀 바꿔. 너 지금 사장단 회의 끝났다고 비서실에 다 확인했어.

"집요한 놈."

휴대전화 저쪽에서 낄낄거리는 병주의 웃음소리가 들렸다. 그 느낌이 싫지 않은 것은 병주가 뼛속까지 자신을 아는 몇 안 되는 지인 중의 하나이기 때문이다.

—참! 혼자 왕따당한다고 생각하기 전에 파트너 꼭 데려와라.

병주의 말에 이건의 단단한 이마가 희미하게 일그러졌다.

—너, 죽상이지?

이번에는 이건의 얼굴이 온통 찌푸려졌다. 쓴 약이라도 한 사발 들이켠 얼굴이 됐다.

—안 봐도 빤하다. 한이건 모태솔로인 건 우리가 다 알지. 물정 모르는 사람들만 믿지 않지만.

병주의 한숨 소리가 수화기를 타고 흘렀지만, 오히려 이건은 담담했다.

—비서라도 데려와. 아, 전부 남자로 바꿨나? 그럼 다른 중역 비서라도 있을 것 아냐.

병주의 말대로 부친이 안 계신 올해부터 부회장 비서실 인원은 전부 남자로 교체됐다.

—너 정말 여자 결벽증이냐? 아니면 커밍아웃해야 해? 무슨 비서진 물갈이를 남자로 해?

"기다리지 마라."

이건은 대답하지 않았다. 그 한마디를 끝으로 전화를 끊었다.

그럼에도 말은 그렇게 했지만, 잠시 잠깐 갈등했다. 무언가 분위기 전환이 필요한 것은 맞다. 요즘 들어 피곤할 만큼 느끼고 있는 이 무기력함이 무엇 때문인지, 이건 스스로가 알고 있기 때문이었다. 벽에 걸린 벽시계를 흘끔 본 그는 미련 없이 책상 쪽으로 자리를 옮겼다.

이건이 클럽 '노아'를 찾은 것은 그의 기준으로는 비교적 이른 시간이었다. 한여름 해가 길다지만, 어쨌든 밖이 환한 시간에 퇴근을 해본 적이 없었으니까. 그럼에도 모임은 이미 꽤 진행되어 그는 뒤늦게 나타난 쪽에 속했다. 파트너 동행 모임인만큼 꽤 많은 인원으로 노아의 비교적 큰 홀이 들썩거렸다. 음식 냄새, 향수와 화장품 냄새 등이 섞인 공기가 이건의 미간을 찡그리게 한다.

이건이 들어서자 그를 알아본 몇몇 여자들의 시선이 그에게 쏠렸다. 이지적인 외모와 큰 키의 그는 어디서나 눈에 띄었다. 그러나 이건의 시선은 곁눈 한 번 주지 않고, 오만하게 앞을 바라볼 뿐이었다. 희미하게 들리는 음악 소리에 반듯한 이마가 슬쩍 굳었다.

"잘 왔다, 친구."

병주의 열렬한 환영을 받은 것도 잠시였다. 그가 이건의 뒤를 흘끔거렸다.

"파트너는?"

"없어."

"그렇게 회사에 여직원이 없어? 여자는 직원으로 안 뽑아? 이것도 일종의 차별이다."

병주의 책망에 이건이 피식 웃었다.

"여자 많이 뽑아. 나랑 같이 올 여자가 없을 뿐이다. 잠깐 술이나 마시다 갈 거야."

이건의 시선이 홀을 쓱 훑었다. 병주가 말한 민수는 홀 한쪽에서 선배들과 얘기 중이었다. 서로 시선이 마주쳤고, 반가운 눈빛을 교환했지만, 민수는 바로 테이블을 떠날 수 없어 표정만 일그러뜨렸다.

"민수 얘기 끝나면, 안쪽으로 오라 해."

이건이 언제나처럼 홀이 아닌 룸으로 들어가려 하던 때였다.

"야아, 해가 서쪽에서 떴나? 한이건이잖아? 어쩐 일이야, 여길 다 오고?"

누군가의 목소리가 이건의 발목을 잡았다. 파르스름한 조명 아래, 강민이 불쑥 얼굴을 나타냈고, 그의 앞을 완전히 가로막았다. 저절로 눈살이 찌푸려졌지만, 무시하고 지나치려는 이건의 앞을 강민이 재차 막아섰다. 이건의 눈매가 가늘어지고, 눈빛이 얼음처럼 번뜩였다.

"비켜."

이건이 묵직하고 낮은 목소리로 요구했다. 하지만 강민은 한쪽 입술을 비틀며 가소롭다는 듯 웃었다.

"왜 이렇게 날카롭게 굴어? 오랜만에 반가워서 인사 좀 하자니까. 우리가 남이야? 가족도 될 뻔했잖아."

이건이 얼음처럼 싸늘한 눈빛으로 강민을 노려봤다. 날이 날인 만큼 큰소리 나게 할 수 없어 끓어오르는 화를 꾹 눌렀다. 겉보기에 이건은 무표정 그대로였다.

"인사 다 했으면 비켜."

"어어."

강민이 반대쪽으로 몸을 돌리려는 이건을 막았다. 매서운 시선과 마주치자 능구렁이처럼 씩 웃었다.

"인사만 하면 쓰나. 얘기도 좀 나눠야지."

이건의 표정이 일그러졌다.

"동생 파혼시킨 것도 모자라? 우린 친구잖아. 아무리 그래도 친구 사이까지 안면 바꾸는 건 매우 예의가 없지. 내가 해줄 얘기도 있고 말야."

이건이 피식 웃었다. 몸을 조금 앞으로 내밀어 강민의 귓가에 머리를 가져가 낮은 목소리로 입을 열었다.

"너 같은 친구 없다. 꺼져."

단숨에 말한 이건이 강민의 어깨를 한 손으로 잡아 밀쳤다. 완강한 힘에 밀린 강민이 비틀거리며 얼굴이 험악하게 일그러졌다. 그를 피해 벌써 한 발 디딘 이건의 등 뒤에 비웃음을 날렸다.

"한이건이가 강심장인 건 알아줘야지. 이 바닥 소문 쫘악 나도 상관없단 말이지? 바닥 좁은 건 너도 알잖냐. 그렇게 뻣뻣하게 굴 시간에 하나밖에 없는 동생 간수 좀 하지?"

'동생'이라는 단어가 나온 순간, 이건의 걸음이 멈췄다. 슈트로 감싸인 넓은 등이 단단히 경직되었다. 예상이라도 한 듯 강민이 큰소리로 떠들기 시작했다. 그들 주변에 있던 몇몇 사람들의 시선이 쏠렸다.

"야야, 주강민. 너 또 무슨 소리 하려고?"

강민이 취한 걸 안 병주가 그와 이건 사이를 막아섰다. 이건을 향해 난감한 표정으로 빨리 들어가라 눈짓을 보냈다. 하지만 그의 노력에도 불구하고, 강민은 제멋대로 떠들었다.

"병주 너 몰라? 한이린 소문 워낙 안 좋잖냐. 내가 덮고 넘어간 경향이 있지. 그런데 직접 보니 완전히 더럽고 추접해. 파혼하더니 이제는 대낮부터 대놓고 남자 새끼랑 호텔 들락거리더라. 저

대단한 오빠께서 자존심 제대로 상해 시집이나 보내겠어?"

이건의 반응이 없자, 강민은 더 신이 나서 떠들었다. 무슨 일인가 싶어 다가온 친구들이 합세해 강민의 팔을 잡아끌었다. 이건의 성격을 은연중 알기에 아직은 조용한 이건의 눈치를 살폈다.

"야야. 너 무슨 말을 그렇게 해. 취했어. 가자."

"안 취했어!"

강민이 누군가에게 잡힌 팔을 홱 뿌리쳤다.

"내가 말했지? 한이린이 얼마나 호박씨 까는 재수 없는 계집앤지. 걔가 출장 간답시고 해외로 나가 어떤 놈이랑 어떻게 놀아났는지 저 자식도 좀 알아야 해. 제 동생이랍시고 감싸는 꼴하고는……!"

강민이 채 말을 끝내지 못한 그때였다. 퍽. 둔탁한 소리가 들렸다. 갑작스럽게 날아온 주먹에 강민이 비틀거렸다. 방어할 틈도 없이 또다시 날아온 주먹에는 얼굴을 맞고 바닥에 나뒹굴었다.

"이건아!"

병주가 이건을 막았지만 소용없었다. 갑작스런 소동에 음악마저 멈춘 듯 들리지 않는다. 그러자 다시 뚜벅뚜벅 걸어간 이건이 나뒹군 강민의 멱살을 잡아 일으켰다.

"헉!"

강한 악력에 강민은 거의 숨을 쉬지 못했다. 입술이 터지고, 코에서는 주륵 피가 흘렀다. 그를 노려보는 이건의 이마에 퍼런 힘줄이 돋았다.

"씨팔. 한이건, 너도 솔직해져, 새끼야! 첩 딸년이라고 무시할 땐 언제고, 이 지랄이야? 대단한 오빠 나셨네."

강민이 누가 건네준 손수건에 입안에 고였던 피를 퉤 뱉었다. 이건이 무표정하게 입을 열었다.

"무시해도 내가 무시해."

이건의 눈빛이 번뜩였다. 정면으로 마주친 강민은 심장에 얼음 덩이라도 박힌 것 같아 숨이 콱 막혔다.

"너한테는 그럴 권리 없다. 다시 한 번 한이린 이름 입에 올리면…… 그땐 너 내 손에 죽어."

이건이 쐐기를 박듯 경고했다. 툭툭 털고 일어선 그의 얼굴에는 감정의 동요가 보이지 않았다.

"이린…… 이린?"

귓가에 간지러운 숨결이 살랑거렸다. 자잘한 솜털을 날리는 기분 좋은 울림, 그리고 적당한 무게감으로 눌러오는 압박감, 기분이 좋다. 느른한 피로감도 나름 즐기게 만든 청량함이 무엇도 걸치지 않은 나신을 천상의 선율처럼 감쌌다. 이린은 한껏 게으름을 피우고 싶었다.

"이대로 아침까지 잘까?"

그런데 서하의 숨결이 또다시 귓속을 파고들었다. 이번에는 그 대로 안 두겠다는 듯 혀끝으로 이린의 귓불을 건드렸다. 얇은 시 트를 들추고 들어온 커다란 손이 하얗고 매끈한 이린의 등을 감각 적으로 쓸었다.

"음······."

이린이 저도 모르게 신음했다. 목이, 어깨가 움찔거렸다. 그리 고 굴곡 있는 허리를 부드럽게 쓸고 엉덩이로 내려간 그의 손이 본능적으로 젖어가는 중심을 덮기 전, 이린이 껌딱지처럼 서로 들 러붙은 눈꺼풀을 겨우 떼어냈다.

하아. 한숨이 목 끝에 걸렸다. 빤히 그녀의 얼굴을 들여다보고 있는 서하의 얼굴이 흐릿하게 보였다. 아마도 승리감에 입술 끝을 올려 웃고 있으리라.

"몇 시예요?"

이린의 목소리가 깊게 잠겼다. 여전히 잠에 취했지만, 감각도, 정신도 조금씩 깨어나고 있다. 그것은 서하의 손길에 자신의 몸이 점점 더 반응하고 있다는 사실로도 알 수 있었다.

흐흠.

누군가의 손길이 이렇게 좋을 수 있다니. 이린의 입가에 만족스 런 미소가 스몄다.

잠깐 눈을 감았다 뜬 것 같은데 서하가 깨울 정도라면 한두 시간은 지났다는 뜻이다. 만나자마자 사랑을 나누고, 밖으로 나갈 힘이 없어 룸서비스로 간단히 저녁을 먹은 후였다. 그러고도 또 한 번 불이 붙었으니, 하루 종일 감정의 롤러코스터를 탔던 이린으로서는 체력이 바닥날 지경이었다. 기진맥진 모든 힘이 고갈되었다. 여전히 생생하게 활력 넘치는 정서하가 얄미울 만큼.

"11시. 난 정확해."

점점 더 선명해지고 있는 이린의 시야에 으스대며 웃고 있는 서하의 표정이 또렷하게 들어왔다. 그 표정이 재밌어 이린이 풋, 소리 내어 웃었다. 특별히 재밌는 얘기가 아닌데도, 서하의 말 한마디 한마디에 웃을 수 있다는 것이 이린은 신기했다.

"지금이면 12시 전까지 들어갈 수 있지? 내가 약속은 칼처럼 지켜."

서하가 대견한 일을 한 강아지처럼 달콤한 표정을 지으며 속삭였다. 이린은 행복한 마음을 실어 희미하게 웃어 보였다.

그가 자고 가라고 했었다. 뿌리치기 힘든 고난도 유혹이 존재한다는 사실을 이린은 이 남자를 만난 후 알게 되었다.

"30분만 더 잘게요. 밤이라 밟으면 충분히 갈 수 있어."

저도 모르게 다시 눈을 감은 이린이 중얼거렸다. 그러자 이린의 머리를 쓰다듬던 서하가 침대에 상체를 기대고, 그녀의 얼굴을 두 손으로 꼭 잡았다. 쪽, 이린의 입술에 입맞춤했다.

"데려다 줄게."

어…….

눈을 뜬 이린의 눈매가 저도 모르게 일그러졌다.

"안 피곤해요?"

서하의 눈빛이 부드러워졌다. 괜찮다는 의미이다. 당장이라도 하하 웃을 것같이 그녀 앞에서만은 표정이 풀렸다.

"음. 좋은 생각은 아니군요."

이린이 고개를 저었다. 잠이 모두 달아나 목소리도 선명해졌다.

"왜?"

"내가 내 집 찾아 못 가는 것도 아니고. 당신이 갔다가 다시 오는 시간 생각하면, 그냥 혼자 가는 것이 나아요."

진중하니 듣고 있던 서하가 쿡쿡대며 웃기 시작했다. 왜 웃냐는 뜻으로 이린의 눈매가 가늘어졌다. 아니라는 뜻으로 고개를 흔든 그가 이린의 짧은 머리를 손바닥으로 쓰다듬어 흐트러뜨렸다.

"똑 부러지고 야멸차다."

"누가 야멸차요?"

"당신. 키우려면 아직 멀었다."

이린이 볼풍선처럼 공기를 넣어 볼을 부풀렸다.

"아직 애 같다는 소리로 들려 기분 안 좋긴 하지만, 내가 그런 쪽은 좀 부족하니 일단 받아들일게요."

결국 서하가 하하, 호탕하게 웃음을 터트렸다. 두 팔로 힘껏 이린을 껴안고 이젠 자신이 침대 위에 벌렁 누웠다.

그의 몸 위에서 그가 숨 쉴 때마다 이린의 몸이 가볍게 오르락내리락했다. 겹쳐진 그녀의 몸을 서하는 부드럽게 쓰다듬었다.

"으음. 건들지 말아요."

살짝 스치는 손길에도 짜릿한 전율이 흘렀다. 이린의 몸은 예민해질 대로 예민해졌다. 그녀 또한 서하의 가슴에 얼굴을 묻고 편한 숨을 몰아쉬었다.

"그럼 주소라도 알려줘. 내일 아침에 데리러 갈게."

"출근해야 해요."

"아침 정도야 함께 먹을 수 있잖아."

서하의 말에 이린이 작게 고개를 끄덕였다. 이대로 함께 오피스텔로 가자고 하고 싶은 충동을 간신히 참았다.

"이린, 형제가 어떻게 되지?"

문득 서하가 물었다. 그의 가슴 위에 얼굴을 맞대고 있던 이린의 표정이 미묘하게 굳었다.

"오빠가 있어요. 세 살 위인."

이건의 이름을 대면, 서하는 어쩌면 알지도 모른다. 한이건은 어찌 되었든 재계 영향력 있는 인사 리스트 중의 상위권이니까.

지금이 타이밍일까. 털어놓아야 하나.

이린은 잠시 갈등했다. 그사이 서하의 목소리가 다시 들렸다.

"당신은 몇 살인데?"

"스물여덟."

이린이 고개를 들었다. 조금 더 바짝 다가가 서하의 이마에 자신의 이마를 맞댔다.

"보기보다 어려 보이죠?"

그녀의 입술에 입맞춤하던 서하가 쿡쿡대며 웃었다. 이린의 머리를 쓱쓱 쓰다듬다 그녀의 몸을 번쩍 일으켰다. 아쉬워도 이린이 말한 통금 시간인 12시에 맞추려면 지금 놓아줘야 한다. 그런데 침대에서 일어나던 서하가 문득 물었다.

"이린, 내 나이는 안 궁금해?"

"서른하나?"

"어떻게 알았어? 내가 말해준 적 없을 텐데."

시트로 몸을 둘둘 말고, 자신의 옷이 걸린 옷장 쪽으로 가던 이린이 우뚝 멈췄다.

아…… 이런.

정서하의 나이는 이미 알고 있었다. 한국 나이 31세. 미국에서 나고 자람. 예일 로스쿨 출신…… 등등의 다른 지표 또한 또렷이 기억한다. 그것을 저도 모르게 말하고 말았다.

"맞아요? 찍었는데. 나보다 많다고 자신했잖아요."

이린이 난감한 표정을 순식간에 지웠다. 돌아서 서하의 시선을 맞춤하며 배시시 웃었다.

"설마, 연하로 봤을까 봐서요?"

"내 얼굴도 많이 동안이라고. 아직 학생이라 해도 믿는다, 아가씨."

그렇게 말은 해도 서하는 기분이 좋은 듯했다.

"그러고 보니 한국 나이로는 당신 오빠와 나이가 같네."

서하가 씩 웃었다. 나름 긴장한 상황에서도 그의 웃는 모습 한 번에 다리가 후들거렸다. 이린은 스스로를 저주했다.

정신 차려, 한이린. 남자 웃음에 침 흘릴 나이가 아니잖아!

꿀꺽 마른침을 삼킨 이린이 서하를 향해 활짝 웃었다.

"나름 다행이에요. 난 연하는 취향이 아니라서."

이린이 새침한 표정을 지었다. 무 자르듯 뚝 잘라 말하고는 뒤돌아섰다. 남 속이고는 못 사는 성격이 여기서 드러난다고 혼잣말로 투덜거렸다.

"부모님은?"

"두 분 다 계세요. 아버지 건강이 안 좋으셔서 시골로 내려가셨지만."

옷을 꿰어 입던 이린이 대꾸했다.

"그럼 부모님보다 당신 오빠를 먼저 만나야겠군."

대수롭지 않게 여겼는데, 서하의 말에 가슴이 철렁거렸다. 홱 돌아서 무슨 말이냐는 눈빛으로 서하를 바라봤다. 저도 모르게 어조가 날카로워졌다.

"서하 씨가 왜 내 오빠를 만나요?"

"당연한 거 아닌가? 한국에서는 일단 오빠한테 통과돼야 한다고 들었어. 부모님도 시골 계시다니 더욱. 아닌가?"

이린이 눈매를 찌푸렸다. 팔짱을 끼고 뭔가를 골똘히 생각하는 서하에게 당황해서 물었다. 눈빛에 의심이 가득했다.

"뭘요? 뭘 통과한다고……."

순간 이린의 두 눈이 화들짝 커졌다. 섣부른 예감이 심장을 조였다.

"서하 씨, 지금 무슨 생각해요?"

"무슨 생각은. 난 당신과 정식으로 사귈 거고, 좋다는 날 정해서 결혼할 생각이니, 이건 우리 결혼 얘기인가?"

뭐? 결혼?

이린의 입이 떡 벌어졌다. 무어라 말을 할 수가 없어 붕어처럼 입만 뻐끔거리고, 두 눈이 휘둥그레 커졌다.

이 남자, 이 황당한 남자!

그러다 훅 숨을 터트렸다.

"무슨 그런 말도 안 되는 소리를……!"

어이가 없어도 사람은 상황을 믿지 못하게 된다. 이린은 허무해서 웃었고, 곧이어 펄쩍 뛰었다. 그때 서하가 이린에게 다가왔다. 그녀는 한쪽 팔만 끼운 채 셔츠를 입지도 못하고 있다.

그가 이린의 두 팔을 잡았다. 천천히 그녀의 옷을 챙겨 입히는 서하의 손길이 다정했다. 당황해서 안절부절못하는 이린과는 대조적이었다. 그는 마치 철저히 준비한 사람 같았다.

"말도 안 되는 소리 아니야. 당신이 그렇게 말하면 나 상처받는다, 이린."

서하의 한쪽 입술이 희미하게 말렸다. 어이없는 눈빛으로 바라보던 이린의 눈빛이 어느 순간 싸늘하게 빛났다.

"전혀. 당신은 이런 걸로 상처받아 보이진 않아요. 오히려 상처받는다면 나죠. 당신한테는 결혼이 그렇게 쉬운 말인가요?"

이린의 표정이 서늘해졌다. 그녀의 표정 변화를 유심히 보던 서하가 입을 열었다.

"쉬워 보였나?"

서하가 손바닥으로 자신의 얼굴을 문질렀다. 이마가 경직됐다.

"내 잘못이군."

서하의 목소리는 진중했다. 이린의 심장을 울릴 만큼 깊어졌다.

"내 진심이 당신에게 통하지 않아서 상처받고 슬픈 거다."

이린이 두 눈에 힘껏 힘을 줬다. 서하의 말을 들을수록 심장이 쿵쿵 심하게 울렸다. 그의 진심이…… 말하지 않아도 느껴졌다. 애써 외면하고 있을 뿐이라고 이린은 말하지 못했다.

"내가 한국에 머물 수 있는 시간은 일주일뿐이야. 나는 미국, 당신은 한국. 생활 기반이 다르잖아. 그러니 그전에 대략적인 아웃라인이라도 그려놔야 해. 당신 오빠가 내게 호감을 갖는다면 좋겠지만, 아니어도 할 수 없지. 당사자는 우리니까."

"계속 결혼 얘기 중이에요?"

이린의 재물음에 서하가 고개를 끄덕였다. 그녀가 바로 반박했다.

"아무리 그래도 이건 너무 빨라요. 갑자기 무슨 결혼 얘기를……!"

"아니!"

펄쩍 뛰는 이린보다 더, 서하가 단호한 목소리로 부정했다. 치켜든 턱이 강철처럼 단단해 보였다.

"이린, 당신이 아는 것보다 나는 냉정한 사람이야."

서하를 바라보는 이린의 눈빛이 흔들렸다. 그의 말을 부정할 수 없다. 그녀가 들은 정서하에 대한 평가도 그랬다. 그래서 더욱 한이건과 같은 부류라고 생각했지 않나.

"무슨 일이 생기면, 내 머릿속 계산기는 분주하게 돌아가. 한 치도 어긋남 없이. 지금껏 그렇게 살아왔고, 단 한 번도 실패해 본 적 없다."

서하가 한 손으로 이린의 턱을 잡아 그녀의 시선을 제 쪽으로 돌렸다. 원망의 빛이 스민 이린의 눈빛과 정확히 마주했다. 서하의 눈동자는 흔들림이 없었다.

"그런데 당신에 대한 감정조절은 실패야. 아무리 이성적으로 재단해 보려 해도 능력 부족이었어. 이런 일이 생기다니."

머리가 아닌 가슴이 먼저 움직이는 기이한 경험.

"이린."

서하를 올려다보던 이린의 입술이 바르르 떨었다. 무슨 말이든 해야 할 것 같은데 말이 나오질 않았다. 그의 고백이 일깨운 것은 그녀의 심장. 그녀 또한 그렇다고, 아무 조건 없이 움직였노라, 고백하고 싶어 입술이 달싹거렸다.

"사랑해."

바라보던 서하가 고백했다. 그녀를 당겨 으스러질 듯 안았다. 그녀의 목덜미에 얼굴을 묻고 작게 한숨을 내쉬었다. 뜨겁고 감각적인 숨결. 희미하게 떨던 이린이 서하의 옷자락을 움켜쥐었다.

"난 한시라도 빨리 당신을 내 곁에 두고 싶어. 당신을 보러 온다고 기다린 며칠이 내게는 지나온 세월보다 더 길었어. 하지만 그렇다고 당신한테 무작정 나와 함께 가자고 할 수 없잖아."

서하의 고백에도 이린은 혼란스러웠다. 정서하가 자신이 지금 만나야 할 '그'가 아니었다면, 어땠을까. 두 사람의 감정 외에 아무런 다른 생각도 개입될 수 없는 그런 남자였다면…….

한 가지는 분명해졌다. 당장 그의 손을 잡았을 것이다. 이린은 입술을 지끈 깨물었다.

"서하 씨, 미안해요."

이린의 표정이 어두워졌다. 짙어진 서하의 눈빛을 당당히 마주 보지 못했다. 꿀꺽. 저도 모르게 마른침을 삼켰다.

"나도 당신이 좋은 건 맞지만, 서하 씨 같은 생각을 해본 적은 없어요. 결혼이 내 인생에 끼어들 여지도 없어요. 그런 미래를 정해두고 당신을 만나야 했다면, 나는 이 자리에 없었어요."

이린이 딱 잘라 말하자, 서하가 무거운 표정으로 물었다.

"마음에 걸리는 것이 뭐야? 내가 너무 급하게 밀어붙이는 거? 그건 미안하지만 이해해 줬으면 해. 나는 며칠 뒤면 미국으로 가야 하니까……."

이린이 멍하니 서하를 바라봤다. 서하가 그녀의 얼굴을 두 손으로 감쌌다. 깊은 눈빛이 그녀를 깊숙이 관통했다.

"나는 당신과 함께 있는 것만으로도 행복해. 나도 당신을 행복하게 해줄 기회를 줘. 사랑해, 이린."

이린의 입술이 희미하게 벌어졌다. 가슴이 먹먹해져서 무어라 말을 꺼내기 힘들었다.

"서하 씨, 나는……."

"지난 시간, 당신을 고통스럽게 하던 어떤 기억이든 나는 함께 나눌 준비가 되어 있어. 당신 혼자 움켜쥐고 있지 마. 흘러 사라질 것을 잡고 있으면, 당신만 괴롭다."

"내게……."

이린이 입술을 달싹거렸다. 서하의 고백이 진심으로 심장을 울리고 있다. 그녀의 눈에서 자신도 모르는 사이 주륵 눈물이 떨어졌다. 바라보던 서하를 당황하게 했다. 그가 그녀를 바짝 끌어안았다.

"생각할 시간을 줘요."

"그래. 대답은 재촉 안 할게. 내가 급하다고 당신을 몰아붙일 수는 없잖아."

그가 고개를 숙였다. 눈물을 지운 이린의 눈빛이 맞닿았다. 아주 오랫동안 이린은 눈도 깜빡이지 못했다.

이린이 집으로 돌아온 것은 꽤 늦은 시간이었다. 이틀 전 짐을 옮긴 오피스텔 지하주차장에 차를 세운 그녀는 바로 내리지 못하고 핸들에 올린 두 팔 위에 머리를 기댔다. 후. 작은 한숨이 한탄처럼 새어 나왔다.

사람이란 동물, 참 간사하지. 일벌레 한이린 맞아?

평소의 그녀라면, 지금쯤 투자자를 만날 준비로 정신없어야 했다. 호텔의 과거, 현재, 미래까지, 모든 내용을 브리핑해야 하니 자료를 준비해야 하고, 호텔 시스템도 점검해야 하고, 가릴 곳은 가리고 부각되어야 할 곳은 부각시키는 작업들이 선행되어야 할 터였다. 적어도 그 투자자를 만나기 전까지는.

그런데 이렇게 손 놓고 있다니…….

달콤함의 유혹에 넘어간 아이처럼 정신 못 차리고 있다. 자신의 모습이 아니라고 자책하다가도 서하를 대하면, 모든 생각이 눈 녹듯 녹고 있다.

결혼이라 했어?

이린이 훗, 자조 섞인 한숨을 내쉬었다.

결혼이 어떤 수단이나 도피처가 될 수 없다는 것은 이미 한 번의 좌절로 깊게 깨달았다.

"주강민 이사와 결혼해. 제일그룹 안주인 자리다. 네가 갈 수 있는 최선이야."

부친이 강민과의 결혼을 카드처럼 내밀었을 때, 자신은 당연히 그래야 했던 것처럼 그것을 받아들였다. 어쩌면 행운의 카드 정도로 여겼을지 모른다. 그와 결혼하면, 부친이 자신을 진정한 자식으로 인정해 줄 거라고, 한씨 집안의 당당한 일원이 될 거라고 희미한 기대를 했었다. 하지만 실패했다.

결혼이 어떤 일의 수단이 될 수는 없어.

스스로 되뇌는 것처럼 이린은 경험으로 체득하고 말았다. 비단 그것은 자신뿐만 아니라, 모친을 봐도 알 수 있는 일이다. 결혼이 모든 것을 해결해 주진 않는다.

"정신 차려, 한이린."

정서하는 꿈이다. 정신 똑바로 차리면 사라질 한여름 밤의 꿈. 갑자기 다가와 사라지면 결국은 허망함만 잔뜩 남게 될 그런 꿈. 믿고 싶게 만들지만, 결코 믿을 수 없는.

이린이 그대로 늘어질 것 같은 몸을 번쩍 일으켰다. 차 문을 닫고 나온 그녀는 지하 엘리베이터로 빠르게 걸어갔다. 그리고 엘리베이터에 올라 자신의 오피스텔 문 앞에 도착했을 때였다.

"많이 늦었다."

이린이 두 눈을 크게 떴다. 흡, 저절로 급한 숨을 들이켠 후, 입이 벌어지려는 것을 간신히 막았다. 그만큼 눈앞에 이건이 있다는 사실을 이린은 인정하기도 받아들이기도 힘들었다.

뭐야. 지금이 몇 신데.

이건이 자신의 오피스텔 현관문에 기대어 서 있다. 보고도 믿기 힘들어 이린의 고개가 갸우뚱 기울었다. 미간이 일그러졌다. 슈트 차림의 그는 여느 때와 같이 말끔해 보였지만, 비교적 떨어져 있는데도 술 냄새를 풍겼다. 그것이 평소와 조금 다를 뿐, 이건은 그녀가 알던 한이건의 모습 그대로이다. 완전무결. 차고 냉정한, 피도 눈물도 없을 것 같은 인간의 모습 그대로.

"이 시간에 여긴 무슨 일로?"

이린이 딱딱한 목소리로 물었다. 이건의 시선을 외면하고, 조용히 도어록 버튼을 눌러 현관문을 열었다.

"항상 이렇게 늦게 들어오나?"

문을 열던 이린의 눈매가 가늘어졌다. 그 끝이 미세하게 떨리다 그녀는 고개 돌려 이건을 노려봤다.

"항상? 재밌네요. 짐 옮긴 지 이제 이틀 됐는데 항상이라니."

"회사에서는 일찍 퇴근했고, 전화는 꺼져 있더군."

오피스텔 문을 열고 들어서던 이린의 표정이 얼굴에 확 드러났다. 불쾌감 가득한 얼굴로 이건을 바라봤다.

"그래서 공사다망하신 분이 직접 이 시간에 찾아오셨어요?"

"어머니 걱정하신다는 생각은 안 하나?"

"엄마한테까지 전화했어요?"

이린이 불끈 솟은 화를 겨우 눌렀다. 한밤중 오피스텔 복도에서 소리친다면, 이거야말로 주민들한테 '미친년' 인증이다.

참자. 여기서 오래 살고 싶어.

안으로 들어선 이린은 이건이 들어오길, 그리고 조용히 문이 닫히기를 겨우 인내심을 갖고 기다렸다.

"언제부터 부회장님이 내 엄마까지 챙겼죠?"

자연스럽게 거실로 올라선 이건을 향해 이린이 날 선 목소리로 물었다.

"어머님이 전화하신 거야. 너랑 통화 안 된다고."

"아, 그래요? 그건 더 어쩐 일이세요. 친절히 전화까지 다 받아주시고."

"독립하더니 오히려 주변 사람들 걱정하게 만들어. 그것도 민폐야."

술을 마시고도 한 점 흐트러짐 없는 이건의 모습에 이린은 비위가 확 틀어졌다.

그는 부친과 똑같은 모습, 똑같은 시선으로 자신을 보고 있다. 너무도 서러울 만큼 차디찬 시선. 눈곱만큼이라도 흐트러지거나 잘못된 곳은 어김없이 찾아내 지적한다. 아니, 실수하기를 기다리고 있는 듯한 그 시선이 때로는 견디기 버겁다. 역겨울 만큼 진저리 쳐진다. 게다가 지금 누가 누굴 훈계하고 있단 말인가.

"엄마는 모르지만, 부회장님이 걱정해 주시리라 생각지 못했어요."

"비꼬지 마, 한이린. 순수하게 걱정하는 거다."

"그러니까!"

이린이 억눌린 음성을 내질렀다. 두 눈에 섬광 같은 빛이 번뜩였다. 꽉 쥔 두 주먹이 부르르 떨렸다.

무표정한 이건의 표정이 속을 뒤집게 한다. 언제나 이성적이고, 냉철한 저 가면을 확 벗겨 버리고 싶은 충동에 시달렸다. 대다수가 칭송하는 한이건이라는 남자가 얼마나 치졸하고, 비열한지, 환하게 까발리고 싶었다.

"언제부터 잠잘 틈도 없이 바쁘신 M그룹 부회장님이 안중에도 없던 새어머니 전화를 일일이 받고, 동생 같지도 않은 이복 한이린의 일거수일투족까지 챙기셨냐고요! 도대체 언제부터!"

또박또박 말을 내뱉던 이린이 부르르 떨었다. 눈앞이 뜨거워졌다. 유리처럼 검고 투명한 이건의 눈빛을 싸늘하게 쏘아보았다.

그가 훅, 짙은 숨을 내뱉었다. 이건 또한 물러서지 않고 이린을 향해 말을 쏟아냈다.

"적어도 너는 어머니와 같은 길을 걷진 말아야 할 것 아냐!"

순간, 이린이 두 눈을 크게 떴다.

하! 어머니와 같은 길?

뭐라 말을 해야 하는데, 어떤 말도 할 수 없어 입술만 달싹거렸다. 감정이 쉽사리 가라앉지 않아 이린의 가슴이 크게 들썩거렸다. 기어이 고통스런 목소리가 터졌다.

"맞아. 그게 내 어머니를 바라보는 부회장님 본심이겠죠. 겉으로는 예의 바른 아들 노릇을 한다 해도."

이린의 어깨가 축 늘어졌다. 힘이 일시에 빠졌다. 허탈한 마음으로 차라리 빙긋 웃었다. 바라보던 이건의 표정에 균열이 가기 시작했다.

"그런데 나는 완벽한 한씨 집안 자식이 아니어서 그런가, 똑똑하지 못해서 그런가, 잘 모르겠어요. 내 어머니와 같은 길, 그게 뭔데요?"

이린이 이건의 두 눈을 똑바로 쏘아봤다. 차마 그녀의 시선을 마주 보지 못한 이건이 시선을 돌렸다. 훅. 큰 숨을 들이켠 후 두 손으로 얼굴을 쓸어 올렸다.

"주관식이 싫으면, 객관식으로 찍을래요? 결혼 전에 행실 똑바로 못 한 거? 결혼도 하기 전에 애부터 가진 거? 그 애 아버지가 돈 많은 유부남이었던 거? 그 유부남 아내가 아팠던 거?"

"그런 뜻으로 한 말 아니야. 비약하지 마."

"그럼 나한테 왜 이래!"

이린이 버럭 소리를 질렀다. 당장 미쳐 날뛰더라도 이상할 것 하나 없는 마음이었다.

"이해 갈 수 있는 것이 하나도 없잖아요. 아, 혹시 죽어버렸으면 좋겠다던 그 말라깽이 계집애를 하두 오래 보다 보니 진짜 여동생인가, 착각하게 되고, 인지상정, 측은지심이라도 들어요?"

이건은 무어라 답하지 못했다. 자신이 했던 말로 상처받았던 이린을 알고 있는 탓이다.

"한이린, 어린 네가 힘들었다는 건 알아. 다 어릴 적 일이다. 철 없던 나이였고……."

이건이 말을 멈췄다. 감정이 격해져 왈칵 눈물을 쏟는 이린을 똑바로 볼 수 없어 시선을 돌렸다. 제가 말하면서도 앞뒤가 맞지 않는다는 것을 알고 있다.

"철?"

이린이 훗, 코웃음 쳤다. 그를 똑바로 바라봤다.

"이건 오빠, 당신은 그때도 어른이었어요. 열세 살이었지만, 지나치리만치 똑똑했잖아요. 어떻게 하면 돈을 써서 사람을 부리는지도 영악하게 잘 알았고. 철이 없는 게 아니라 철이 너무도 일찍 들었겠죠. 나라도 힘이 있다면 그런 생각했을 거예요. 복수쯤으로 생각하고."

이건이 고개를 홱 돌렸다. 그의 얼굴이 경악으로 물들어갔다. 쉽게 떨어지지 않는 입술을 겨우 열었다.

"알고…… 있던 거야?"

이린이 허무하게 웃었다. 담담해지려던 마음이 일시에 무너졌다. 하얀 볼 위로 눈물이 투두둑 굴러 내렸다.

"뭐요? 리조트? 그게 중요해요?"

"알면서도 지금껏 말 한마디 안 한 거냐고!"

이건이 버럭 소리를 질렀다. 이린이 눈물과 함께 하하, 크게 웃었다.

"그래요, 알고 있었어! 알고 있던 걸로 하자고요!"

자그마치 18년. 참고 참던 이린의 분노가 기어이 터졌다. 눈에서는 불꽃같은 열기가 확확 쏟아졌다.

"그런데 말입니다. 그 긴 시간, 한이건은 어땠어요? 한이린한테 인간적으로 눈곱만큼도 안 미안했어요? 그 말라깽이 계집애가 몇 년 동안 어떤 치료를 받아야 했는지 몰랐어요? 그런 긴 시간의 기회가 있었는데, 미안하다는 한마디 정도는 해줘야 하지 않냐고!"

이린이 날카롭게 고함을 지를 때였다. 딩동 딩동, 현관 벨이 울렸다. 벨소리조차 감정이 실린 것처럼 다급하게 들려 지금껏 감정이 격해진 이건과 이린조차 시선이 돌아갔다.

그리고 동시에 그들의 눈이 커졌다. 인터폰 액정에 선명하게 보이는 한 사람 때문이었다. 바라보던 이건의 긴 눈매가 가늘어졌다.

"레오 정, 정서하? 내 눈이 잘못된 건가?"

이건이 훗, 코웃음을 쳤다. 당황한 이린의 얼굴이 일그러졌다.

"이 시간에 찾아올 정도면, 급한 일일 텐데. 내가 열어줘?"

좀처럼 감정을 드러내지 않는 이건의 얼굴에 비웃는 표정이 역력해졌다. 이린이 지끈 이를 물었다.

"열어도 내가 열어요."

이린이 딱 잘라 말했다. 방금 전까지 이건이 몰리던 상황과는 완전 반대가 되었다. 상황이 급변했다. 기막힌 타이밍이다.

"한 가지만 말해둬요. 지금 부회장님이 생각하는 그런 일과 저 사람은 상관이 없어요."

이린이 감정을 수습하여 비교적 냉정히 말했지만, 이건의 표정은 불쾌감이 여전했다.

"내가 생각하는 것도 넘겨짚지 마!"

"넘겨짚은 게 아니라, 그런 생각하고 있잖아요!"

"그래, 맞아. 하고 있어. 예상치도 못했다, 이런 로비."

이건이 으득 잇새로 말을 뱉었다.

"호텔을 지키겠다고 큰소리치더니, 네가 준비한 카드가 겨우 이거야? 그렇게 자신 있다고 당당하던 이유 말이다."

호텔에 있어야 할 서하가 왜 제 집 현관 밖에 있는지, 놀랄 여유가 없었다. 이린은 직설적인 이건의 질문에 바로 대답하지 못했다. 불쾌감 섞인 이건의 시선이 자신과 도어폰 화면 속 서하를 같은 의미의 시선으로 훑어보는 것도 견딜 수 없었다. 상황은 묘하게 돌아갔다.

"아니라고 했어요. 아니라고! 지금 진행되고 있는 일들과 하등 상관없는 사람이라고!"

이 자식아! 사람 말 좀 믿으란 말이야!

이린의 가슴이 들썩거렸다. 죽일 듯이 이건을 노려보았다.

"변명할 필요는 없을 것 같다."

이건이 차갑고 메마른 눈빛으로 이린을 내려다봤다. 한쪽 입술을 올려 피식 웃었다.

"과정이야 어떻든 결론적으로는 호텔이 팔리는 걸 막으면 되니까. 내가 도와주고 싶어도 소용없겠군. 더 큰 빽을 차고앉았으니. 좋은 결과 나오도록 노력해."

이건은 분명 비꼬고 있다. 기가 막히고 어이가 없으니 이린은 차라리 웃고 싶었다. 문제는 서하까지 한통속으로 보고 있다는 점이다.

젠장! 왜 일이 이렇게 된 거야!

갑작스런 현실에 정신이 멍해져 이린은 현관문을 여는 이건을 보면서도 말리지 못했다. 서하의 모습이 눈에 들어오자, 턱 숨이 막혔다.

"누구십니까?"

현관 문턱을 경계로 이건과 서하가 마주쳤다. 먼저 울린 것은 서하의 묵직한 목소리다. 이린이 나올 것을 예상한 것과 달리 이건이 나타나자, 서하는 의심이 가득한 눈빛으로 날카롭게 상대를 바라봤다.

모든 원인은 이린을 그렇게 보내는 것이 아니었다는 그의 후회 때문이었다. 아침이 올 때까지 기다릴 수가 없었다. 그는 이린이 호텔을 떠난 후, 급하게 택시를 타고 따라왔었다. 조금이라도 뒤처질 줄 알았는데, 총알 같은 택시는 이린보다 자신을 먼저 이곳에 데려다 놨다.

이린이 도착하기를 기다릴 때만 해도 서하는 처음 연애하는 풋내기처럼 심장이 설레었다. 결코 이런 상황을 맞닥뜨릴 거라고 생각지 못했다. 낯선 남자와 함께 오피스텔 문을 여는 이린을 보았을 때, 서하는 잠시지만 충격에 머릿속이 멍해질 정도였으니까.

의심하지 마.

이대로 호텔로 돌아갈 수 없었다. 이런 상황을 고의로 만들 한이린이 아니다. 그녀가 보여준 눈빛이 거짓일 리 없다. 서하는 그렇게 믿고 있었다. 무슨 사정이 있을 거라고, 남자가 오피스텔에서 나올 때까지 기다릴 용의도 충분히 있었지만, 커다란 소리가 문밖까지 들리자, 그는 결국 참지 못하고 현관 벨을 눌렀다.

"이린과 어떤 사이시냐, 물었습니다."

서하의 중저음 목소리가 무겁게 흘렀다. 화가 났다는 것을 드러내듯 이건을 향한 서하의 시선은 차갑고 표정이 없었다. 새끼를 보호하려는 어미 고슴도치처럼 온몸에 가시를 세웠다. 그런데 서하는 문득 상대가 낯이 익다는 생각으로 미간이 굳었다.

"그건 내가 물어야 되는 것 같습니다만."

이건이 대답했다. 번뜩이는 눈빛으로 서하를 바라봤다.

"충고 하나 합시다. 한창 재밌는 사이 방해할 생각은 없지만, 상대 평판도 생각해 적당히 하지. 여긴 미국도 아닌 한국인데."

"그 사람은 상관없어요. 아무것도 모른다 했잖아요!"

이린이 서하를 막아섰다. 이건을 향해 날카로움을 드러냈다. 그러나 이건 또한 쉽사리 불쾌감을 가라앉힐 수 없었다.

"이것도 공교로운 우연인가? 한이린답지 않아. 그것에 관해서는 이십 년 가까이 얘기 한마디 꺼내지 않던 진중한 너와는 매치되지 않잖아."

"이십 년 동안 못한 거라는 생각은 안 해봤어요? 내가 내 의견 한마디나 말할 수 있는 상황이었냐고요."

이건을 향한 이린의 눈빛이 독하게 반짝였다.

"이렇게 말도 잘하면서 왜 못했지?"

"언제나 이래, 한이건."

이린의 눈동자가 파르르 흔들렸다. 꽉 쥔 주먹이 부들부들 떨렸다.

"당신은 비열하고 치졸해. 상대의 얘기는 들어보려 하지도 않

아. 독단적으로 생각하고 판단하고!"

"그럼 이 상황을 네 입으로 설명해 봐!"

이건이 소리쳤다. 오피스텔 복도에 쩌렁하니 울렸다.

"설명은 내게 요구하시죠."

비교적 냉정한 시선으로 이린과 이건을 바라보던 서하가 딱딱한 음성으로 막아섰다. 그러나 이린이 그의 팔을 잡았다. 서하의 얼굴을 바라보고 고개를 저었다. 그녀의 눈빛이 가슴을 아린다고 서하는 생각했다.

그다음 이린은 이건을 향해 시선을 돌렸다. 그녀의 눈동자가 투명하게 반짝였다. 어떤 경계를 넘어선 듯 이제는 무엇도 개의치 않겠다는 의지가 보였다.

"설명 같은 거 필요 없어요. 설명도 때가 있고, 마음이 있어야 하는 거예요. 오래전 한이건이 내게 한 짓을 설명하겠다고 해도 나는 들리지 않아요. 지금도 같아요. 설명해도 마음이 없는 사람은 들리지 않을 텐데, 무슨 설명을 해요."

이건이 두 눈을 크게 떴다. 그의 앞에서 이린은 보란 듯이 현관문을 쾅 닫아버렸다.

8

현관문을 닫은 이린이 제자리에 스러지듯 주저앉았다. 두 팔을 엇갈려 잡고 그 위에 얼굴을 묻었다.

어깨가 들썩거렸다. 울고 있다. 당황한 서하가 그녀를 끌어안고 그저 말없이 이린의 등을 토닥거렸다.

이린은 한참 후에야 고개를 들었다. 눈, 코, 볼 모두 발갛게 변했다. 마주친 서하의 눈빛이 무거워 심장이 막힌 것 같다. 그녀가 꽉 잠긴 목소리로 입을 열었다.

"왜 왔어요, 여긴……. 당신도 가. 제발…… 가라고."

살아오며 단 한 번도 타인 앞에서 울어본 기억이 없다. 울면 알량하게 남은 자존심도 끝이라고 생각했다. 우는 모습, 약한 모습은 결코 타인에게 보여주고 싶지 않다.

"갈 거면, 오지도 않았다."

서하가 이린을 더욱 꽉 안았다. 단단하고 넓은 가슴이 그녀를 외부의 모든 것에서 보호해 줄 것 같다.

이 남자는 처음부터 지금까지 한결같다. 거칠고 메마른 심장을 다독거린다.

"나도 당신을 행복하게 해줄 기회를 줘."

그가 했던 말들이 이린의 머릿속을 맴돌았다.

당신과 있으면, 정말 행복해질 것 같아.

이린이 서하의 가슴으로 깊게 파고들었다. 온몸의 힘을 빼고 엉엉 아이처럼 울었다. 지금은 꼭 그래야만 하는 것처럼. 이린의 울음소리만 공간을 메웠다.

"누구인지…… 안 물어요?"

기어이 이린이 입을 열었다. 이제는 눈물도 말랐다. 얼마나 울었는지 코맹맹이 소리가 나고, 기운이 하나도 없다. 팔에도 힘이 빠져 그녀는 그의 품에 완전히 안겼다. 땀 흐른 이린의 이마를 닦아주던 서하가 그녀를 안고 일어섰다. 거실은 빌트인된 하얀 가구 외에는 꾸밈이 거의 없이 휑한 공간이다. 품에 안았던 이린을 소파에 앉히고, 방향을 가늠하던 서하가 주방으로 들어가 정수기에서 물을 따라와 그녀에게 내밀었다.

"고마워요."

물 한 잔을 달게 마신 이린이 서하를 바라봤다. 그녀 앞에 무릎 꿇은 서하는 이제 올려다보지 않아도 눈높이가 맞았다. 시선이 평행으로 맞닿았다. 말할까, 말까. 망설이던 이린이 재차 입을 열었다.

"정말 안 궁금해요? 그럼 말하지 않고."

"궁금해."

만만치 않게 느껴지던 남자가 안 궁금하다면 이상하다. 이린을 울린 남자. 그것만으로도 서하의 심장을 끓게 만든다.

"하지만 하고 싶지 않은 얘기는 하지 마."

"오빠예요."

이린이 단숨에 한 단어를 쏟아냈다. 서하와 마주한 눈빛이 투명하게 빛났다. 그가 약한 한숨을 내쉬는 그녀의 짧은 머리를 매만져 귀 뒤로 넘겼다. 입술 위에 씁쓸한 미소가 서렸다.

"대단한 성격의 남매군."

서하가 나름 농담 섞어 가볍게 투덜거렸다.

"피가…… 반쪽만 섞였어요."

이린의 말에 서하의 미간이 희미하게 일그러졌다. 타이베이의 밤. 강민이 떠들던 내용이 설핏 떠올랐다.

"이린."

서하가 두 손으로 이린의 얼굴을 감쌌다. 그를 외면했던 그녀의 시선이 다시 돌아왔다. 똑바로 맞닿았다.

"네 잘못 아닌 건 당당히 말해. 그리고 그게 잘못된 것도 아니잖아."

이린이 서하의 눈동자를 빤히 바라보았다. 다시 보고 또 보았다. 진실한 눈빛이 검게 반짝거렸다. 쿵쿵. 심장이 울린다. 거침없고 당당한 남자가 제게만은 솜사탕처럼 부드럽다. 그녀를 세상의 중심으로 만든다. 마치 거짓말처럼.

"서하 씨…… 정말 선수 맞나 봐."

꿀꺽 마른침을 삼킨 이린이 겨우 입을 열자, 서하의 한쪽 눈썹이 위로 치켜 올라갔다. 선수? 무슨 말이냐고 묻는 것이다. 이린이 난감하면 나오는 버릇대로 아랫입술을 지그시 물었다. 붉은 입술에 핏기가 몰려 더 짙어졌다.

"그 말, 당신한테 계속 듣는데 말이야. 사전적 의미 포함해서 이해는 했어. 하지만 내가 왜 그 소릴 들어야 하지?"

서하의 항의를 들어도 이린의 입가에는 희미하게나마 미소가 스몄다. 눈물 쏟던 눈동자가 깊은 빛으로 반짝였다. 가슴속 쓸린 곳을 누군가 다독이고 있다. 상처가 아문다는 것은 아마 이런 느껌이리라. 언제 이런 남자를 다시 만날까. 당신은 어디서 나타났을까. 이린의 입가가 실룩거렸다.

"당신이 여자 마음을 너무 잘 아니까. 평생 연구한 사람처럼요. 지금도 그래. 내가 어떤 말을 원하는지 매뉴얼 갖춘 사람처럼 말하잖아요."

신중하게 이린을 주시하고 있던 서하가 하하 웃음을 터트렸다. 더 심각하게 흐르지 않고 다시 본래의 모습으로 돌아온 이린이 반갑다.

그가 고개를 숙여 이린의 눈가에 입술을 맞췄다. 너무 울어 부은 곳을 혀끝으로 다독였다. 이린이 옅은 한숨을 내쉬었다.

"그만큼 내가 당신한테 집중하니까. 모든 여자한테 그럴 수는 없잖아."

어깨를 으쓱하던 서하의 눈빛이 이내 진중해졌다.

"진심은 언제나 통하는 법이지."

이린의 심장이 발끝까지 쿵 내려앉았다. 온몸이 저릿해졌다.

맞아. 당신의 눈빛은 진심 같아. 타인에게 마음 따위 줄 수 없다던 내 마음까지 살랑거리게, 노곤거리게 만들어.

남자에게 이런 마음으로 의지하게 될 거라고는 단 한 번도 생각해 본 적이 없다. 그래서 그의 마음을 알면서도 당황하여 뒤로 주춤거렸다.

말없이 바라보던 이린이 서하의 얼굴 위에 손끝을 올렸다. 제

가까이 끌어당겨 가만히 입술을 맞췄다. 전기라도 맞은 듯 흠칫, 서하가 몸을 떨었다. 이런 순간은 계속 무시했지만, 지금만은 무시할 수 없었다.

"전기 와요?"

이린이 새삼 물었다.

"응."

"어느 여자나?"

이린의 질문에 서하가 핏 웃었다.

"다른 여자? 안 해봐서 몰라. 오직 한이린."

"그 말은 진짜 안 믿긴다."

"믿어봐. 행복해질 거야."

서하가 이린의 입술 위에서 속삭였다. 이내 깊숙하게 입술을 머금었다. 크림처럼 부드럽게, 솜사탕처럼 달콤하게 천천히 키스했다.

한참 후에야 이린은 겨우 감았던 눈을 떴다. 몽롱해진 시야에 들어온 서하의 얼굴이 조금씩 또렷해졌다. 그가 씩 웃었다.

"또 하나 고백할까? 내 짐승이 당장 당신을 가지라고 격렬해졌어. 이 아우성, 보여주고 싶다."

"진짜 짐승."

서하의 목을 끌어안은 이린이 그의 목에 얼굴을 묻고 쿡쿡대며 웃었다. 서하가 움찔거리며 굳는 것이 확연히 느껴졌다.

"선수 취소. 변강쇠였어."

"변강쇠?"

서하의 눈썹이 위로 치켜 올라갔다. 미심쩍은 눈빛이다.

"몰라요? 해외 버전은 카사노바. 난 옹녀가 아니라 당신 짐승이 괴물이 됐다 해도 서하 씨한테 더 이상 맞춰주기 힘들어. 지금은 힘이 단 1그램도 없어서 서 있지도 못해. 다리가 후들거린다고 요."

이린이 힘없이 중얼거리자, 서하가 그녀를 안고 일어섰다. 놀란 표정의 이린이 서하와 이마를 맞대고 표정을 일그러뜨렸다. 화난 고양이처럼 가르릉거렸다.

"안 한다니까요?"

"넘겨짚지 마, 이린 양. 욕실로 데려다 주려는 것뿐이야."

"그래요? 보기보다 기특하게 잘 참네요."

순간, 이린의 청개구리 심보가 발동했다. 서하의 셔츠를 면바지 안에서 살살 빼내어 그 안으로 손을 쑥 집어넣은 것이다. 따뜻한 피부, 팽팽하게 당겨진 근육을 유혹적으로 쓰다듬었다. 그녀의 손이 움직일 때마다 서하의 단단한 근육도 함께 움찔거리니 은근히 흐뭇해졌다. 정신과 육체 모두 피곤한 몸은 나른하기만 한데, 저릿하게 흥분한 속살이 젖어들었다.

"뭐 해?"

"유혹."

이린이 두 눈을 치켜떴다. 바라보던 서하의 한쪽 입술 끝이 희미하게 말렸다.

"넘어가 줘? 바로 후회할 거다. 기절할 테니까."

"변강쇠!"

단답형 대답이 오갔다. 상대를 바라보다가 잠시 대화가 멈추더니, 이내 웃음이 빵 터졌다. 함께 웃는 소리가 거실에 가득 찼다. 조금 전 이건과의 한바탕이 꿈이었던 것처럼 기분이 한결 나아지고 있다.

"배고프다. 야밤에 엄청 많은 일을 했어. 우리 뭐라도 먹을래요?"

"지금 문 연 음식점이 있나?"

서하의 질문에 이린이 고개를 저었다.

"이렇게 기분 엉망일 때 먹는 거 있어요. 이 집 냉장고에서도 해결 가능해요."

이린이 쑥스럽다는 듯 웃자, 서하의 눈빛이 의문으로 반짝였다.

"서하 씨가 해줄래요?"

이린을 바라보던 서하의 입매가 느릿하게 호선을 그렸다.

"원한다면, 기꺼이. 그런데 내가 할 수 있다고?"

"코치가 시키는 대로 하면, 초보도 아주 완벽해요."

"그럼 주방으로 데려가면 되나?"

이린을 안은 채 서하가 주방 쪽으로 다가갔다. 그곳 아일랜드 식탁 앞 의자에 이린을 내려놓은 서하는 명령을 기다리는 집사처럼 다소곳하게 이린 앞에 섰다.

"명령을?"

왜 아무 말도 안 하냐는 듯 서하의 표정이 의아해졌다. 그런 그를 바라보던 이린의 얼굴 위로 풋, 웃음이 번졌다.

"그럼 싱크대에서 제일 큰 그릇을 꺼내고요."

서하가 무언가 찾으러 움직이자, 이린 또한 벌떡 일어섰다. 냉장고를 열어 모친이 가득 채워 넣고 가신 밑반찬들을 꺼내 식탁 위에 차곡차곡 쌓았다. 수저를 꺼내어 한 벌은 서하의 손에 들려줬다.

"뚜껑 열고, 조금씩 다 이 대접에 넣어요."

서하에게 지시를 한 후, 자신은 작은 밥솥에 남은 밥을 모두 꺼내 대접에 넣었다.

"기분 꿀꿀할 땐 비비는 게 최고예요. 가지나물, 오이무침, 잘 익은 열무김치…… 그리고 고추장 푸욱 한 숟갈, 참기름은 많이 넣음 안 돼요."

서하는 이린의 말에 착실히 따랐다. 신중한 포즈로 비빔밥 재료들을 모았다. 나름 줄 맞춘다고 반찬을 조심스럽게 담자, 이린이 숟가락으로 마구 엉클어뜨렸다.

"이건 팍팍 넣어줘야 해요. 그리고 이렇게 푹푹 비벼서, 마구마구 먹는 거예요. 꼭꼭 씹어서."

설렁설렁 밥을 비벼두고 이린은 크게 한 숟갈을 떴다. 신기한 듯 바라보는 서하의 눈빛을 완전히 무시했다.

"안 먹어요?"

"먹어."

"자, 아!"

이린이 자신의 숟갈로 비빔밥을 크게 떴다. 먹으라는 것이다. 서하의 입가에도 씨익 웃음이 서렸다. 이 순간, 우울함 따위 모두 사라졌다.

침대 옆 사이드 테이블 위에 놓은 작은 스탠드 불빛이 따뜻하게 침실을 감쌌다. 어둠을 무서워해서 짐을 옮긴 그날 주변 마트에서 사다 놓은 별다른 장식 없는 심플한 전등이건만, 지금은 값비싼 무드등보다 더 빛이 포근했다. 그와 함께라서 그렇다는 것을 이린은 부인하지 않았다. 자신을 폭 안아 감싼 서하의 품으로 조금 더 파고들었다. 자신의 침대 위에 그와 함께 누워 있다는 사실이 신기하기만 하다. 그리고 자연스러워지고 있다.

내가 정상이 아닌가 봐.

가까이 있을수록 좋은 것을 어쩌면 좋나.

서하에게선 청량한 숲 내음이 난다. 깊은 산에 들어서야 느낄 수 있는 맑음과 순수함을 사람에게 느끼고 있다.

"맛있게 잘 비볐어."

이린이 나른한 목소리로 중얼거렸다. 조금 전 배불리 먹고 깨끗이 씻기까지 했으니, 이제 남은 것은 휴식뿐이었다.

"쉐프께서 난해하고 어려운 거 주문하는 줄 알고 긴장했어."

잠이 들 듯 말 듯 가물거리는 이린의 눈앞에 조금 전 주방에서 그녀의 말을 고분고분 따르던 서하의 모습이 떠올랐다. 왠지 기분이 좋아 이린이 빙긋 입술을 늘였다.

"미국서 태어나고 자란 거 맞아요? 매운 거 정말 잘 먹더라. 그 고추장 진짜 매운 건데."

"뼛속까지 한민족의 피가 흘러서 그래. 할아버님 살아 계실 때는 한국에 자주 왔어."

"그랬구나."

서하가 안고 있던 이린의 정수리에 입술을 맞췄다. 세상에서 가장 편안함을 느끼는 사람처럼 표정이 흐뭇해졌다.

"뭐가 좋아 혼자 웃지?"

"서하 씨가 미국에 산다는 게 과연 사실일까, 생각했어요."

이번에는 서하가 쿡 짧게 웃었다.

"맞는데?"

"그럼 내가 묻는 단어들 영어로 발음해 봐요. 본토 발음 좀 들려 줘요."

"무슨 단어?"

"음, 가령 이런 거? 배터리?"

이린의 말이 엉뚱하다 생각하면서도 빙긋 웃던 서하가 그 말을 따라 했다.

"빠떼리."

"오오. 이거 봐. 본토 발음 나온다. 그럼 바나나는?"

나른하게 풀리던 이린의 눈동자가 장난기로 반짝였다. 순진한 표정으로 서하가 대답했다.

"빠나나?"

"토마토는?"

"도마도!"

결국 이린의 웃음이 터졌다. 서하는 그녀가 원하는 바를 정확히 짚어 대답했다.

"아, 본토 발음 정말 정확하다."

정신없이 웃는 이린을 서하가 끌어 자신의 가슴 위로 끌어 올렸다. 고개 든 이린의 시선과 맞닿았다.

"이젠 네 얘기해 봐."

웃음이 차차 잦아들었다. 이린은 서하의 신중한 눈빛을 오래도록 마주했다. 쉽사리 나올 얘기는 아니지만, 못할 것도 없다. 지금은.

"오빠와 사이가 나쁜가?"

이린이 씁쓸하게 웃었다. 서하의 눈빛을 감당할 수 없어 그의 가슴 위에 얼굴을 기댔다. 쿵쿵 뛰는 서하의 심장 소리가 크게 들렸다.

"좋다고도 나쁘다고도 할 수는 없어요. 관심이 있다고, 혹은 없다고도 할 수 없고. 생각해 보니 애매하네요. 분명한 건 남매 둘 다 성격이 대단하다는 것 정도."

서하가 했던 말을 떠올린 이린이 작게 한숨 쉬었다.

"그래도 처음은 이 정도까지는 아니었어요."

어쩌면 그때는 외로웠던 것 같다. 엄마와 둘이서 아버지를 기다리던 그때. 가뭄에 콩 나듯 드물게 보는 아버지는 볼 때마다 '못마땅한 표정이었지만 그래도 함께 산다는 것만으로 좋았다. 물론 오빠가 생긴 것도 너무 좋았다. 정말 가족이 될 수 있을 거라 생각하여, 어떻게든 가까워지려 노력했으니까. 처음 한동안은 착실히도 오빠인 이건을 좇아다녔으니까. 당하고 있었다는 것은 후에 알게 됐지만.

"유년기의 나는 형제가, 그것도 친구들이 부러워할 만큼 멋진 오빠가 있다는 것이 좋았어요."

깊게 가라앉은 이린의 목소리가 허스키하게 갈라졌다. 점점 더 쉬어 목소리가 마지막 말은 거의 들리지 않았다. 오늘 하루, 너무도 심하게 감정 소모를 한 탓이라고 이린은 생각했다.

"힘들면 말하지 마."

"결론은 비교적 간단해요. 당신 알죠? 내가 폐소와 고소공포증 있는 거."

이린 모르게 서하의 눈매가 찌푸려졌다. 그녀를 만났던 엘리베이터의 일이 뇌리를 스쳤다.

"사고가 있었고. 내가 아는 사고의 원인은…… 오빠예요. 그가 지시한……."

이린의 등을 쓸어내리던 서하의 손길이 우뚝 멎었다. 놀란 마음이지만 재촉하지 않고 그녀의 다음 말을 진득하니 기다렸다.

"다른 사람들이 아는 원인은?"

"그냥 우연한 사고."

이린이 한숨을 내뱉다가 말을 덧붙였다.

"열 살의 한이린은 좀 바보였어요."

이린이 피식 웃었다. 쉬면 잊어버릴까 두려운 듯 자신의 이야기를 나직하게 중얼거렸다.

"집안 전체가 해외리조트로 휴가를 갔어요. 엄마는 그 며칠 전 갑자기 맹장수술을 하셔서 못 가셨는데, 한이린은 아버지 손잡고 그냥 따라갔어요. 가족이 생긴 것이 그저 좋아서…… 가지 않았다면 좋았을 텐데……."

이린의 말이 이어지는 것을 서하는 조용히 듣고 있었다. 그런데 한동안 이린의 목소리가 들리지 않았다. 대신 가슴이 축축해지고 있다. 서하의 심장이 쿵 내려앉았다.

"이린?"

서하가 이린을 끌어당겨 품에 꼭 안았다. 괜찮다고 속삭이며 온몸을 쓰다듬었다.

"그랬다면…… 모든 것이 낯설던 외국의 놀이동산 관람차에 갇히는 일 따위…… 없었을 텐데."

소리 없는 울음 뒤에는 아마 그날의 기억이 묻혀 있으리라. 서하의 심장이 누군가 움켜쥔 것처럼 격렬한 통증이 밀려들었다. 그녀만큼 그 또한 숨을 쉴 수가 없다.

이린의 흐느낌이 조금 더 짙어졌다. 그러나 서하는 아무 말도 하지 않고 그녀를 으스러지게 끌어안았을 뿐이었다. 스스로 극복할 수 있기를. 그가 입술 닿는 곳에 깊게 입 맞췄다.

"나는요……."

이린이 말을 이었다. 서하에게 하는 고백에 가까웠다.

"높은 곳을 무서워해요. 내가 스스로 그곳에 들어갈 리 없어요."

"기억나는 건?"

"해변에서 나이 어린 사촌과 놀았어요. 문득 썬베드에서 잠이 들었는데, 눈 떠보니 그곳이었어요. 이미 관람차는 꼭대기까지 올라갔고, 움직이지 않았어요. 열 살의 한이린은 영문 몰라 울부짖었지만, 지금은 알아요. 기계가 멈춘 거예요."

서하의 심장이 격렬하게 들끓었다. 그때 이린이 느꼈을 공포가 그도 덮는 듯했다. 엘리베이터에서 그녀가 보인 두려움과 공황이 완전히 이해됐다. 지금 당장이라도 벌떡 일어나 오빠라던 인간을 따라가 죽이고 싶을 만큼 분노가 솟구쳤다. 소리 없이 입을 틀어 막고 우는 이린의 손을 서하가 꽉 쥐었다.

"이린…… 괜찮아. 그런 건 두려운 게 아냐. 넌 이미 극복했고, 아무렇지도 않아. 기억일 뿐이야."

서하가 이린의 귓가에 끊임없이 속삭였다. 부들부들 떨고 있는 이린을 힘껏 안아줬다.

"맞아요. 그깟 관람차 따위."

이린의 목소리에 조금쯤 기운이 섞였다. 하지만 이내 풀이 죽었다.

"그 부분을 내 머릿속에서 지워 버리고 싶을 만큼 무서웠어요. 워낙 낡은 놀이동산이었고, 오작동이 심한 기계라 밤에 서면 고치지도 않는대요. 그러니…… 아무도 그곳으로 날 찾으러 오지 않았어요. 아침이 되어 관람차가 다시 움직일 때까지……."

어린 이린이 혼자 느꼈을 공포와 두려움이 서하에게도 느껴졌다. 아니, 반의반의 반이라도 나누었으면 좋겠다고, 서하는 간절히 원했다.

"네가 없어진 동안 가족은?"

"가족……."

이린이 피식 웃었다.

"그곳에 있던 누가 가족일까요. 내 엄마는 한국에 계셨고, 아버지는 다른 곳을 찾고 계셨고."

"아무도 당신이 어디에 있는지 몰랐다고?"

울던 이린이 피식 웃었다.

"한이린이 거기 들어가 있을 줄 누가 알아요. 갑자기 없어졌으니, 혹시 납치라도 된 게 아닌가, 난리였지."

"하!"

어떻게 이런 일이. 서하는 당장 말을 잇지 못했다.

"당신 오빠는?"

"그도 그날 아파서 병원 응급실에 있었다네요. 그런데 나는 분명 봤어요. 그가 어떤 남자와 얘길 하고 있었어. 나를 안고 있던 사람과……. 오빠를 부르고 싶었는데, 눈을 뜨기도 힘들고, 말도 나오지 않았어……."

"잘못 본 건 아니고?"

"의식은 또렷했어요. 말이 안 나왔을 뿐이지."

"수면제라도 먹인 거야? 하!"

서하가 탄식했다. 분노로 몸을 부르르 떨었다.

"그건 범죄야, 이린. 누가 그랬는지 확실히 가려내어 마땅한 벌을 주었어야 해."

서하의 목소리는 낮고 음울했다. 화가 난 것이 분명한 목소리로 짓씹듯 내뱉었다. 듣고 있던 이린이 희미하게 웃었다.

"이미 18년이나 지났어요. 공소시효까지도 만료. 아니, 아무래도 상관없어요. 그때의 나도 누구에게도 진실을 말하지 않았으니까."

왜 혼자 관람차에 갔느냐 물었을 때, 그저 모르겠다고 했다. 누가 자신을 옮긴 것 같은데, 잠이 들어서 생각이 안 난다고 했다. 그러니 사람들은 아이가 자고 있으니 누군가가 행한 못된 짓일 거라고 막연히 추측을 했다. 혹은 못된 짓을 하려다 보는 눈이 많아 못한 거라고.

"낱낱이 밝혔어야 했잖아."

"열 살 한이린도 포기한 거죠. 내게 가족은 없고, 그와는 영원히 형제는 될 수 없다고 깨달은 내 오기이기도 했고요."

이건은 바로 유학을 갔다. 그리고 이린은 오랫동안 많은 것을 두려워했다. 그 기억을 토해낸 이린이 온몸을 부르르 떨었다. 서하는 끊임없이 그녀의 온몸을 어루만졌다. 18년 전의 어린 한이린부터 서서히 다독이고 있다. 그녀의 마음 깊은 곳까지.

쌉싸름한 커피 향이 코끝을 간지럽혔다. 달콤하고도 고소한 버터 향이 함께 스쳤다. 쪼르륵. 후각을 이어 깨어난 청각. 커피를 찻잔에 따르는 명쾌한 소리가 들리자, 이린은 이제 눈을 뜨지 않을 수 없었다.

아주 편히 잤던 것 같다. 에어컨 바람이 싸늘하게 느껴지는 새벽에도 옆 사람의 체온이 부드럽고 따스했다. 그 체온을 잃어버린 지금이 아쉬울 정도로.

서하……?

옆자리가 서늘했다. 사람의 온기가 식은 지 꽤 된 것처럼. 침대에서 일어선 이린이 얼굴을 쓸어내리며 주방 쪽으로 나갔다.

맛있는 냄새가 폴폴 풍기는 그곳에 서하가 있었다. 바로 샤워를 하고 나왔는지 머리는 젖었고, 상체는 벗은 채 바지만 입고 있었다. 떡 벌어진 어깨, 탄력 있는 등 근육이 꿈틀거린다. 그러다 다음 순간 그가 뒤돌아섰다. 구릿빛으로 그은 가슴이 보는 것만으로도 야한 상상을 떠올리게 해 이린은 꿀꺽 마른침이 넘어갔다. 뚝 떨어진 시선에 들어온 맨발 또한 남자답게 쭉 뻗었다.

뭐야, 이 남자. 나도 안 보는데 색기 뚝뚝 흘려도 돼?

괜스레 불뚝 화가 치밀었다.

"티셔츠 하나 줄까요?"

이린이 팔짱을 낀 채 고개를 도도하게 치켜들고 물었다. 에스프레소기에서 내린 커피를 찻잔에 옮기던 서하가 고개를 들었다. 눈빛이 마주치자 그가 장난스럽게 웃었다. 피식 웃는 입꼬리가 탄력적으로 치켜 올라갔다. 동시에 이린의 심장이 쿵 내려앉았다. 치명적이다.

"안 맞아."

"입어도 안 보고 단정 짓지 마요."

"마음에 안 들어?"

서하가 아주 일상적인 표정으로 자신의 몸을 두리번거렸다.

"아침에 장작이라도 팼어요? 그런 마당쇠 차림으로 집 안을 돌아다니는 건 주인마님 유혹하려는 심보인가?"

이린이 짐짓 서하의 말투를 흉내 내자, 그가 풋, 웃었다. 서늘하고 긴 눈매에 순간 따뜻한 웃음이 가득 묻었다.

"주인마님의 의지에 따라 달라. 지금 보니, 그쪽 주인마님도 원하는군."

이린이 시선을 내렸다. 평소 잠옷으로 입는 품 넓은 티셔츠 외에는 입은 것이 없긴 하다. 빵 냄새를 쫓아 침대에서 몸만 홀랑 빠져나왔으니, 자리에서 일어난 그 모습 그대로였다. 완벽한 하의 실종. 민망하다며 다리를 꼬던 이린이 흠흠, 목을 가다듬었다.

"티셔츠 차, 찾아볼게요."

이린이 몸을 홱 돌렸다. 종종걸음으로 뛰어가 자신이 잠옷으로 애용하는 티셔츠를 하나 꺼내 들고 왔다. 깜찍하게도 가슴에 팅커벨 요정 그림이 그려져 있다.

"여기."

그녀가 내민 티셔츠를 서하는 어깨를 으쓱하고 받아 들었다. 별다른 이의 제기 없이 홀쩍 몸에다 씌웠다. 그런데 그녀에게는 품이 크고 넓은 옷이었건만, 서하가 입으니 쫄쫄이 티셔츠라도 된 듯 가슴이 터질 듯 늘어났다.

"팅커벨, 너 왜 이렇게 뚱뚱해졌니?"

이린이 팅커벨 그림을 손가락으로 쿡 찔렀다. 웃음이 터질 것처럼 입가가 실룩거렸다.

"자극하지 마. 헐크로 변하면 귀여운 팅커벨은 산산조각이 나. 뒷감당 안 한다."

정색 어린 서하의 목소리가 듣기 좋다. 이린은 웃음을 지우지 못한 채 욕실로 들어갔다.

❖

"이렇게 일찍 문 연 빵집이 있었어요? 방금 구웠나 보다."

세수를 하고 나와 따뜻한 크로와상 한 개를 집어 든 이린이 한 입 베어 물며 물었다. 고소하고 달콤한 버터 내음이 솔솔 풍긴다. 이린의 입가가 흐뭇하게 호선을 그렸다. 베어 무는 소리조차 바스락 경쾌하다.

그런 이린을 바라보며 서하는 고개를 끄덕였을 뿐 특별히 대꾸하지 않았다. 새벽부터 그의 전화를 받은 호텔 매니저가 직접 주방장을 깨워 빵을 굽고, 오븐에 구운 야채를 준비해 오피스텔로 배달을 왔다는 말은 꺼내지도 않았다. 유별나다는 소리를 듣고자

한 행동이 아니었으니까. 한이린은 펄쩍 뛰며 도끼눈을 할지도 모르니까.

"정말 맛있다. 어디서 샀어요?"

크로와상 한 개를 뚝딱 해치우고 커피를 홀짝대며 이린이 물었다. 서하에게는 그녀가 손가락을 쪽쪽 빠는 것도 예뻐 보였다. 입가에 웃음이 몽글몽글 맺혔다.

"왜?"

"기억해 뒀다가 애용하려고요. 하나를 보면 열을 알아요. 다른 것도 분명 맛있을 거야."

"흠."

서하가 목울림 소리를 냈다. 시내 호텔의 빵집으로 가면 똑같은 빵이 있을 거라고 말할 수 없는 탓이었다.

"맛있는 빵집이면 부산이라도 뛰어가는 친구가 있는데요. 알려 주면 당장이라도 달려왔을 거예요. 지금은 한국에 없는 게 아쉽다."

둘도 없는 친구인 지후를 떠올린 이린이 빙긋 웃었다. 보석 같은 빵집을 발견했다고, 그녀는 기특하다며 엉덩이를 툭툭 쳐줄 것이다. 그런데 애석하게도 그 친구는 지금 공부한다고 북경에 있다. 생각해 보니, 그녀와 연락 못한 지도 오래였다.

"본인 동네에 대해 정말 모르는군."

"이사 온 지 얼마 안 된다니까요."

"나름 다행이야."

"네?"

이린의 곁에 앉은 서하가 손가락으로 그녀의 턱을 받쳤다. 시선이 그녀의 입술에 내리꽂혔다.

"왜……."

이린이 입술을 달싹거렸다. 말이 더 이상 나오지 않을 만큼, 서하는 바라보는 것만으로도 그녀를 전율시켰다. 쿵쿵 심장을 울린다.

바라보던 서하의 한쪽 입술 끝이 올라가는 듯싶더니, 그가 머리 숙여 혀끝으로 이린의 입술에 묻은 빵부스러기를 핥았다. 짧지만 깊게 입 맞췄다. 짜릿한 전율이 시럽보다 더 달콤하게 전신을 훑었다.

"그렇게 궁금하면, 나중에 알려줄게."

이린이 감았던 눈을 천천히 뜨자, 서하의 깊은 눈빛과 마주쳤다. 너무도 검고 맑아 자신의 모습이 온전히 비쳤다. 심장이 쿵쿵거리며 뛰고 있다. 그도, 자신도. 뜨거운 밤, 서늘한 새벽, 그리고 또다시 뜨거운 아침의 전조가 보였다. 이린이 그들 주변을 팽팽하게 조인 긴장을 무마시키기 위해 어색하게 웃었다.

"아침부터 유혹하지 말아요, 뚱뚱한 팅커벨."

"너 자는 것이 더 유혹이었어."

서하가 희미하게 웃었다. 이렇다는데 안 넘어갈 수가 없다. 눈빛이 반짝거린 이린이 두 팔로 그의 목을 껴안았다. 허스키하게 갈라진 목소리로 입을 열었다.

"지금…… 보다도?"

이린이 다리를 벌려 서하의 허벅지 위로 올라앉았다. 군림하는 것처럼 그를 내려다보는 이 자세가 좋았다. 흡, 숨을 멈춘 채 자신을 올려다보는 서하의 표정이 그녀를 무아지경으로 만든다. 숭배받는 느낌. 상대의 모든 것을 소유한다는 것은 또 어떤가.

이린이 서하의 얼굴을 두 손으로 감싸고 입 맞췄다. 티셔츠 속으로 불쑥 들어온 커다란 손에 온몸이 흠칫 경련했다. 그의 두 손이 이린의 젖가슴을 움켜쥐었다. 뜨겁고 감각적인 움직임. 탄력적이고 말랑한 가슴이 그 안에서 일그러졌다. 저릿함이 쾌감을 동반해 파도처럼 밀려들었다. 그와 닿은 중심이 뜨겁게 달아올랐다. 저도 모르게 중심과 중심이 마찰했다. 그의 것이 걷잡을 수 없이 커진다.

"이린."

허스키하게 가라앉은 서하의 목소리가 억눌려 새어 나왔다. 거친 호흡, 그녀의 티셔츠를 걷어 올리고 드러난 가슴 부근을 뜨거운 숨결이 간질였다. 서하는 그녀의 허리를 움직이지 못하도록 움켜쥐었고, 움찔한 그녀의 복부를 그의 입술과 혀끝이 감각적으로 핥았다. 부드럽고, 뜨겁게, 마치 불꽃과 같았다. 그녀를 삽시간 타오르게 하고, 숨 못 쉬게 만든다. 무엇에도 함락되지 않던 한이린을.

찻잔 달그락거리는 소리가 희미하게 들린 순간, 이린은 자신의 몸이 식탁 위에 뉘어졌음을 깨달았다. 뒤이어 쨍그랑, 무언가 떨어진 소리도 났지만, 그다지 신경 쓰이지는 않았다. 신경 쓰인 척을 했을 뿐이었다.

"저거 내가 아끼는 찻잔……"

헐떡이는 숨 사이, 이린이 속삭였다.

"똑같은 거 10개 사주면…… 되나?"

이린의 입술을 파고들던 서하 또한 속삭였다. 촉촉하고, 감각적인 남자의 혀끝을 이린이 원망하듯 빨아들였다.

"몇 개 안 만든 리미티드 에디션인데……."

"걱정 마. 본사를 뒤져서라도 찾아낼 거야."

"여기, 불편해……."

"쉿!"

이린이 헐떡이는 숨결로 겨우 말했다. 자신의 집 아일랜드 식탁 위에 남자에 의해 뉘어질 거라고 누가 상상이나 했을까. 그것도 이렇게 이른 아침부터. 그러나 불편할 거라는 생각은 서하의 손이 손바닥만 한 팬티를 찢어내듯 벗긴 순간 연기처럼 사라졌다.

"훗!"

이린이 숨을 짧게 들이켰다. 동시에 팬티 라인을 더듬던 서하의 혀끝이 검은 숲의 가운데를 길게 갈랐다. 발간 속살이 움찔거렸다. 치켜든 두 허벅지에 힘이 들어가 파들거리고 이린의 고개가 뒤로 꺾였다.

"하아아아. 서하."

이린의 엉덩이가 들썩거렸다. 미친 듯이 고개를 젓고, 숨이 턱에 걸렸다. 그녀가 견디지 못해 팔 뻗어 서하의 머리카락 속으로 손가락을 깊이 넣었다. 그의 혀가 움직일 때마다 이린의 손가락에 점점 더 힘겨운 힘이 실렸다. 짐승처럼 달려드는 그를 밀어내고 싶은데, 마음과 달리 더욱 그의 머리를 끌어당기고 있다. 해일처럼 밀려오는 쾌락. 그녀의 여성을 깊게 유영하는 서하의 혀끝이 불꽃처럼 펄럭거렸다. 볼록 불거진 정점을 이로 긁고 혀끝을 세워 핥았다. 깊게 빨아들였다. 땡볕 태양 아래 툭 던져진 얼음덩이처럼 그녀는 자신을 잃고 무너졌다. 오르가슴을 넘으며 흠뻑 젖었다.

"서하. 서하. 그만!"

목소리가 산산이 갈라지고, 이린이 거칠게 고개를 저었다. 허리를 높이 들고 온몸이 뻣뻣이 굳은 순간, 다리 사이로 주룩 뜨거운 것이 흘렀다. 눈앞이 아득해진 이린의 팔다리가 축 늘어졌다. 여전히 움찔거리는 중심은 홧홧하고 뜨거워 그녀를 숨 못 쉬게 했다.

"이린?"

서하가 낮은 목소리로 이린을 깨웠다. 겨우 눈을 뜬 이린이 흐릿한 시선으로 서하를 올려다보고, 그의 입술을 받아들였다. 단 감로수 같은 혀가 그녀의 혀를 적셨다. 차가운 듯, 뜨거운 듯 연인은 그녀를 지옥과 천국을 오가게 한다. 특급열차를 태운 것처럼 단 한 번의 움직임으로.

"사랑해."

서하의 목소리가 이린의 귓가에 따뜻하게 울렸다. 그리고 아득하게도 울렸다. 완벽히 이완된 그녀의 몸 안으로 그가 단번에 밀고 들어왔다.

"흐읏……!"

이린의 몸이 펄쩍 뛰어올랐다. 단단하고 무거운 느낌. 여전히 찢어질 것 같은 통증으로 눈물이 툭 흘렀다. 겨우겨우 숨을 몰아쉬며 그에게 익숙해지려 안간힘을 썼다. 그러나 아무리 아프고 통증이 크다 해도 하나가 됐다는 이 심리적 만족감은 이기지 못한다. 이린이 하아, 깊이 신음했다.

"못됐다. 아침부터 힘 다 **빼놨어**."

서하의 목을 끌어안은 이린이 그의 귓가에 속삭였다. 자신은 힘들어 숨조차 제대로 쉬지 못하면서도 거칠어진 서하의 숨소리가 듣기 좋았다. 팔딱팔딱 맥이 뛰는 곳에 얼굴을 가져다대는 것도, 매끄러운 등에 배인 땀조차도 좋다. 그것이 온전히 자신으로 인함으로라는 것이 무엇보다 그녀를 뿌듯하게 했다.

"사랑해."

서하가 다시 입 맞췄다. 열기 가득한 그녀의 시선과 마주하고, 초원을 달리는 말처럼 질주를 시작했다. 흔들리는 시야. 이린의 눈앞이 흐릿해졌다.

사랑? 아직 모른다. 그가 주는 것이 넘쳐 자신의 것은 들여다볼 생각을 못했다.

아아. 몰라.

생각해야 할 것들이 많지만, 지금은 정서하가 곁에 있는 것으로 충분하다.

행복해. 충분하잖아.

9

강민이 회의실 문을 슬쩍 열어 몸을 굽힌 채 살금살금 들어섰다. 임원단 회의는 이미 시작되었으니, 유통 쪽 이사직을 맡고 있는 그가 늦게 나타난 것을 그의 아버지인 제일그룹 회장에게 발각된다면, 당장 노트북이 날아올지도 모를 일이었다. 하지만 아버지 몰래 병원에도 누워 있어야 하는 입장에서 시간 맞춰 빠져나오는 것은 힘든 일이었다. 다행스럽게도 아직은 모르시는 모양이다.

소리도 없이 어두운 회의실 안으로 몸을 밀어 넣은 강민이 긴 회의 테이블 끝의 빈자리에 엉거주춤 엉덩이를 걸쳤다. 정면 하얀 스크린에는 누군가의 프레젠테이션 화면이 펼쳐져 있었다.

"보시다시피 M호텔의 재무구조는 최악의 상황은 면한 걸로 보입니다. 우리 쪽에서 인수할 시에는 리노베이션 실시 후, 우리 여행사를 통한 단체관광객 유치에 주력할 겁니다. 그 경우 손익분기점은 머지않아 넘을 것으로 전망합니다만."

M호텔 인수합병 건이었다. 한이린과의 결혼에는 호텔관광업으로의 진출을 시작한 부친의 야심이 한몫했다는 것을 강민은 잘 알고 있었다. 그 계획이 파혼으로 답보 상태가 되었지만, 여전히 호텔 인수를 위해 부친은 노심초사 중이다. 어쨌든 그 사업에 깃발을 꽂으려면, 명색이 특급호텔 정도는 소유해야 할 테니까. 지금 서울, 경주, 제주의 그만한 위치를 찾는다는 것은 확률이 거의 없다.

"M호텔도 그렇고, 그룹 자체에서도 사업에 미련을 갖고 있는 것 같다는 의견이 있습니다. 최근 미국의 투자사인 J투자신탁을 접촉한 것도 그런 맥락이라 봅니다. 아마 M사 쪽에서 먼저 제의를 했을 거라는 의견이 대세입니다."

그때, 프레젠테이션 화면이 바뀌었다. 발표자가 말하는 J투자신탁 관련 설명이 쭉 나열된 끝, 생각지도 못한 낯익은 얼굴을 보았다. 강민의 미간이 확 일그러졌다.

뭐야, 저 새끼!

타이베이의 한 밤, 이린 사이에 끼어들었던 기분 나빴던 그놈과 서울 한복판의 호텔에서 보았던 순간이 그의 뇌리를 동시에 강타했다.

"레오 정, 한국계입니다. 현재 투자에 관한 모든 실질적 권한을 쥐고 있습니다. 사실 J투자신탁 쪽에서는 이 건에 대해서는 관심이 그다지 없는 것으로 알려졌습니다만, 정 이사의 심중을 알지 못하니……."

"지금 저 남자, 한국 들어온 것은 알고 있습니까?"

강민이 참지 못하고 질문을 했다. 임원들의 시선이 모두 그를 향했다.

"현재는 휴가 중으로 대만 체류 중으로 알고 있습니다만."

발표자의 말을 듣던 강민의 입술이 비릿하게 말렸다.

"저쪽에 로비가 들어간 것은요? 그것도 모릅니까?"

발표를 하던 임원의 표정이 완전히 일그러졌다. 강민의 부친이 그를 돌아보았다.

"무슨 말이냐, 주 이사?"

"M호텔이 자력갱생하면 인수는 물 건너가지 않습니까, 회장님?"

"그렇지. 머리 아프다."

"그럼 J투자신탁이 관심도 갖지 않게 만들면 되겠군요."

강민은 득의양양 고개를 뻣뻣이 세웠다.

그럼 그렇지, 한이린. 로비를 하고 있었다고?

그의 눈빛이 묘하게 반짝거렸다.

부회장실이라는 문패가 붙은 문 앞에서 이린은 훅 짧은 숨을 내쉬었다.

지금 이건을 봐야 했다. 그가 부르지 않았어도, 그녀가 찾아가야 할 판이었다. 계열사 임원회의 내내 시선을 마주치지 않았지만, 이건을 전적으로 보지 않는다는 것은 실질적으로 불가능했다. 어쨌든 그는 이 M그룹의 실권을 휘두르는 부회장이라는 위치이니까. 못 만나 안달해야 하는 쪽은 아쉽게도 그녀 쪽이다.

호텔 투자 유치, 그리고 매각설.

생각하면 머리 아픈 숫자들이 그녀의 눈앞을 어지럽혔다. 호텔 재무제표와 경영지표가 담긴 자료를 손에 들고 이린이 큰 숨을 훅 내쉬었다.

그때, 핸드백에 넣어두었던 휴대전화가 부르르 울렸다. 오랜 친구인 지후가 아니었다면, 받지 않았을 터였다.

"야아, 공주님. 너 너무 오랜만인 거 알아?"

이린이 휴대전화 저장 이름 그대로 정직하게 상대를 불렀다. 거짓말 하나 안 보태고, 옥구슬 굴러가는 듯 낭랑한 웃음소리가 수화기를 타고 울렸다. 진짜 동화 속 해맑은 공주님처럼.

—물론 알지, 달링? 하도 울적하니, 생각나는 건 우리 달링밖에

없었어. 용서해 줘.

솜사탕같이 목소리는 달콤하고 닭살 돋았지만, 그녀의 목소리는 뒤로 갈수록 풀이 죽었다.

"왜? 무슨 일 있어?"

지후는 지금 중국 북경에 있다. 한국에서 하던 일 모두 정리하고, 제 좋아하는 공부한다고 떠난 지 이 년째였다.

─무슨 일은.

"또 너 외국인이라고 무시해?"

이린의 두 눈이 저도 모르게 도끼처럼 치켜 올라갔다. 지후는 지금 중국차 공부를 하는 중이다. 한국만 외국인 텃세가 있는 것이 아니라, 그쪽은 더해서 아무리 실력이 뛰어나도, 그녀는 이방인으로 무시당하기 일쑤라며 천성이 긍정적인 성격답지 않게 요즘은 때때로 한탄하곤 했다.

─하루 이틀도 아니고. 내가 극복해야지. 이제 적응되어 아무렇지도 않아.

말의 내용은 심각해도 지후의 목소리가 다시 밝아졌다. 이린은 내심 안도했다.

─갑자기 네 생각이 났어. 잘 지내지?

"그럭저럭. 요즘 너무 바빠. 출장 다니느라 정신도 없었고."

거짓말은 아니었지만, 둘도 없는 친구인 지후한테도 아직 서하의 얘기를 꺼낼 여유조차 없었다.

"이 더위에도 넌 지금 김 풀풀 오르는 뜨거운 차 마시고 있지?"

—당연한 소리. 차를 차게 마시는 건 몸을 해치는 것과 같아. 그리고 에어컨 틀고 마시는 차가 얼마나 좋은 줄 모르니? 내 유일한 사치를 뭐라 하지 마라.

"그러다 레이스 장갑도 낀다고 하겠다."

—어머! 너 내 꿈이 귀부인 코스프레할 수 있는 티샵인 거 몰랐어?

이린이 또 웃었다. 귀여운 지후의 표정이 떠올랐다. 동시에 수화기 너머로 찻물 조르륵 따르는 소리가 들렸다.

"나한테만 시키지 마. 그런데 방에 에어컨은 들어오나 봐."

—여기 너무 덥잖아. 아무리 없어도 에어컨은 필수인 동네야.

"어딜 가나 더운 날이다."

대만도, 한국도, 중국도.

언제나 명랑하던 지후나, 이린 둘 다 목소리가 오늘따라 삶의 무게가 묻어난다.

"아직 한국 나올 계획 못 세웠지?"

—이놈의 보스가 내 휴가는 챙길 생각도 안 해. 그냥 튈까 봐.

"내 휴가 때 맞춰 갈게. 얼굴이라도 보여줘. 할 얘기도 있고."

—할 얘기? 혹시 남자 얘기? 애인 생겼어?

이쪽으론 서지후, 귀신이다. 연애도 글로 배운 모태솔로이면서 이론에는 빠삭한 티를 내고 있다.

"다음에 얘기해야겠다. 나 지금, 미팅. 끊어."

흘끔 시계를 본 그녀가 아쉽게 전화를 끊었다. 그리고는 바로 부회장실 유리문에 손을 댔을 때, 안쪽에서 먼저 누군가가 나왔다. 이건의 비서실장이었다.

"잠시만요, 한 상무님."

그가 인사를 하고 지나치려는 이린을 불렀다. 주위를 살피며 목소리를 낮췄다.

"부회장님이 고소당하신 것 아십니까?"

이린의 미간이 일그러졌다. 뜬금없다는 표정으로 그를 바라봤다. 회사를 경영하다 보면 이래저래 은원이 얽히는 일이 생기겠지만, 비서실장이 그녀에게까지 알릴 만한 내용은 아니지 않나. 어찌 되었든 빠진 육하원칙을 채워 넣으려 물었다.

"누구한테, 언제, 왜요?"

"제일유통의 주강민 이사가 폭행죄로 이틀 전 고소장을 접수했습니다. 상무님도 아셔야 할 것 같아 말씀드렸습니다."

하!

이린이 한탄 비슷하게 한숨을 내쉬었다. 이틀 전이면, 이건이 오피스텔을 찾아왔던 그날이다.

도대체 이 남자가 무슨 일을 벌이고 다니는 거야!

"언쟁이 오가다가 주먹을 쓰신 모양입니다."

이린의 입술이 벌어졌다. 점점 더 이해가 가지 않는다.

이건이 주먹을 썼다고? 정말?

"그래서 그쪽 주 이사는 뭐래요?"

"절대 합의하지 않겠다고 합니다. 기어이 콩밥을 먹이겠다고."

"콩밥? 얼마나 다쳤는데, 콩밥 운운해요?"

이린의 미간이 완전히 일그러졌다.

"전치 2주 진단 나왔습니다."

"2주? 실장님이 직접 봤어요?"

"입술이 좀 터진 찰과상이었는데, 입원을 했더군요."

"미친……!"

하마터면 욕이 튀어나올 뻔했다. 서로 티격태격하다가 몇 대 맞
은 모양이다. 전치 2주야 주치의를 구워삶으면 충분히 끊을 수 있
는 진단서이다. 문제는 한이건이 왜 주먹질을 해야 했냔 말이다.
그녀가 알고 있는 이건은 절대 그럴 사람이 아니건만.

"그런데 말입니다, 상무님."

비서실장의 얘기는 끝나지 않았다.

"목격자인 친구분의 말에 의하면, 부회장님이 한 상무님 일로
언쟁을 하셨답니다."

내 일로? 이린의 눈빛이 멈칫했다. 점점 가면서 의문투성이이
다.

"지금 제가 아는 건 실장님과 같은 수준일 거예요. 제가 알아볼
게요."

이린이 돌아서 부회장실 문을 열고 안으로 들어섰다. 바로 시선이 마주친 누군가에게 물었다.

"부회장님, 계시죠?"

"네, 상무님. 기다리고 계십니다."

비서의 안내를 받아 안쪽 문을 열고 들어가는 이린의 눈빛이 굳었다. 지후와 통화하던 조금 전과는 하늘과 땅 차이, 마음 또한 무거워졌다.

❖

이건은 집무 책상 뒤 의자에 깊게 기대어 앉아 있었다. 무언가 골똘하게 생각에 잠겨 있던 눈빛이 매서웠다.

이린이 집무실로 들어오는 것을 흘끔 본 그가 자리에서 일어섰다.

"앉아."

이건이 눈짓으로 육중한 모양의 소파를 가리켰다. 그리고 당당한 걸음으로 걸어간 이린이 허리를 곧게 펴고 이건의 맞은편에 자리 잡았다.

오피스텔에서 이건과의 충돌이 있은 지 이틀이 지났다. 사적인 감정이야 좋지 않았지만, 이곳은 회사이니만큼 이린은 가능한 한 평정을 지켰었다. 아무 일도 없던 것처럼 자연스럽게 행동했다.

부회장실로 들어서기 전까지만 해도. 그런데 비서실장이 알려준 얘기가 못내 신경이 쓰인다.

"요청드릴 것이 있습니다. 그룹 차원에서 매각설 진정시켜 주세요."

이린이 이건에게 보고서를 내밀었다. 이미 보고가 올라간 건이 었지만, 그가 검토해 봤을지 모르는 상황이었다. 아니, 검토는 해 봤다고 말한다 해도 눈앞에서 확실히 확인해야 했다.

역시나. 이건은 보고서에 시선도 두지 않고, 이린을 뚫어지게 바라볼 뿐이었다. 이린의 미간이 일그러졌다.

이 남자의 이 눈빛을 견딜 사람이 있을까. 서늘한 눈빛에 심장 까지 꿰뚫리고, 속마음까지 낱낱이 파헤쳐지는 기분이 들어 이린 은 이를 지끈 물었다.

"언제부터였지?"

이건의 질문이 어떤 의도를 내포했는지는 초등생도 알 것이다. 서하와의 일을 묻는다는 것쯤은 단번에 알 수 있다. 그러나 그녀 는 무엇을? 하는 눈빛으로 이건을 노려보다가 이내 시선을 돌렸 다.

"업무에 상관없는 얘긴 하지 않겠습니다."

"상관있어."

이건이 딱 잘라 말했다. 휙 고개를 돌렸던 이린의 두 눈이 화가 담겨 커졌다.

"보고서 검토해 보셨습니까?"

"이거?"

이건이 이린이 내밀었던 보고서를 들고 쓱 훑는 척을 했다. 그다지 중요치 않다는 그의 뜻이 드러난다. 이건의 행동을 주시하던 이린의 감정이 부글부글 끓기 시작했다.

"한 상무도 머리 있으니, 생각이 있잖아. 나는 매각을 철회한다고 한 적이 없어. 매각하려는 호텔에 본사 차원에서 투자를 하라?"

이린과 마주친 이건의 눈빛에 슬쩍 이채가 돌았다. 재밌다는 빛이다. 이린에게는 비웃음으로 보였다.

"힘들게 싸우면서 가는 길보다는 좋은 방법이 있지 않아?"

이린이 흡, 짧은 숨을 삼켰다. 무어라 대답할 말을 찾지 못했다. 그사이, 이건이 다시 말을 시작했다. 잠깐 사이를 두고 이린의 반응을 살핀 듯했다.

"한이린도 아는 비교적 쉬운 방법."

순간, 이린의 표정이 확 변했다. 날카로운 눈빛으로 이건을 노려보았다.

"그 친구, 남자인 내가 봐도 네게 푹 빠졌던데. 네가 누구인지는 모르는 건가? 그럼 차라리 지금이라도 밝히고, 정서하를 완벽하게 네 사람으로 만드는 것이 낫지 않나? 설마, 안 도와주겠어?"

이린의 감정이 욱 치밀었다. 업무용 테블릿을 든 손이 부르르 떨었다. 입가에 희미하게 경련이 일었다.

"부회장님!"

이린의 음성이 비명처럼 터졌다. 그리고 동시에 이건이 말을 받았다.

"생각해 본 적 없다고는 말 못할 텐데?"

젠장!

이린이 훅, 입바람을 불어 앞머리를 불어 올렸다. 어딘지 깊숙한 곳을 찔린 듯한 느낌이 들어 얼굴까지 화끈거렸다. 이건이 눈치채지 못하기를 간절히 바랐다.

"먼저 알아두어 손해날 것 없다고, 친분을 쌓아두라고 조언한 것도 나였으니 말이다."

이린이 으득 이를 악물었다.

빌어먹을 한이건!

"그때 부회장님이 의도를 갖고 말했다는 것을 알았다면, 저는 공항에 나가지 않았어요!"

"어차피 같은 거다."

이건의 목소리가 단정하고 묵직하게 울렸다. 이린은 으득 이를 악물었다.

"어떤 방식으로든 투자를 따내면 되는 것 아닌가?"

너무도 기가 막혀 이린의 손발이 부들부들 떨렸다. 상대를 보는 시선에는 경멸이 섞이기 시작했다. 하. 눈앞이 어지러웠지만, 이성을 찾고자 안간힘을 쓰니, 조금씩 앞이 보이기 시작한다. 이린은 이건을 똑바로 쏘아봤다.

"적어도 나는요. 부회장님이 회사를 경영하는 방식은 회장님과 다르길 바랐어요."

저도 모르게 목소리가 떨렸다. 이린이 지끈 입술을 물었다.

"젊고, 시작이니까 편법 같은 것 없이⋯⋯."

이린의 입술이 바르르 떨렸다. 바라보던 이건의 입술이 비틀렸다.

"널 이해할 수 없는 건 오히려 나야. 주강민은 받아들이고, 그쪽은 못한다고? 뭔가 기준이 왔다 갔다 하지 않아?"

이린의 눈빛이 흔들렸다. 이건에게 이런 말까지 들을 줄은 생각도 못한 탓.

"기준? 내게 그런 게 어디 있겠어요."

이린이 허탈하게 웃었다. 이대로 입 다물고 있기에는 너무 억울해서 무슨 말이든 해야 할 것 같았다.

"한 번의 실패로 깨달은 것뿐이지. 그런 수단으로는 인정받을 수 없다는 걸요."

이건이 뚫어질 정도로 이린을 주시했다. 그가 문득 물었다.

"한이린. 주강민과의 약혼은 어떤 마음으로, 왜 받아들인 거냐. 넌 그 자식한테 마음도 없었잖아!"

이건의 목소리가 말을 하다 보니 높아졌다. 두 눈을 부릅뜨고 그를 보던 이린 또한 더 이상 감정을 억누르지 못했다.

"인정받고 싶었으니까! 나도 성이 한씨이고, 아버지 딸이고, 가족이라고……."

"뭐?"

이건의 표정이 아연해졌다.

"회장님의 제대로 된 딸로 인정받고 싶었어요. 사랑이 결혼의 전부는 아니니, 서로 조건 맞춰 살다 보면 그럭저럭 살 수 있을 거라 생각했어요. 그래서 약혼했어요."

"너……!"

"그렇다 해도 내가 왜 부회장님의 비난을 받아야 하죠?"

지금 와서 부친의 얘기를 해서 무엇 할까. 이린이 피식 웃었다.

"한이린!"

그런데 허라도 찔린 듯 주춤했던 이건이 버럭 소리를 질렀다. 그의 화는 급작스러웠다.

"정략결혼의 실체를 몰라? 너 또한 피해자 아니야? 나를 낳은 어머니가, 너를 낳은 어머니가 어떤 인생을 살고, 살아가고 있는지, 가장 곁에서 보면서도 그런 생각을 해?"

이린의 두 눈이 커졌다. 이건이 이런 종류의 얘기를 할 거라고는 상상도 하지 못했다.

"나는……."

너무 놀라 말이 제대로 나오질 않았다. 집안에서 이런 경우가 없던 것도 아니고.

"가족으로 인정받고 싶었다고? 이미 가족인데, 무슨 가족이 또 돼! 왜 아버지한테 당당하지 못해! 지금 호텔을 지켜보겠다고 내게 하는 것처럼, 왜 네 인생을 마음대로 휘두르냐고 맞서지 못하냐고!"

이린이 무어라 대꾸할 말을 찾지 못한 채 입술을 달싹거렸다. 어이도 없고, 당황도 했다. 이건이 이렇게 흥분하여 화를 내는 것도 처음 보았다.

"부회장님이 왜 이렇게 화를……."

"네가……."

격한 감정을 더 쏟아내려던 이건이 순간 멈칫했다. 당황하여 창백해진 이린의 얼굴이 그제야 눈에 들어왔다. 그가 하, 깊은 한숨을 내쉬고, 한 손으로 얼굴을 쓸어내렸다.

"그렇게 주변인처럼 구니, 아버지가 더 그러시는 거다. 그분 성격으로는 네가 답답해 보이니까."

흥분했던 모습이 이린의 착각인 양, 어느새 그는 평소의 표정으로 돌아왔다. 중저음의 목소리 또한 흔들리지 않았다.

"상관없어요, 이제. 저도 집착하지 않아요."

이린 또한 놀라 떨린 목소리를 간신히 진정시켰다. 그가 그녀를 빤히 바라봤다.

"한 가지 해명하면, 어떤 의도를 갖고 너 공항에 가라고 한 것 아니야."

이건의 목소리가 냉정해졌다. 그가 똑바로 이린의 눈을 바라봤다. 그녀의 눈빛은 혼란스러워 흔들리고 있다.

"그리고 한 가지는 묻자. 왜 그렇게 호텔에 집착하니."

이린의 입술이 달싹거렸다. 무슨 얘기라도 꺼내야 할 것 같은데, 바로 나오지 않았다. 이건이 하는 얘기들이 모두 이린이 생각했던 것과는 빗나가는 탓이었다.

"제…… 전부라 할 수 있어요. 나는 내 20대를 이 호텔에 모두 쏟았어요."

적어도 제 힘으로 살아보겠다고 나선 이후, 모든 힘을 다 쏟아부었다. 부친의, 그리고 이건의 인정을 받기 위해서라도 기를 썼었지만, 지금은 다른 이유로 이 호텔이 필요하다.

"네 자존심이나 오기겠지."

이린은 대답하지 못했다. 이건이 정곡을 찌른 탓이었다.

"실패는 때로 약이 되기도 해. 늦기 전에 바로잡을 수도 있고."

이린의 눈매에 의문이 감돌았다. 이건이 한 말의 의도가 잡힐 듯 잡히지 않았다.

"저도 한 가지 물어볼게요. 주강민과는 왜 싸우신 거예요? 그 자식이 고소했다고……."

"신경 쓰지 마."

이건이 이린의 말을 뚝 잘랐다. 앉아 있던 소파에서 벌떡 일어나 데스크 쪽으로 갔다.

"내 얘기가 오갔다는데, 어떻게 신경이 안 쓰여요? 합의 안 하겠다면서 병원에 드러누웠다면서요."

"상관없어. 우리도 고소할 거야."

"고소요? 뭘로……?"

"명예훼손."

자신의 자리에 앉은 이건과 이린의 시선이 똑바로 맞닿았다. 뭐라고 더 묻고 싶었지만, 그새 이건은 울리는 전화를 받았다.

"일단 알았으니 돌아가. 회장님께 보고해야 하니까."

이건은 원래 자신의 모습으로 돌아갔다. 냉정하고, 무뚝뚝하고, 감정 없는 모습으로.

이린의 혼란은 더욱 심해질 뿐이었다.

서하가 말한 프렌치 레스토랑은 그가 묵고 있다는 호텔의 가장 높은 층에 위치했다. 통유리로 마감 된 창밖으로는 서울의 풍경이 한눈에 내려다보였다. 유유히 흐르는 한강이 한낮의 햇빛 아래 반짝거렸다.

[한국의 여름도 장난 아니네. 레오 오빠는 왜 이쪽으로 휴가지를 바꿨대요? 서울이 타이베이보다 시원한 것도 아니고 말야.]

레이첼은 쉴 새 없이 입술을 삐죽거렸다. 그녀는 레스토랑의 입구에서 예약 확인을 하는 마이클 뒤에 서 있었고, 그녀의 질문에 마이클이 피식 웃었다.

[레오가 말이다. 너랑 같은 부류일 줄은 나도 몰랐지.]

[뭐? 뭐가 나야? 오빠는 또 뜬금없는 소리!]

레이첼이 종알거리자, 마이클이 어깨를 으쓱했다.

[그놈의 사랑. 죽일 놈의 사랑. 내 주변에는 금방 사랑에 빠지는 인간들이 왜 이렇게 많냐.]

[사랑? 사랑이 왜? 응? 내 사랑 레오 오빠가 왜?]

사랑 때문에 이곳으로 날아왔다는 마이클의 에두른 말을 레이첼은 당장 이해하지 못했다. 그도 그럴 것이 열아홉 살 소녀의 사랑은 아직은 온통 핑크빛이기 때문이었다.

그때, 엘리베이터에서 내린 서하가 레스토랑 입구에 모습을 드러냈다. 표정이 급변한 레이첼이 파란 원피스 자락을 펄럭이며 서하를 향해 달려갔다.

[레오! 치사하게 혼자만 와요? 휴가지를 바꿨으면 알려줘야지.]

서하에게 매달린 레이첼이 입술을 삐죽거렸다.

[한국에 4일이나 먼저 와서 뭘 한 거예요? 우와! 그런데 한국 오니까, 더 멋져진 것 같아. 어쩜 오빠는 하루하루가 다르담? 매력 덩어리야.]

레이첼이 눈이 부실 만큼 하얀 셔츠 사이로 드러난 서하의 쇄골에 휘익, 휘파람을 날렸다. 미간을 일그러뜨린 채 그녀를 바라보던 서하가 마이클을 향해 시선을 돌렸다. 두 눈에 힘을 줬다.

[혼자 오랬잖아. 왜 자꾸 애한테 꼬리를 잡혀?]

[밤낮으로 지키는 걸 어떡해? 공항서 걸렸다.]

마이클이 툴툴거렸다. 그는 동생과 서하 사이에 낀 자신의 모습이 한심해 심기가 불편했다.

[다 큰 녀석까지 내가 어떻게 컨트롤해? 네가 알아서 피해야지.]

[오빠! 내가 짐이야?]

역시 레이첼이 마이클을 향해 탁 쏘자, 소심한 성격의 마이클이 움찔거렸다. 바라보던 서하의 입가에 희미한 미소가 스몄다. 형과 투닥투닥하던 옛 기억이 떠올라 심장이 저릿하다.

하나뿐인 형제인 형이 죽은 지 이제 3년. 다정한 그를 잊기 위해 의식적으로 일에 매달렸다. 그러나 때때로 느껴지는 공허함은 시간이 갈수록 더욱 진해졌다. 아마 아버지가 병석에 누우신 후, 더욱 심해졌을 것이다. 이린과의 결혼 얘기가 급하게 나온 것도 아마 그런 감정이 무의식적으로 작용했을 터였다.

[오빠는 확실히 한국이 편한가 봐요? 부모님의 나라니까 당연하겠죠. 오케이. 나도 올 여름방학은 한국서 보내기로 결정!]

레이첼의 결정은 시원스러웠다. 그러나 동시에 서하는 표정이 일그러졌고, 마이클은 할 수 없다는 듯 어깨를 으쓱거렸다.

[어떻게 좀 해봐, 마이클.]

[네가 좋다는 데 어쩌겠니. 띠동갑 동생이라서 나도 뾰족한 방법이 없다. 부모님이 무기거든. 미안하다.]

[오늘 점심이야 함께 먹는다지만, 이후 일정은 알아서 좀 챙겨. 방해하면 너, 죽는다.]

서하가 마이클의 귓가에 낮게 속삭였다. 소리만 지르지 않았을 뿐이지, 평원에 나와 으르렁대는 사자와 같았다.

[이봐, 사장 대리. 아무리 휴가래도 이렇게 손 놓고 있어도 돼? 변해도 너무 변하니 내가 무서울 정도야.]

[해.]

서하가 단답형으로 대답했다. 하지만 마이클은 미심쩍은 표정을 풀지 않았다.

[신선놀음에 도끼 자루 썩는 줄 모르지. 너 연락 안 된다고, 내 휴대전화가 난리야. 너 만나겠다고 접촉해 온 로비스트들이 얼마나 많은 줄 알아?]

[일단 결론은.]

매니저의 안내를 받아 레스토랑 안으로 들어서던 서하가 뒤로 돌아서자, 마이클 또한 우뚝 섰다. 서하의 검은빛 눈동자가 말간 유리알처럼 투명하게 반짝였다.

[모두 관심 없다. 거절해. 내가 관심이 가야 투자도 결정지어.]

서하의 목소리는 한 점 감정도 담기지 않았다. 잘 벼린 칼처럼 날카로웠다. 평소의 그를 생각하면 다를 것은 없었지만, 마이클은 요 근래 살짝 들뜬 모습의 그를 본 탓인지 지금은 이 모습이 오히려 낯설기까지 했다.

[레오, 맛있는 거 사줄 거죠?]

레이첼이 서하의 팔에 매달렸다. 미처 서하가 그녀의 팔을 뿌리치지 못하고 움직이려 하던 그때였다.

"와우, 이게 누구신가? 어떻게 여기서 보지?"

레스토랑 쪽에서 누군가 나오다가 서하를 발견하고 말을 걸었다. 강민이다. 말끔하게 양복을 차려입은 그는 함께 있던 일행에서 떨어져 나왔다. 그리고 재밌다는 눈빛으로 서하와 그의 팔에 매달린 레이첼을 훑었다. 찰나였지만, 눈빛이 의심으로 번뜩거렸다. 동시에 강민을 알아본 서하의 표정은 희미한 균열이 가기 시작했다.

"설마. 모르는 척하시려나?"

강민이 이죽거렸다. 레스토랑으로 들어서던 마이클과 레이첼이 누구냐는 눈빛으로 서하를 바라봤다.

"알아봤으니, 크게 떠들지 마. 적어도 지금은 창피라는 단어를 좀 알았으면 좋겠군. 한국이잖아?"

서하의 음성이 냉정하게 울렸다. 일행을 향해 먼저 들어가라는 눈짓을 했다.

"내가 J투자신탁의 책임자 분한테 할 얘기가 있는데 말야."

서하의 눈매가 가늘어졌다. 강민이 자신에 대해 안다는 것이 의심스러웠다.

"소개가 늦었군. 진작 알았다면, 그때도 그렇게 대접 안 했을 텐데."

강민이 명함 지갑에 든 자신의 명함 한 장을 뽑아 서하에게 건넸다.

—제일유통 기획이사, 주강민.

그의 직책과 이름이 선명히 박힌 그것을 서하는 흘끔 보았을 뿐이었다.

"업무 얘기라면, 내 비서를 통해. 지금은 휴가야."

서하가 돌아서려던 찰나였다.

"한이린 얘기라면 다르지? 관심 없진 않을 테고."

서하의 눈빛에 불쾌감이 비쳤다.

"그쪽 때문에 충분히 바닥 친 것 알고 있어. 더 떠들 얘기가 남았나?"

서하의 목소리는 상대를 제압하는 힘이 실렸다. 허튼소리하면 가만두지 않는다는 무언의 압력이 강민을 순간 주춤거리게 했다. 그 감정을 털기 위해 강민이 과장스럽게 코웃음 쳤다.

"훗. 한이린 때문에 그쪽이 바닥 친 것은?"

강민의 눈빛이 묘하게 반짝였다. 서하는 무심하게 강민을 바라보았다.

"J투자신탁이 한국의 M호텔에 투자한다는 소리가 파다하던데, 사실인가?"

"이런 쪽은 언제나 소문이 무성한 법이야. 모르나?"

서하가 여유로운 표정으로 강민의 말을 일축했다.

"그래? 그럼 J투자신탁의 결정권자가 로비에 넘어갔다는 말이 파다한 건 뭐야? 혹시, 한이린이 한국 M호텔의 최대주주이며, 그곳 실질적 경영자인 것은 알고 있나?"

서하의 표정이 일순 굳었다. 예상치 못한 얘기를 들은 탓이었고, 그의 표정은 바로 일상으로 돌아왔지만, 강민이 그때를 놓치지 않았다.

"아, 한이린이 얘기 안 했나? 본인이 M그룹의 회장 딸이라는 사실. 왜 안 믿겨? 알아보면 바로 나올 얘기인데 이런 것 갖고 속이면 우습지. 그쪽한테 내 명함까지 준 이상."

비릿하게 웃던 강민이 뒤돌아서려다 서하에게 한 발자국 더 다가섰다.

"이상하다 생각은 했어. 한이린이 어떤 여자인데. 원래 그 여자가 제 손해를 따져서 몸을 굴려. 나와 결혼도 그래서 하려 했었고. 뭐, 뒷소문은 파다했지. 많이 문란하게 놀던 애라……!"

그 순간이었다. 서하가 강민의 멱살을 단숨에 휘어잡았다. 한 손으로 움켜쥐고 표정 없는 얼굴로 경고했다.

"떠들고 다녀라. 제일유통이고 그룹이고 산산조각 내줄 테니까."

강민의 얼굴이 새파랗게 질렸다. 일격에 서하가 목을 틀어쥔 탓에 숨을 쉬지 못한 탓이었다.

[레오, 레오! 왜 이래!]

불안한 마음에 이제나저제나 서하를 지켜보고 있던 마이클이 달려와 말리지 않았다면, 강민은 당장 숨이 막혀 죽었을지도 몰랐다. 캑캑거리던 강민이 버럭 소리를 질렀다.

"이 자식, 너! 당장 고소해 버릴 거야. 내가 두 번 참을 줄 알아?"

"이사님! 가셔야 합니다. 보는 눈이⋯⋯."

강민이 늦어져 달려온 그의 비서가 막아섰다. 가뜩이나 병원에 있다고 이건에게 통보해 둔 상황. 사장의 명령으로 참석하게 된 식사 자리를 잘 끝내고 돌아가면 되건만, 강민은 또다시 문제를 만든다. 비서도 강민이 이해되지 않긴 마찬가지이다.

"다시 내 눈에 띄어. 죽여 버린다, 너."

서하의 눈빛이 피를 본 야수처럼 번뜩거렸다. 으득 씹듯이 말을 내뱉었다. 그런 다음 그는 몸을 꼿꼿이 세웠다. 아무 일 없었다는 듯 뒤돌아 레스토랑 안으로 들어섰다. 마이클이 바로 그 뒤를 따랐다.

[서울 M호텔에 대해 알아봐 줘.]

서하의 얼굴에서 표정이 가셨다. 마이클이 걱정스런 표정으로 바라보는 것도 못 본 척, 그의 행동은 평소와 같았다.

10

사무실 창문 너머로 석양이 붉은빛을 뿌렸다. 먼 하늘의 깃털 구름부터 오렌지 빛으로 물이 들어 코앞까지 오는 것을 이린은 미동도 하지 않은 채 꼿꼿이 서서 보고 있었다. 시나브로 변하던 노을빛이 완전히 검은빛으로 변할 때까지.

"상무님?"

그때 문득 등 뒤에서 들린 소리에 이린의 눈동자가 움찔거렸다. 몽상에서 깬 듯 눈빛이 또렷해졌다. 아무렇지도 않은 표정으로 뒤돌아섰다. 현 비서가 미안하다는 표정으로 서 있었다.

"어."

"저녁…… 안 드세요? 일 아직 안 끝나셨죠?"

현 비서가 이린의 표정과 컴퓨터 모니터, 그리고 책상 위를 한 눈으로 훑었다. 그녀는 집에도 들어가지 않고, 지금 이틀째 강행군을 하고 있다.

인력감축안 계획을 짜고 있다. 투자에 대한 협상은 다른 이를 대표로 내세운다 하더라도, 모든 준비는 그녀의 손에서 이뤄져야 한다. 준비된 자료를 넘기고 자신이 뒤로 빠지는 한이 있더라도. 지금은 함께한 직원들을 어떻게든 한 사람이라도 더 데리고 가야 했으니, 보고 또 보고 있는 경영지표에 이린은 눈알이 빠질 것 같다. 아무리 줄일 곳을 검토해 봐도 답이 보이질 않았다. 문득 시계를 보니 일곱 시가 넘어가고 있었다.

"마무리 단계인데, 아직 끝을 못 냈어. 현 비서, 먼저 퇴근해. 오늘 어머니 생신이라면서."

현 비서가 굉장히 미안스러운 표정을 지었다.

"아까…… 회장님이 하신 전화였죠? 많이 화나신 것 같으셨는데."

이린이 담백한 시선으로 현 비서를 바라봤다. 휴대전화 밖으로 쩌렁쩌렁 울려 나온 부친의 음성을 그녀가 못 들었을 리가 없다.

─조만간 협상단이 꾸려질 게다. 준비해.

"협상단이라니요?"

─제일그룹이 조건을 크게 바꾸었어. 외국 자본보다야 그쪽이 나을

테니…….

"그렇게는 못합니다, 회장님!"

―어디서 큰 소리야. 네 의견은 상관없어. 대의를 따라!

"아버지!"

부친의 전화는 일방적으로 끊겼다. 그 생각이 떠오르자, 머리가 깨질 듯이 아파온다. 벌써 몇 시간 전의 일이었건만, 비서는 그녀의 눈치를 보고 있었을 터였다.

"뭐라도 사다 드릴까요?"

"괜찮아. 집에 가서 먹는 게 편해."

"네. 저녁 꼭 드시고 하세요."

걱정스런 표정의 현 비서 대신 이린이 활짝 웃었다.

"하루 이틀 이러는 것도 아니잖아. 나야 이력 났는데, 현 비서 표정은 왜 그럴까?"

"죄송해요, 상무님. 회장님도 그렇고, 상무님도 어떤 일 때문에 이러시는 거 뻔히 아는데요."

"가봐. 정신 사납게 하지 말고. 나도 일 못 끝내면 싸 들고 집으로 갈 거니까."

"호텔방으로 가시겠어요?"

현 비서가 이린이 급할 때 종종 애용하던 룸을 언급했다. 하지만 이린이 고개를 저었다.

"아니. 내 집이 편해."

어조는 삭막했지만, 이린은 부드러운 미소를 잃지 않았다. 인사를 하고 사무실을 나가는 현 비서의 뒷모습을 끝까지 지켜보았다. 그러다 어느 순간, 그녀의 표정이 탁 풀렸다. 손가락으로 앞머리를 흐트러트리고 얼굴을 쓸어 올렸다. 뻑뻑한 눈가를 비비고 꾹꾹 눌렀다.

상당히 피곤한 하루하루다. 일 때문에 피곤한 것은 그냥저냥 견딜 만하다. 이건과의 관계도 언제나 그녀의 신경을 건들었지만, 어제오늘은 정말 최악이었다. 그의 태도에 감을 잡기 어려운 탓이었다. 게다가 부친까지 가세하셨으니.

"독심술이라도 배울까 봐. 왜 이렇게 사람 마음이 어렵니."

이린이 혼잣말로 중얼거리다가 책상 위에 올려둔 휴대전화를 노려보았다.

서하 씨, 당신을 먼저 알게 된 건 불행일까, 행운일까.

차라리 서하에게 모든 것을 밝히는 것이 나을지도 모른다. 늦었다고 생각할 때가 가장 빠른 때이니까. 지금이라도 자신의 처지를 밝히고, 객관적으로 검토를 바란다면…… 승산이 있을까?

결심을 한 이린이 휴대전화를 손에 들었다. 서하의 휴대전화 번호를 꾹 눌렀다. 초조한 마음으로 기다리길 여러 번.

그러나 그는 전화를 받지 않았다. 생각해 보니 오후 들어 서하의 전화가 한 통도 없었다. 이건과 부친으로 인한 심란함으로 미처 신경 쓰지 못했다.

가보자. 직접 만나서 얘기하자.

이린이 급하게 자동차 열쇠를 챙겼다. 결심을 하니 마음이 급해졌다. 서하를 만나야 한다는 생각만 머릿속에 가득했다.

이린이 자신의 오피스텔 주차장에 차를 세운 것은 자정이 가까워지는 시각이었다. 혹시 하는 생각에 다시 한 번 서하의 전화번호를 눌렀지만, 또다시 자동응답으로 넘어가고 만다.

이린의 어깨가 아래로 축 처졌다. 호텔에서도 세 시간 이상 기다린 것 같다. 그가 키를 준다고 했을 때 받아뒀어야 했는데. 이제는 아쉬운 생각까지 밀려들어 이린은 피식 웃었다.

그리고 그때, 조용하던 휴대전화가 울렸다. 서하를 기대했건만, '모친'이라는 글자가 이린의 눈가를 찌푸리게 했다. 지금은 받고 싶지 않다. 솔직한 심정을 누른 채 후, 짧은 한숨을 내쉰 이린이 전화기를 귀에 대었다.

―이린아, 내가 못 살겠다.

이린이 입을 열기도 전이었다. 휴대전화 수화기를 타고 흐른 모친의 목소리에 이린은 머리털이 쭈빗 곤두섰다.

어디에고 기댈 곳 없는 모친을 이해할 사람, 그리고 편이 될 사람은 딸인 자신뿐이라는 것을 아주 어릴 때부터 깨달았다. 그러기에 결코 모친의 하소연이나 잔소리가 듣기 싫다고는 생각했어도, 정확히 불편한 감정을 드러낸 적은 없었다. 그런데 오늘은 다르다. 머릿속이 지끈거리고 쿵쿵 울리기 시작했다. 효녀인 척하기도 이제는 지치고 있나 보다. 이린이 씁쓸히 웃었다.

"왜요?"

훌쩍거리는 모친을 향해 이린이 남모르게 한숨을 쉬었다. 이 시간에 전화를 하시는 건 모두 아버지 때문임을 알고 있다. 오후에 자신과의 전화 후에 또 무어라 모친에게 퍼부으셨을지. 그러니 어머니는 이 시간까지 잠을 못 이루시고 계실 터.

—어째 네 아버지는 날이 갈수록 까다로워지신다니. 나는 삼십 년을 알아도 도통 모르겠다. 아까 저녁식사 때 말이야. 내가 잘 드시던 장어구이를 했지 뭐니?

기다렸다는 듯 모친의 한숨과 울음 섞인 한탄이 쏟아졌다. 왈칵 짜증이 쏟아졌다. 모친이 이런 얘길 할 곳이 자신뿐이라는 것을 알면서도, 그 원인의 일정 부분을 자신이 만들었다는 것을 인정하면서도, 지금은 인내심이 한계에 부딪쳤다. 이린의 얼굴이 완전히 구겨졌다.

"엄마."

이린이 낮은 목소리로 모친을 불렀다. 그러나 모친의 한숨 소리에 그대로 묻혔다. 여느 때와 마찬가지로.

─근데 그게 비리다고 어찌나 뭐라시던지. 그냥 잘 드시던 거잖니. 어떻게 본인 컨디션 안 좋다고 그걸 꼭 옆 사람한테 푸신다니.

"엄마!"

유례 없이 이린이 소리를 꽥 질렀다. 귀 닫은 채 자신의 말만 쏟던 전 여사 또한 놀라 말을 뚝 끊었다. 평상시의 이린이 아닌 탓이었다. 그녀의 딸 이린은 엄마인 자신이 어떤 말을 하더라도 일단은 들어주는 사려 깊은 아이가 아니던가.

─이린아, 교양 없게 소리는 왜 질러? 있는 집 아가씨가. 너는 그러면 안 돼.

"엄마, 나 있는 집 아가씨 안 해도 되고요. 엄마도 그렇게 못 사실 것 같으면, 이혼하세요! 이제 이혼하셔도 돼요."

─이린아, 너 무슨 말을 그렇게…….

이린의 눈으로 열기가 확 솟구쳤다. 확실히 모친이 바라시는 말은 이쪽이 아니었다. 그저 한숨과 푸념을 늘어놓고, 다독다독 위로받아 잠이 들 수 있기를 바라실 뿐이다. 그것을 알면서도 이린은 치미는 감정을 누를 수 없었다.

"이혼 생각 하루에 열두 번도 더 하시죠? 저 때문에 참고 결혼하셨다면서요. 그렇게 자존심 상하고, 속 끓이셨으면서도 저 때문에 버티셨다면서요. 저 이제 아버지 없어도, 오빠 없어도 상관없으니까, 그만 참고……."

울컥. 화의 덩어리 같은 것이 이린의 목구멍으로 왈칵 치밀었다.

누가 아버지, 오빠 같은 존재가 필요했댔어!

이린은 더 이상 말을 잇지 못한 채 격한 숨을 내쉬었다. 심장이 터질 것 같아 그녀는 가슴을 움켜쥐었다. 그리고 그녀가 주춤한 사이였다.

—이린아?

전 여사가 그녀의 이름을 불렀다. 눈이 휘둥그레 커진 모친의 모습이 이린은 눈앞에 보이는 듯했다.

—왜 그러니, 이린아. 괜찮아? 왜 갑자기…….

"아뇨! 안 괜찮아요! 정말…….."

괜찮지 않아.

숨을 못 쉬겠다. 모든 것이 지긋지긋하고 구질구질하다. 뒤죽박죽이다. 그녀는 엉엉 울어버리고 싶었다.

—이린아, 엄마가 갈까?

이린의 반응이 평소와 다른 탓이었다. 조심스런 모친의 목소리가 더 신경을 거슬렸다.

"아뇨. 한밤중에 오긴 어딜 오세요. 아버지가 찾으시면 또 어떡하려고."

그보다는 자신이 모친을 보면 무슨 짓을 할지 모르겠다. 이린은 깊은 한숨을 내쉬었다.

"그러니까 제발 그냥 놔두세요."

—그, 그래.

모친이 서둘러 전화를 끊었다. 그녀도 당황했으리라.

알아, 알아. 엄마가 모든 걸 잘못한 건 아니야.

툭 어깨를 떨어뜨린 이린이 시트에 깊게 몸을 기댔다. 뻑뻑한 눈가를 손으로 벅벅 문질렀다. 해야 할 일은 많은데, 머리에서 받아들이지 않고 있다. 보고 싶고, 해야 할 말이 있던 서하는 연락도 되질 않는다.

"하아. 미치겠어. 다 놓아버릴까?"

이린이 중얼거렸다.

어쩌면 몸이 파업을 하는지도 모르겠다. 아주 오랜만에, 그리고 처음으로.

엘리베이터에서 내려 자신의 오피스텔을 향해 이린은 천천히 걸었다. 머리가 무겁기 짝이 없다. 그저 침대에 몸 던지고 눕고 싶다는 마음뿐이었다. 옆에 누구라도 없는 것이 다행인지 모르겠다. 아니었다면 들이받았을 테니까.

"많이, 늦었다."

문득 들린 목소리에 이린이 고개를 번쩍 들었다. 서하가 오피스텔 현관문에 기대어 서 있었다. 동시에 그녀의 미간이 희미하게 일그러졌다. 그가 이곳에 있을 거라 예상치 못했기에 이린은 잠시 당황했다.

"언제부터 여기 있었어요?"

"몰라."

"계속 전화했어요. 호텔에도 갔었고."

"왜?"

서하의 단답형 대답에 이린은 당황했다. 미간이 일그러진 채 이린은 서하에게 다가섰다.

"서하 씨 만나려고요. 휴대전화 객실에 두고 나왔어요?"

아마 그럴 것 같다고 이린은 이해했다.

"술 마셨어요?"

비교적 가깝지 않은 거리에서도 술 냄새가 짙게 풍겼다. 그것이 낯설어 이린은 그를 올려다봤다. 서하 또한 이린을 뚫어지게 바라보았다.

정서하는 술을 즐길 거라 생각했다. 술에 끌려가기보다는 지배하는 것이 그에게 어울린다. 그런 만큼 짙은 주향을 풍기면서도 그는 평소와 그다지 달라 보이지 않았다. 술을 마시고도 이렇게 말끔하고 깨끗한 향기가 나는 사람은 결코 없으리라.

이린이 작게 한숨 쉬었다. 아무런 말이 없는 그가 오늘따라 낯설다.

"왜……."

"마셨어."

왜 그렇게 보느냐고 묻는 말의 대답이 아니었다. 서하는 단답형으로 대답하여 이린의 다음 말을 막아버렸다. 아직 한 번도 그의 이런 모습을 본 적이 없어 이린은 내심 당황했다. 서하에 대해 너무도 많은 것이 새롭다. 그것은 모른다는 뜻이기도 했다.

"한이린."

그녀가 움직이려 하자, 이제는 순식간에 몸을 돌린 서하가 이린을 막았다. 두 팔로 벽을 짚어 그녀를 가뒀다. 마치 먹이를 노리고 움직인 야수와 같이 빠르게.

벽과 그의 팔 사이에 끼어 이린은 움직일 수도, 숨을 쉴 수도 없었다. 단단한 성벽이 사방을 막은 듯했다. 조금의 미동도 허용치 않았다. 서하를 바라보는 이린의 눈망울이 당황, 그리고 정확치 않은 예감으로 흔들렸다. 그를 볼 때면 느끼곤 하던 흥분과 열정, 그리고 설렘이 지금은 모두 불안으로 변색됐다.

"왜 만나려고 했지?"

이린의 눈빛이 멈칫 했다. 그저 '보고 싶어서.'라고 대답할 수 없음이 떠올랐다. 그에게 얘기할 것이 있어서, 어쩌면 매달려야 할 일이 있었다는 사실이 떠올라 이린은 시선을 피했다.

"취했어요, 서하 씨? 들어가서 얘기해요."

이린이 아무렇지도 않은 듯 가장하며 현관문을 열었다. 그리고 문을 열고 들어서자마자 그녀는 서하의 힘에 의해 돌려세워졌다. 그녀는 저도 모르게 뒷걸음질했고, 어느새 닫힌 현관문의 차가운 기운이 등 뒤로 느껴졌다.

"서하 씨!"

현관 불빛 아래, 서하의 눈동자가 파랗게 빛이 났다. 어쩌면 분노 같아 보이는 감정이 이린에게도 읽혀 그녀의 눈동자도 움찔거렸다. 마음이 태풍을 만난 것처럼 심하게 울렁거렸다. 멀미가 날 정도로.

"내게…… 할 말 있어요?"

이린의 목소리가 저도 모르게 떨렸다.

"넌?"

서하가 이린을 똑바로 바라봤다. 이린이 자신도 모르게 꿀꺽 침을 삼켰다.

"할 말 있어서 만나려고 한 것 아닌가?"

이린의 심장이 뚝 멈췄다. 입술이 저도 모르게 달싹거렸다.

당신…… 모든 것을 알고 있죠?

이린의 눈동자가 희미하게 흔들렸다. 그러다 반짝 빛이 튕기듯 눈빛이 또렷해졌다. 오늘 하루, 그녀에게 일어났던 일들이 산더미처럼 밀려들었다.

이건, 부친, 모친, 그리고 서하까지.

대상이 없는 분노가 일었다. 감정을 숨기지 못해 표정이 완전히 일그러지고 지끈 입술을 깨물었다.

"말 돌리지 마요. 당신답지 않아. J투자신탁의 레오 정으로 내가 M호텔 관련자인 거 안 거죠?"

서하의 투명한 눈빛이 흐릿해졌다. 날카로운 눈매에 서늘함이 스쳤다.

"정확히 나를·알고 있군. 그럼 당신은 당신답게 말해봐. 언제부터 날 안 거야? 오래전인가?"

이린이 눈매를 찌푸렸다. 지금껏 자신이 알던 정서하와는 너무도 다른 느낌이 들어 혼돈스러웠다. 이 오만하고 차가운 기운은 한이건을 닮았다. 서하를 처음 봤던 그때도 문득문득 닮아 보이는 이 모습을 경계했었다.

하!

이린의 머릿속이 욱신거렸다. 지끈지끈 터질 것 같았다.

"오해할 것이 없을 텐데요. 나는 당신을 타이베이, 그 호텔 엘리베이터에서 처음 봤어요."

이린이 고개를 바짝 치켜들었다. 서하의 얼굴이 너무도 가까이 있었지만, 주저하지도 꺼려하지도 않았다.

"맞아. 오해할 거리는 없어. 너무도 자연스럽게, 내가 미친놈처럼 당신한테 홀려서 여기까지 왔지."

서하가 슬쩍 입꼬리를 말아 희미하게 웃었다. 하지만 눈빛은 서늘하고 냉정하게 번뜩였다.

"그런데 궁금한 것이 있어. 미국 본사에서는 로비스트의 등쌀에 일을 할 수 없을 정도였지. 그중 한곳이 M그룹이었어. 당신은 몰랐나?"

이린의 눈동자가 커졌다. 의심과 경악이 번갈아 스몄다. M그룹에서 로비를 하고 있었다고?

"내가 그들을 한 번도 만나주지 않았다는 건? 당신은 호텔의 가장 이해 당사자잖아. 정말 몰랐던 건가?"

제발, 이린. 제대로 말해.

서하의 심장이 움찔댔다. 그러나 목소리만큼은 냉랭했다. 감정이 스미지 않은 평음이었지만, 이린에게는 오소소 소름이 끼칠 만큼 충격이었다. 이것이 그의 평소 모습일 거라고 생각하니 한기가 스몄다.

젠장. 한이건. 이 끝도 모를 만큼 비열한 자식아! 나 모르게 무슨 짓을 한 거야!

이린이 이를 으득 물었다. 눈앞이 캄캄해지고, 머릿속은 뒤엉켰다. 아마 하나로 뭉쳐 단단한 돌이 된 것 같다고 이린은 언뜻 생각했다.

그럼에도 오기가 치밀었다. 서하의 말대로 몰랐다고 하기에는 자존심이 허락지 않았다.

"맞아요. 내가 모를 리가 없죠. 내가 이해 당사자인데. J투자신탁 대표를 만나려 한 것도 사실이에요. 오늘도 그래서 만나고 싶었고요."

이린이 말을 끝내기도 전이었다. 서하의 눈빛이 무너지듯 어두워졌다. 믿고 있던 모든 것에서 버림받은 표정, 딱 그대로였다.

"이린, 날 슬프게 하지 마."

어두워진 서하의 표정과 동시였다. 이린의 표정 또한 일시에 일그러졌다. 머릿속이 깨질 듯이 조여들었다. 서하의 말 한마디 한마디가 예민하게 다가와 그녀의 심장을 찔렀다.

"혹시…… 서하 씨, 나 의심해요? 내가 당신한테 의도적으로 접근했을까 봐?"

이린이 한 손으로 엉클어진 앞머리를 쓸어 올렸다. 푸, 한숨을 내뱉었다. 피식, 헛웃음이 터졌다.

"엘리베이터도 내가 일부러 고장 냈다고 생각하지 그래요?"

"비약시키지 마. 당신한테 그런 얘기 한 적 없어."

"그럼 날 이렇게 몰아세우는 이유가 뭔데요? M그룹이 당신한테 로비를 하려고 했으니, 당신과 내 만남도 우연이 아닌 어떤 의도가 섞였을 거라 생각하잖아요. 내가 당신한테 일부러 접근했다고 의심하잖아요!"

이린이 날카롭게 외쳤다. 머릿속이 뒤죽박죽 엉망이 돼버렸다. 그녀가 허무하게 중얼거렸다.

"결국은 이런 거야. 당신 사랑이라는 건 이렇게 얄팍했어요. 남자는 믿으면 안 되는 거였는데."

"그런 말이 아니잖아!"

"그래요! 당신 말이 맞아!"

서하와 이린의 높은 음성이 동시에 터졌다. 의외의 말이 나온 순간, 서하의 말이 딱 끊겼다. 이린이 속이 뜨겁게 들끓었다. 그녀의 두 눈이 불꽃같이 이글거렸다.

지긋지긋해. 빨리 끝내고 싶어.

그녀가 힘주어 어금니를 악물었다.

"뭐라 했니."

서하가 되물었다. 그 또한 오기일지도 모른다. 목소리가 바다 깊은 곳처럼 가라앉았다. 서하의 눈빛은 심연처럼 어두웠고, 이린의 것은 불꽃같이 타올랐다. 꿀꺽 마른침을 삼킨 그녀가 여유로운 목소리를 가장했다.

"당신 의심이 맞다고요. 우연 아니었어요. 당신한테, 아니, J투자신탁의 유력인사한테 접근하고 싶었어. 나는 호텔 포기 못하니까. 몸로비라도 해서 당신 이용하려 했어요."

"왜 이러는 거야, 이린. 그 말…… 진심 아니잖아."

"아뇨. 진심이야. 당신도 진심이길 바라잖아요. 말해봐요, 서하 씨. 당신 나한테 반했다면서요. 사랑한다면서요. 그럼 그렇게 좀 하면 안 돼요? 투자할 곳 필요하다면서요. 내가 투자금 불려줄 테니까, 우리한테 투자하라고!"

이린의 입에서 마음에도 없던 말이 마구 튀어나왔다. 자신이 무슨 말을 하고 있는지, 순간 후회했지만 그것도 되돌릴 수 없다. 거친 숨을 내쉬던 이린이 불꽃이 튈 것 같은 눈빛으로 서하를 노려봤다. 첨예한 시선이 허공에서 부딪쳤다. 당장이라도 질식해 죽을 것 같았다.

"그만해요."

이린이 두 눈을 꾹 감았다. 눈을 뜨면 서하가 사라질 것 같았다. 한여름 밤의 아름다웠던 꿈처럼.

"나도, 당신도 진실을 알았으니…… 이제 된 거잖아."

감당하기 힘들다는 생각뿐이었다. 이린이 서하의 시선을 피해 몸을 돌리려 했다. 그러나 서하가 허락지 않았다. 그가 이린의 팔목을 단숨에 잡아챘다.

"놔요."

이린이 냉랭한 음성으로 입을 연 순간, 서하가 피식 입꼬리를 올리며 웃었다. 이린을 확 끌어당겨 두 어깨를 거칠게 잡았다. 감당하기 힘든 악력에 그녀의 몸이 앞뒤로 흔들렸고, 눈썹이 희미하게 떨렸다.

"끝까지 솔직하군. 그럼 더 해봐, 몸로비. 지금까지는 감정이 앞서 있어서 판단이 어려웠어. 이제 객관적으로 볼 테니까, 보고 결정하지."

서하의 말이 떨어진 순간 이린의 안색이 파랗게 질렸다. 서하에게 이런 비아냥을 들을 줄은 예상치 못했다. 그녀는 이를 악물어 동요를 감췄다.

"……생각이 바뀌었어. 안 해요."

"한 번 더 하면⋯⋯."

서하의 목소리가 갈라졌다. 이린을 바라보는 눈동자에 아픔이 스쳤다.

"적당히 넘어갈 만한데. 투자가 필요한 상황 아니야?"

이린의 두 눈에 힘이 들어가 커졌다. 이 상황을 믿지 못한 목소리가 날카로워졌다.

"당신도 똑같아. 이런 남자였어. 똑같이 비열해!"

"누가 만들었다고 생각해? 날 사랑에 빠진 미친놈으로 만든 것이⋯⋯."

서하가 이린의 어깨를 잡고 있던 손에 힘을 실었다. 그녀의 몸이 주춤주춤 밀려 닫힌 현관문에 닿았다. 동시에 서하의 몸이 그녀를 압박했다.

"흡!"

서하가 격한 숨결로 이린의 입술을 물어뜯듯 빨아들였다. 입술이 찢겼는지 비릿한 피 맛이 느껴져 이린의 몸이 흠칫 경직되었다. 부릅뜬 두 눈으로 서하를 노려보고 그의 힘에서 벗어나려 온몸을 비틀었지만, 시도는 처음부터 역부족이었다.

그는 자신에 대해 너무도 잘 알고 있다. 어쩌면 자신보다 더. 거칠게 치아를 가르고 들어온 그의 혀가 이린의 것을 아프게 삼켰다. 씁쓸함, 그리고 지독한 쾌감. 머리끝부터 발끝까지 익숙한 그의 체취가 흠뻑 밀려들었다. 그녀는 저도 모르게 두 눈을 감았다.

아찔함과 동시에 아득함이 다가온다. 나락과 같은 어둠 속으로 떨어질 것 같아 이린은 단단한 서하의 어깨를 움켜쥐었다.

서하.

이린이 숨을 들이켜며 짧게 그의 이름을 불렀다. 자신이 잘못 말한 거라고, 진심이 아니었다고, 당신한테 하고 싶던 말은 그게 아니었다고 말하고 싶었다.

"나는……."

이린이 눈을 떴다. 주륵 눈물이 흘렀다. 숨도 못 쉴 만큼 집어삼킬 것 같던 서하의 행동이 동시에 멈췄다.

"경고했어요. 다가오지 말라고. 타이베이에서 그대로 끝내자고."

스르르 이린이 제자리에 주저앉았다.

"그것조차 당신은 설정이었다고 생각할지도 모르지만, 그건 내 진심이었어요. 당신이 한국에 오지 않기를 바란 것은 내 양심이었어요."

그런 뜻이 아니었잖아, 이린.

생각과 말이 반대로 나오고 있다. 이린이 눈물범벅 된 얼굴로 허탈하게 웃었다. 그녀가 두 눈을 꾹 감았다 떴다. 고개를 들어 검은 서하의 눈동자를 똑바로 올려다봤다.

"당신은 한국에 왔고…… 내게 넘어갔어. 그러니 지금도 적당히 넘어가 줘……."

이린의 말이 끝난 직후였다. 서하가 냉정이 번뜩이는 눈빛으로 그녀를 내려다보았다. 심장이 도려 나간 듯 고통스럽지만, 표정으로 드러나지 않았다.

"이렇게까지 하는 이유가 뭐야."

"내 호텔이에요. 내가 유일하게 의지했던……."

허. 깊은 한숨이 짧게 서하의 입술을 타고 흘렀다. 한 손으로 얼굴을 쓸어내리던 그가 메마른 목소리를 내뱉었다.

"검토해 볼 거야. 당신과 상관없이."

서하의 말을 끝으로 적막이 흘렀다. 현관의 센서 등 불빛도 꺼져 어둠이 스며들었다. 그리고 이린은 그가 문을 열고 나가는 소리를 천둥처럼 들었다. 기어이 바닥까지 주저앉은 그녀가 두 다리를 모아 팔로 끌어안았다.

끝났어. 괜찮아.

이대로 오래도록 울고 싶었다.

11

비교적 긴 레인을 보유한 호텔의 수영장은 건물의 상층에 위치
했다. 통유리창을 면한 풀에서는 서울 시내가 환히 내려다 보였
다. 아직은 새벽을 벗어나지 못한 이른 시간. 사위는 검푸르다. 간
혹 도로를 질주하는 차의 헤드라이트가 번쩍이며 빠르게 지나간
다.

여명이 밝고 있다. 조금 후면 우뚝우뚝 솟은 빌딩 사이로 붉은
해가 뜰 것이다. 여전히 몸은 물속에 잠긴 채 무표정한 얼굴로 창
아래쪽을 바라보고 있던 서하가 한 손을 들어 물이 뚝뚝 흐르는
얼굴을 쓸어내렸다. 간밤, 눈 한 번 붙이지 못한 눈은 모래라도 뿌
린 듯 쓰리고 뻑뻑하기만 했다.

그러나 심장에 비할까. 평생 단 한 번이라 여긴 사랑. 한 여자에 대한 생각으로 머릿속은 뒤죽박죽 엉망이었다. 당장이라도 다시 이린에게 뛰어가고 싶은 충동을 누르느라 그는 벌써 몇 바퀴째 레인을 돌고 있었다. 지금이라도 그녀가 수영장 문을 열고 들어올 것 같은 착각에 빠지곤 했다. 타이베이의 새벽 그날처럼. 그녀와 만난 엘리베이터, 그리고 야시장, 지우펀을 함께 돌아다니며 그가 보았던 이린의 밝은 웃음이 눈앞을 떠나지 않았다. 속은 곪을 대로 곪았으면서도 그렇게 웃을 수 있는 그녀가 지금 너무도 보고 싶었다.

한이린, 한이건. 사이가 좋지 않은 이복 남매…… 그리고 주강민 개자식.

서하는 자신도 모르게 으득 이를 물었다.

[레오, 언제부터 여기 있었어?]

문득 마이클의 목소리가 들렸다. 흘끔 바라본 서하는 별다른 반응을 보이지 않았다. 팔을 쭉쭉 펴고, 허리를 이리저리 돌리는 스트레칭을 하며 마이클이 다가오고 있었다.

[어젠 술 마시다 대체 어디로 사라진 거야? 아무리 사랑에 빠졌다 해도 너무한 거 아냐? 치사하다, 정말. 내가 레이첼한테 시달린 거 생각하면. 그녀와 함께 있었냐?]

서하는 마이클의 질문에 대답하지 않았다. 두 팔을 수영장 턱에 걸친 채 일렁이는 물결을 바라볼 뿐이었다. 마치 눈싸움이라도 하는 사람처럼.

[그렇게 술을 퍼붓고도 아침 수영은 거르지 않는 거 보면 대단하다니까.]

"그런 여자가 아니야. 분명! 이상해."

물속에 들어간 마이클이 막 수영을 시작하려던 찰나였다. 혼잣말처럼 중얼거린 서하를 향해 몸을 돌렸다.

[뭐라 했냐?]

한국말이었지만, 마이클은 자신이 못 들은 것으로 여겨 반문했다. 고개 돌린 서하의 시선과 정확히 마주쳤다. 서하의 눈빛이 반짝 빛이 났다.

[M그룹 한이건 부회장. 우리가 만난 적이 있나? 왜 낯이 익지?]

[한이건 부회장? 아, 기억난다. 예일 동문이었지, 아마.]

마이클이 무심히 되물었다. 그리고 역시 무심히 얘기를 이어갔다.

[그거 외에. 만난 적은?]

[나는 만났지. 넌 아버님 악화되셔서 정신없을 때라 못 만났고. 안 그래도 한국 들어왔다고 연락하니 보자 해서 오늘 점심 약속했다. 너도 간다고 할까? 한국 온 거 노출돼도 돼?]

[계속 연락을 했던 거냐?]

서하의 눈빛에 의문이 서렸다. 그의 어조가 날카로워 마이클이 살짝 당황했다.

[어……. 파트너십 제의가 온 건데, 못할 이유는 없잖아?]

서하의 심장이 철렁 내려앉았다.

[파트너십? 무슨 건이지? 더 얘기해 봐.]

[중남미 투자 건. 그쪽 자동차 공장 라인 증설에 따른 자금 문제. 관련 전문가가 필요하다 했어.]

서하의 미간이 잔뜩 굳었다. 중남미라니. 한국 건이 아니고?

[또?]

[네가 없는데, 더 할 얘기가 뭐 있어. 그쪽도 아직은 시장조사 중이라 계속 연락만 주고받았지. M그룹에 대해서는 알고 있었잖아.]

[중남미 파트너십 얘기는 왜 안 한 거냐.]

서하의 얼굴이 일그러졌다. 마이클 또한 당황하여 고개를 갸웃거렸다.

[그때 막간 보고…… 내가 안 했나? 업무일지 좀 찾아봐야겠는데.]

서하의 얼굴에 보기 드문 낭패감이 서렸다. 물기 흐르는 손으로 얼굴을 쓸어내렸다.

[M그룹이 투자 건으로 만나고 싶어한다는 말만 전했어.]

[헉. 정말? 미팅 보고 안 했다고? 설마, 내가 그런 실수를 할 리가…….]

이번에는 마이클의 얼굴이 완전히 일그러졌다. 입을 떡 벌렸다.

[아니, 혹시 그렇더라도 이게 중요한 거야? 아직은 이 건이 중요 쟁점이 아니라 나도 가볍게 생각했나 본데…….]

마이클이 당황하여 주섬주섬 변명을 했다.

[너 혹시 지금 치열하게 밀고 들어오는 로비스트들과 같은 건으로 생각했냐?]

[마이클, 너는 내게 M호텔과 M그룹의 사안이 다르다고, 그 말을 했어야 했어!]

[아니, 뭐 내가 보고 안 한 건 사실이긴 해도…… 거기서 M호텔이 왜 나와? 어제부터 갑자기 알아보라 그러고.]

서하가 물속으로 깊게 잠수했다가 위로 솟구쳤다. 단번에 몸을 날려 물 밖으로 나갔다. 탄탄한 몸을 타고 물이 뚝뚝 떨어졌다. 그 모습을 보던 마이클이 소리쳤다.

[레오, 무슨 일이야!]

[시말서 쓸 준비해, 이 자식아!]

서하의 어조가 칼날과 같았다. 앞을 향한 눈빛이 무겁게 가라앉았다. 영문 모르는 마이클의 표정이 한껏 일그러졌다.

한강을 잘 조망할 수 있는 단아한 룸이었다. 원목 테이블이 놓였고, 그 위의 자기 수반에는 찰랑거리는 물 위에 여름 꽃이 활짝 피었다. 그곳에 점심을 함께하자고 했던 마이클 대신 딱 떨어지는 슈트 차림의 서하가 들어섰다. 창 쪽을 향해 있던 이건이 인기척을 느끼고 몸을 돌렸다. 동시에 그의 눈매가 가늘어졌다. 서하가 직접 나올 거라는 생각을 하지 못한 탓이었다.

"정서하입니다. 우린 구면이죠?"

테이블을 앞에 두고 서하가 이건에게 자신의 명함을 내밀었다. 받아 든 이건의 미간이 희미하게 일그러졌다.

"동생 한이린 씨가……."

자리에 앉기도 전, 서하가 단도직입적으로 이린의 이름을 꺼냈다. 이건이 강한 눈빛으로 그를 똑바로 바라봤다. 서하의 입술에 비교적 여유 있는 미소가 슬쩍 스몄다.

"M그룹 계열 호텔의 경영진으로 일하고 있다고 알고 있습니다만."

이건이 서하를 노려봤다. 못마땅하고 불쾌한 심기를 숨기지 않았다.

"내게 무슨 사이냐, 그렇게 사납게 묻더니……. 그것이 오늘 이 만남과 무슨 상관있습니까?"

"물론입니다. 제가 M호텔에 관심이 있으니까."

이건의 고개가 살짝 돌아갔다. 미심쩍은 눈빛을 풀지 않았다.

"언제 어떻게 만난 건지는 모르지만, 그래도…… 이린과 좋은 감정, 아닙니까?"

서하가 어깨를 으쓱했다.

"글쎄요. 좋은 감정이라. 한이린 씨가 관심을 끄는 여자긴 하죠."

서하의 눈빛이 둥글둥글 빛났다. 이건의 심기를 묘하게 자극하고 있다.

"일단 앉으시죠."

서하가 먼저 자리에 앉았다. 앞에 높인 목이 긴 물 잔을 들어 꿀꺽 마셨다.

"모 그룹에서 손을 뗀 이상, M호텔은 투자가 절박한 상황이겠군요. 듣기로 채권단은 쥐꼬리만 한 배당금이 언제 떨어질지 모르니 포기하고, 호텔을 통째로 다른 용도로 넘기고 싶어한다던데요."

맞은편 자리에 앉은 이건의 볼 근육이 희미하게 실룩거렸다. 서하의 말이 맞는 탓이었다. 그 최악의 상황에서 이린 혼자 고군분투하고 있다. 사적으로야 안쓰러웠지만, 공적으로는 이미 자신의 손을 떠난 뒤였다.

"호텔은 독립채산제입니다. 저희 그룹과는 분리해서 생각하셔야 합니다만, 그렇게 비관적이지는 않습니다. 능력 있는 투자처를 만난다면 충분히 회생이 가능합니다."

이건의 목소리가 묵직하게 울렸다.

"물론 저희도 관심은 있습니다만."

서하의 어조가 뚝 끊기자, 이건의 눈매가 또다시 가늘어졌다.

"한이린 씨가 마음에 걸립니다. 그녀가 호텔에 있는 한……."

"무슨 말씀입니까?"

이건이 비교적 여유로운 서하의 행동 하나하나를 못마땅한 눈빛으로 쏘아보았다. 서하가 한쪽 입술을 올려 희미하게 웃었다.

"우리가 M호텔에 개입을 하게 되면, 경영진은 모두 교체될 겁니다. 특히 한이린 씨는 제일 우선순위입니다."

"이린은!"

이건의 눈매가 일그러졌다. 이것은 이린의 뜻과는 완전히 다른 방향이다. 이건이 갑작스런 상황과 서하의 태도에 동요하던 심기를 꾹 눌렀다.

"투자일 뿐인데, 굳이 그래야 할 이유가 있습니까?"

"그녀가 추문을 감당하겠습니까? 이쪽 바닥이 의외로 좁지 않습니까."

"추문?"

이건의 한쪽 눈썹이 허공으로 치켜 올라갔다. 서하가 입술을 비틀어 웃었다.

"한이린 씨는 내가 누구인지 분명히 알고 가까이 다가왔습니다. 저도 적당히 알면서 모르는 척 넘어간 그런 상황? 재미는 있었지만, 이런 관계가 길게 갈 수는 없죠."

이건이 숨을 멈췄다. 서하의 어조가, 말의 내용이 마음에 들지 않았다. 아니, 너무도 불쾌해졌다. 이린을 이렇게 생각한다는 것이. 그가 물 잔을 움켜쥐었다.

"한 가지 정정해 드리죠. 이린인 정 이사님이 누구인지 불과 얼마 전에 알았을 겁니다. 대만 출장 이후에."

"그래요?"

서하가 가벼운 어조로 반문했다. 믿지 않는다는 뜻이 다분히 섞였다.

"굳이 한이린 씨라 하고 싶지는 않지만, 미인계랍시고 여자를 앞세워 접근하는 인간들이 너무 많아서……. 더구나 한이린 씨는 남자 관련하여 소문도 그다지 좋지……."

서하가 채 말을 끝맺지 못한 그때였다. 갑작스럽게 와장창 유리 깨지는 소리가 들렸다. 동시에 이건의 주먹이 서하의 턱을 강타했다.

흡!

이건의 반응이 이렇게 격렬할 거라고는 미처 예상치 못한 탓이었다. 일격을 당한 서하가 의자에 앉은 채로 뒤로 넘어갔다.

"이 새끼!"

순간 이건이 이성을 잃어 고함을 쳤다. 서하의 멱살을 움켜쥐려 했지만, 이번에는 넘어졌던 서하가 반사적으로 몸을 일으켰다. 재빠르게 몸을 피하고는 오히려 이건의 얼굴을 주먹으로 가격했다. 퍽 소리와 함께 이건의 얼굴이 옆으로 돌아갔다.

"미안하지만 지고는 못 사는 성격이라."

하, 코웃음을 터트린 서하가 다시 한 번 주먹을 날렸다. 동시에 이건의 주먹도 서하의 배에 꽂혔다. 그러니 이번에는 둘이 한꺼번에 바닥에 뒹굴었다. 삐걱삐걱 밀리던 테이블이 우당탕 넘어간 후, 서하와 이건은 헉헉거리며 서로를 노려보았다. 덩치 큰 남자 둘의 싸움에 룸은 순식간에 아수라장이 되었다.

"부회장님!"

깨지는 소리가 요란하여 달려온 레스토랑 매니저가 차마 들어오지 못한 채 밖에서 입을 떡 벌렸다. 그는 어깨를 들썩이며 숨을 쉬면서도 이건이 나가라는 손짓을 하자, 난감한 얼굴빛으로 문을 닫고 나갔다.

"나쁜 새끼! 너 같은 놈 투자 안 받아! M호텔 한이린 꺼다! 절대 다른 곳에 넘기지 않아!"

퉤. 피 섞인 침을 내뱉은 이건이 으르렁댔다. 서하가 코웃음 쳤다.

"왜…… 네 사비라도 털어주려고? 처음부터 오빠 노릇 제대로 하지 이제 와서 이런다고 뭐가 달라져? 추태는 그만 부려."

"너!"

이건이 다시 서하의 멱살을 움켜쥐었다. 동시에 서하 또한 그의 멱살을 움켜쥐었다.

"제 잘못에 대한 용서도 제대로 못 비는 자식이 오빠인 척은 하고 싶나?"

서하와 마주친 이건의 눈빛이 움찔 한순간 굳었다. 조금 전까지 이죽거리는 어조로 그의 심기를 긁던 서하가 아니었다. 자신의 주먹에 맞은 입술이 트고, 퉁퉁 부었지만 검고 깊은 눈빛은 진중했다.

"말할 타이밍을 놓쳤다고 하고 싶지? 깨달은 순간이 가장 빠르다는 것, 몰라?"

하. 순간 서하가 속으로 탄식했다. 이린도 그랬을 것이다. 제게 말할 타이밍을 놓친 것. 왜 어젯밤은 그 생각을 못했을까. 서하의 심장이 욱신거렸다.

문득 이건이 미간을 굳힌 채 물었다.

"너, 뭔가 아는 것처럼 얘기하는데. 이린이가…… 네게 자신의 얘길 했나?"

"조금."

서하가 먼저 몸을 일으켰다. 이건에게 맞은 배가 아파 미간이 저도 모르게 찡그려졌다. 그러나 내심을 숨긴 채 이건을 향해 손을 내밀었다. '하!', 짧게 헛웃음을 터트린 이건이 이번에는 기가 막혀 소리를 내며 웃기 시작했다.

"이린이가? 자존심이 하늘을 찌르는 걔가 자신의 얘기를 했다고? 그쪽한테?"

"자존심과는 다른 얘기야. 들으려는 준비가 안 된 사람들에게는 하지 않았을 뿐이겠지. 열등감에 빠진 오빠에겐 더욱."

서하가 제 스스로 이건의 손을 잡아 일으켰다. 둘 다 엉망이 된 모습이었지만, 충격은 이건이 더 받아 보였다. 그는 멍하니 움직이질 못하다가 혼잣말처럼 중얼거렸다.

"결국 넌 지금 날 떠봤고. 하, 한이건을 떠봤다고?"

이건이 어이가 없어 허탈한 웃음을 흘렸다.

"떠본 것, 아닌데? 솔직해질 도화선을 당겨준 것뿐이지. 어린 이린을 관람차에 가둔 거, 당신 짓 아니야?"

이건의 표정이 주춤거렸다. 지진이 나 땅이 균열 가는 것처럼 갈라지기 시작했다.

"직접 하지 않았어도 그건 범죄야. 사주니까."

서하의 목소리가 들렸지만, 이건은 뭐라 입을 열지 못했다. 가슴속 깊이 꾹꾹 눌러두었던 그날의 기억이 물밀듯 쏟아져 나왔다. 그의 얼굴이 완전히 일그러졌다.

"그건…… 사고였어. 나도 예상하지 못했던……."

이건이 혼잣말처럼 중얼거렸다. 과하게 감정이 넘치지도 않았건만, 그의 고통이 서하에게까지 전해졌다.

"언제나 인생이 생각대로만 풀리는 건 아니지. 그 일, 당신도 후회하잖아. 용서해 달라고 하고 싶잖아."

"건방진 자식. 아는 척하지 마!"

순간적인 감상에 빠졌지만, 이건은 바로 본연의 모습으로 돌아왔다. 서하를 사납게 노려봤다. 그러나 서하는 개의치 않은 듯 어깨를 으쓱했을 뿐이다. 그러다 이건의 눈을 똑바로 바라봤다.

"내가 당신 같은 부류를 좀 알아. 기분이 좋진 않지만, 당신과 내가 같은 잘못을 저질렀거든."

한순간이었다 해도 이린을 믿지 못한 것이 사실이었다. 설마, 아닐 거라 믿고 싶으면서도 이성을 잃었다. 냉정했다면, 이린의 성격을 제대로 떠올려 결코 그렇게 상처주지 않았을 것이다. 서로 대화를 하려 했을 것이다.

아니다. 냉정했다면, 이렇게 빨리 사랑에 빠지지 않았을지 모른다. 무엇이 먼저일까 몰라도 제 스스로 이린에게 상처를 준 것은 사실이었다. 그것이 지금 서하를 견딜 수 없게 만든다.

그가 훅 깊은 숨을 내쉬었다.

"나는 저녁에 이린을 찾아갈 거야. 그전에 부탁할 것이 있다."

"부탁? 그게 부탁하는 태도인가?"

"그럼 무릎이라도 꿇을까? 그걸 원해?"

서하는 정말 무릎이라도 꿇을 태세였다. 코웃음 친 이건이 점점 퉁퉁 부어가는 눈으로 서하를 바라봤다.

"이렇게까지 하는 이유가 뭐야?"

"당연한 거 아냐? 그쪽 동생을 사랑해. 죽을 만큼 사랑한다는 거…… 나도 이 나이 돼서 알았어."

이건의 눈빛이 흐릿해졌다. 눈매를 찡그리고 싶지만, 부은 눈은 그의 생각대로 움직이지 않았다. 그저 못마땅한 시선을 보낼 뿐이었다.

❖

이린의 오피스텔 현관 앞이었다. 호수가 쓰인 번호를 한참 동안 노려보면서도 이건은 쉽사리 벨을 누르지 못했다. 분명 안에 있는 것을 알고 있는데, 벨 위에 놓인 손가락은 눌러야 하는 것을 잊은 것처럼 움직이지 못했다.

뭐 하는 거냐. 그냥 눌러. 오늘 얘기한다고 결심했잖아.

꾹 눈을 감았다 뜬 이건이 훅 심호흡을 함과 동시에 벨을 눌렀다. 조용한 복도에서 벨 울리는 소리가 유독 크게 들렸다.

그런데 문은 쉽게 열리지 않았다. 몇 번 벨을 더 누르던 이건이 이번에는 '탕, 탕' 문을 두드렸다. 성급한 생각이 먼저 들었다. 무슨 일이 생긴 건 아닌가. 이건의 표정이 달라졌다.

"한이린! 한이린, 문 열어!"

현관문을 탕탕 두드리던 그가 조금 더 힘을 실어 두드리려 할 때였다. 문이 확 열렸다. 황당한 표정으로 이린이 나타났다.

"동네 창피라는 말 몰라요? 가뜩이나 한밤중에 떠들어서 찍혔는데. 반장이 부부싸움 좀 작작하라잖아요."

이린이 톡 쏘아붙였다. 아파 병가를 낸 사람답게 얼굴빛이 하얗게 질렸다. 그러고도 자신이 감정을 드러낸 것이 한심하다는 듯 허탈한 한숨을 내쉬고는 나름 무표정한 얼굴로 이건을 바라봤다. 감정을 드러내지 않기 위해 기를 썼다.

이놈의 성격. 그냥 넘어가질 못해.

혼자 투덜대다 그녀는 저도 모르게 미간을 찡그렸다. 이건의 눈가가 퍼렇고 입술이 터진 것을 본 탓이었다. 눈가의 멍은 살색 밴드로 가린 듯한데, 채 가리지 못한 눈두덩의 멍이 하얀 그의 얼굴을 거무죽죽하게 보이게 한다. 누구한테 크게 맞은 듯했다.

"요즘 싸움만 하고 다녀요? 지난번엔 주강민, 이번에는 누구죠? 또 고소장 받았어요? 아니면, 고소해야 해요?"

내일은 하늘을 좀 확인해 봐야겠다. 해가 서쪽에서 뜨는지.

이건은 이린의 질문에 대답하지 않았다. 대신 들고 있던 쇼핑백을 불쑥 내밀었다. 그가 즐겨 가는 일식집 주방장에게 특별히 부탁한 죽이 든 가방이다. 그러나 이린이 알 리가 없다.

"뭐예요?"

이린이 감정이 담기지 않은 목소리로 물었다.

"오늘 병가 내지 않았나? 어디가 아파? 왜 아파?"

이린이 받아 들 생각을 하지 못한 채 빤히 이건을 바라봤다.

눈이 부어서 그런가. 언제나 차고 메마르게 느껴지던 이건의 눈빛이 조금 다르다는 생각이 들었다. 하지만 마음이 지친 탓인지, 그것을 길게 생각할 여유가 없다. 이린이 작게 한숨 쉬었다.

"왜 아픈지, 나도 알고 싶네요. 병명은 흔한 몸살감기예요."

이린이 별것 아니라는 투로 말했다. 밤새 잠 한숨 못 자고 앓았다는 말은 하지 않았다. 마치 배터리가 방전된 장난감처럼 온몸의 힘이 하나도 없었다. 병원 문 열리자마자 진찰실로 들어가, 생전 처음 본 의사 앞에서 펑펑 울었다는 말은 더욱 할 필요가 없다.

약을 먹고 오전 내내 잠에 취했다. 무엇도 하기 싫고, 어떤 의욕도 없는 상태. 자꾸만 허물어져 내릴 것 같아 이린은 안간힘을 쓰고 있다. 이대로 무너지면, 안으로만 침잠하던 어린 그때로 돌아갈 것 같다. 다시는 나 스스로도 이기지 못하는 사람이 되고 싶지 않아. 이린은 이를 악물었다.

사랑…… 그따위 것. 잊고 살 수 있어.

하루 종일 되뇌고 되뇐 것은 그 한 문장.

"밥은…… 먹었고? 얼굴이 많이 안 됐다."

이린이 이건을 빤히 바라봤다. 이상한 느낌으로 고개가 살짝 돌아갔다. 그녀의 시선을 느꼈는지, 이건 또한 고개를 돌려 엉뚱한 오피스텔 복도 한쪽에 시선을 두었다. 무슨 말이라도 꺼내야 하는데, 직선적인 성격답지 않게 말을 고르고 있다.

"부회장님, 어디 아파요?"

이건의 시선이 다시 이린을 향해 돌아왔다. 이린이 보기에 붉게 달아오른 얼굴과 더듬대는 이건의 어조가 심상치 않은 탓이었다.

"맞아서 머리가 좀 어떻게 됐나?"

"아니야."

"그럼 뭐예요. 평소 같지 않게 왜 이렇게 말을 버벅대고, 미적미적대요? 이런 사람 아니었잖아요."

기어이 이린의 목소리에 짜증이 묻어났다. 가뜩이나 몸도 마음도 만신창이인데, 느닷없이 찾아온 이건이 답답하여 속이 뒤집히고 있다.

"아직도 나 물 먹일 일 남았어요? 호텔은 내가 포기하면 오히려 좋은 쪽으로 해결될 것 같고."

생각하니 감정이 울컥거렸다.

"나는 부회장님이 이렇게 확인 사살 안 해도⋯⋯."

이린이 왈칵한 감정을 삼키며 말을 끊었다.

아파서 죽을 것 같아. 정서하 당신 때문에. 당신이 나한테 무슨 짓을 했는지 모르지만, 이 순간에도 왜 당신이 떠올라 미치겠지?

"정말 호텔은 포기할 거냐?"

이린이 시선을 돌렸다. 이건과 눈빛이 마주쳤지만, 그의 의도를 파악하지 못했다. 동시에 이건이 큰 한숨을 내쉬었다.

"할 얘기가 있어. 들⋯⋯ 어가도 되나?"

이린이 앓아 퀭하지만 말간 눈빛으로 이건을 바라봤다.

"여기서 해요."

아픈 사람의 공간에는 그 사람의 마음이 묻어난다. 아무리 감추려 해도 이미 약해져 있어서 방어할 수 없다. 이린은 어제부터 마음을 앓고 있다는 것을 이건에게 드러내고 싶지 않았다.

"잠깐이면 돼. 안 될까?"

아아. 이 남자 오늘따라 왜 이래. 한이건 씨 아니어도 나는 남자 때문에 심장이 아프다고요.

이건이 퉁퉁 부은 눈으로 애원의 말을 하고 있다. 그러니 이린은 오히려 주춤거렸다. 단호히 내치지 못한다.

"하."

어쩔 수 없다는 뜻으로 이린의 어깨가 축 처졌다. 이건이 든 쇼핑백을 받아 든 그녀가 말없이 현관문을 열었다.

이건은 오피스텔 천장이 무너지기라도 한다는 듯 거실 한가운데 우뚝 서 있었다. 임시로 들여놓은 1인용 소파 대신 바닥에 앉으라고 이린이 내놓은 방석이 그의 발 앞에 동그마니 놓였다. 흘끔 그를 본 이린이 다리 낮은 티테이블 위에 물 한 잔을 올려놨다.

"드세요. 아픈 건 내가 아니라 부회장님 같아요."

그녀가 작은 한숨을 쉬며 바닥에 털썩 주저앉았다.

이건이 찾아온 지 얼마 되지 않았건만, 벌써 힘이 들었다. 그동안 일만 해서 기운이 모두 소진이 되긴 했나 보다.

이게 방전이라는 거지.

이린의 눈꺼풀이 다시 천근만근 무거워지고 있다.

"미안하지만, 저도 쉬어야 해요. 빨리 말씀 끝내고 가주세요."

"호텔, J투자신탁이 미적거리는 동안 다른 투자자가 나섰다. 그쪽이 월요일에 조인하게 될 거다."

이린이 말을 끝내고 시선을 다른 쪽으로 돌린 순간이었다. 이건이 빠르게 내뱉은 말에 그녀의 귀가 쫑긋 섰다.

다른 쪽?

그러나 이내 어깨가 축 내려앉았다.

"회장님이 전화하셨어요."

"아버지가? 왜?"

"제일그룹에서 유리한 조건을 제시했다고, 준비하라세요. 외국계보다는 국내 자본이 낫다시네요."

"무시해."

이린이 고개를 홱 돌렸다. 무슨 뜻이냐는 눈빛으로 이건을 올려다봤다.

"무시하라고. 안 팔아. 그쪽 사람들 만나지도 않았어."

이건의 태도가 너무도 확고해, 오히려 이린이 자신이 보고 듣고 있는 것을 믿기 힘들게 만든다.

"그래도 아버지 뜻은……."

"지금은 내가 결정권자야."

이건이 단호하게 이린의 말을 잘랐다. 슈트 상의의 안주머니에서 명함 한 장을 꺼내 테이블 위에 놓았다.

"화교계 자본이야. 호텔업에서 잔뼈가 굵어서 너도 보면 알지 몰라."

이건의 말대로였다. 명함에는 화교권에서는 비교적 유명한 호텔 로고가 선명했다. 대만과 동남아시아에 이어 중국 전역으로 체인을 확대 중이라고 이린은 알고 있었다.

"자사 브랜드 외의 브랜드로 탈중화권을 노리고 있어. 일본 쪽은 조만간 오픈 예정이고. 그다음 타깃이 우리나라였어. 세부사항은 조금 더 의논해야 되지만, 지금과 호텔은 달라질 게 없다. 자본만 들어올 거야. 나머지는 지금처럼 일하면 돼."

이린이 이건을 빤히 바라보았다. 살아난다고? 호텔이 그대로 유지될 거라고?

이린은 당장 믿기지 않았다. 모든 것을 놓은 순간 회생한다고? 이걸 보고 생즉사, 사즉생이라고 해야 하나. 본인이 포기한다고 생각한 순간 일이 풀리고 있다.

그런데 문제는 원하는 최상의 결론이 도출됐건만, 갑작스런 일련의 일들이 현실로 믿기지 않았다. 감기약 기운이 아직까지 남은 건가. 이린은 얼떨떨했다.

"질문, 없나?"

"아……."

이린이 멍한 시선을 거뒀다.

"지금은 정확한 말을 할 수가 없네요. 갑작스러워서. 입질도 없던 곳이라 뜬금없다는 생각도 들고요."

"주말 잘 쉬고, 월요일에 본사로 출근해. 그쪽도 그때 나올 거야."

이건이 말을 끝냈다. 더 이상 이 건에 대해서는 지금 말하고 싶지 않다는 의지가 뚜렷했다.

"알았어요. 그럴게요."

이린은 그가 찾아온 내용을 전했으니, 이제 갈 거라 생각했다. 그런데 이건은 여전히 머뭇대고 있었다. 무슨 말인가를 하려다 말고, 하려다 만다. 여전히 이건답지 않아 이린이 미간을 찡그렸다.

"할 말, 더 있어요?"

"미안하다."

이린이 질문한 순간이었다. 기다렸다는 듯 굵은 목소리가 울렸다. 머뭇대지도 않고 단숨에 나온 말이 어떤 것을 의미하는지 몰라 이린이 고개를 기웃했다. 이상한 느낌으로 이건을 올려다봤다.

"갑자기 무슨 소리예요?"

이린은 피식, 웃고 말았다. 힘없는 목소리가 의미 없이 새어 나왔다.

"부회장님께도 미안한 일이 다 있군요. 잘못, 실수, 이런 거 안 하는 분이잖아요."

"나도 사람이야!"

이건이 울컥한 감정대로 소리쳤다. 갑작스런 느낌이라 이린도 잠시 주춤했다. 그가 왜 이럴까, 이유가 없다.

"그래요. 부회장님도 실수할 수 있는 사람. 그런데 어쩌죠? 부회장님은 여전히 뻣뻣하고 오만해 보여 무엇이 미안한지 저는 잘 모르겠어요."

"일 년, 이 년, 십 년, 그리고 지금까지…… 시간이 지나면 지날수록, 널 생각하면 미칠 것 같았다."

이린이 미동 없는 눈빛으로 이건을 똑바로 바라보았다. 말을 멈춘 그와 시선이 마주친 순간, 심장이 덜컹거렸다.

당장이라도 이건이 울어버릴 것 같아 그녀는 마음이 조마조마했다. 처음 보는 이건의 모습이 당황스러웠다. 언제나 그는 집안의 잘난 후계자, 모든 것을 제 눈 아래 깔고 보는 사람이 아니었나. 아버지도 손을 못 대는, 무엇에도 눈물 따위 한 방울도 흘릴 것 같지 않은 냉혈동물.

무어라 할 말이 많을 것 같은데, 이린은 말이 나오지 않았다. 이런 상태의 이건과는 대화를 해본 적이 없다. 언제나 감정을 앞세우는 쪽은 자신이었지, 이건은 아니었다. 입술을 달싹이던 이린이 기어이 목소리를 밀어냈다.

"왜요? 왜 날 생각하면…… 난 부회장님한테 아무 짓도 하지 않았는데…… 왜요?"

이린이 왈칵 솟구친 감정을 꿀꺽 누른 순간이었다.

"이린아!"

이린의 심장이 또다시 덜컥 내려앉았다. 제 이름이지만, 이건의 입에서 나오니 낯설다.

너무도 간절하고, 너무도 따뜻한 느낌.

아버지라도, 아니면 오빠라도 단 한 번만이라도 불러줬으면 했던 다정한 음성을 지금 들었다니. 이린은 믿을 수 없었다.

"아버지 앞에서 주눅 들고, 내 앞에서는 잔뜩 굳는 너를 보면, 나도 견딜 수가 없었다. 미칠 것 같았다고!"

이건의 목소리가 다소 격앙되기 시작했다. 아주 오래전 기억이 그의 머릿속을 헤집고 있다. 왈칵 떠오른 감정에 이건은 고개를 돌렸다. 감정을 삭이려 두 눈을 감았지만, 소용없었다. 두 눈가가 어느새 시큰해지고, 뜨거워졌다.

"이린아, 나는⋯⋯."

언제나 단단하고 강철 같아 단 한 번도 흔들림 없던 사람이다. 그런 그의 어깨가 들썩이고 있다. 바라보던 이린은 뭐라 말을 해야 할지 몰라 입술을 달싹거렸다.

"아니, 왜⋯⋯."

이린이 푸푸 입바람을 불어 앞머리를 날렸다. 갑자기 주변 공기가 훅 오른 것 같아 손바닥으로 부채질을 해댔다.

"환자는 나라고요. 내가 멀쩡해 보여서 안 믿기겠지만, 오늘 병원도 다녀왔고요. 약도 왕창 먹고요. 그런데 왜 부회장님이 더 아

픈 척해요? 아, 당황스러워. 또 주객전도야. 정말 이것도 재주라면
재주라니까."

차마 이건의 눈물을 볼 수 없어 이린은 시선을 돌렸다. 자리라
도 비켜주고 싶은데, 그렇게까지 상대를 배려할 여유는 없었다.
그녀는 이건이 무슨 말이든 할 수 있기를 기다리고 있다.

"나는 네가 싫었어. 내 어머니가 병석에 계셨던 그 시간, 밖에서
커온 널 보면, 내 어머니가 기만당한 것 같아 누구도 가족으로 받
아들이고 싶지 않았다."

이린의 눈망울이 심하게 흔들렸다. 아랫입술을 지끈 깨물었다.
이건의 냉대가 영문 모르던 어린 시절과 달리 지금은 그의 마음을
이해할 수 있다. 이해하고 있다. 그것이 이린을 슬프게 했다.

누구를 욕해야 하나. 쓰러져 이제는 거동도 힘든 채 소리만 버
럭버럭 지르는 아버지? 저 하나 바라보고 평생 기죽어 사신 엄마?
또 다른 의미로 상처받은 오빠 이건? 아니면 눈치 보고 자란 자
신?

이린은 옅은 한숨을 내쉬었다.

"옛날 일이에요. 아주 오래전. 우린 이미 다 자라 나도 부회장님
이해할 수 있는 나이가 됐고, 부회장님도……."

"네가 관람차에 갇혔던 그 일……."

이린의 말이 중간에서 끊겼다. 두 눈에 힘이 들어가 움찔했다.
이건이 먼저 그 일을 꺼내리라 생각지 못한 탓이었다.

"내가 시킨 일 맞아. 정말……."

이건이 자리에 주저앉았다. 그녀 앞에 무릎이라도 꿇은 것 같아 이린이 순간 당황했다.

"미안하다. 정말 미안해. 내가 미처 생각하지 못했어."

이건의 모습을 이린은 똑바로 바라봤다. 그때의 기분이 되살아난 듯 심장이 울렁거리고 눈앞이 아득해지려 했다. 으득 이를 악문 그녀가 입을 열었다.

"진짜…… 였군요."

가슴에 감정이 소용돌이친다. 뭐라고 소리라도 치고 싶은데, 이린은 기운이 없었다. 아니면 그러기에는 이미 감정이 소멸된 것인가. 이린이 어이없는 웃음을 흘렸다.

"왜 진작 말하지 못했어요?"

"말하고 싶었지만, 말할 수 없었다. 널 제대로 볼 수가 없었어. 네가 죽을 수도 있었다는 걸 알게 된 후에는…… 네가 치료를 받으러 다니는 동안에는…… 나도 내 일을 할 수 없었고…… 죽고 싶었다."

이건의 목소리는 겨우겨우 흘러나왔다. 가슴 안에 응어리진 것들이 한꺼번에 몰린 탓으로 목구멍이 터질 것 같았다. 그의 단단한 가슴이 크게 들썩거렸다.

"그럼 하나만 물을게요. 왜 그런 건데요? 정말 나를 죽이고 싶었어요?"

"아니야. 절대 그렇지 않아!"

이건이 고개를 저으며 소리쳤다. 고개를 돌려 이린과 마주친 시선이 폭풍에 휩쓸린 것처럼 사정없이 흔들렸다. 감정이 오르락내리락하는 것처럼 목울대도 크게 오르락내리락했다.

"그럼요! 나는 그때 겨우 열 살이었다고요!"

이린의 목소리도 격앙되었다. 모두 치유됐다 생각한 그때의 공포가 밀려와 그녀는 부들부들 떨었다. 테이블 위에 올려둔 꽉 쥔 주먹이 부들부들 떨렸다.

"사고였어! 나도 그럴 의도가 없었다고! 내가 널 왜! 아무리 그래도 넌 내 동생인데……."

이건과 이린의 시선이 마주쳤다. 강하게 부딪쳐 조금이라도 어긋나면 튕겨져 나갈 것 같은 착각이 들었다. 헉헉거리며 숨을 내쉬던 이린이 어, 하는 외마디 음성을 내뱉는 동시에 그녀의 눈물이 터졌다.

"내가…… 동생이긴 했어요?"

이린이 물었다. 그녀에게서 시선을 돌린 이건이 손바닥으로 얼굴을 훔쳐 냈다.

"네 잘못 아니잖아. 네가 부모를 선택한 것도 아니고, 너 또한 상처받았을 텐데. 머리로는 다 알고 있었어."

이건이 말을 끊었다. 적막이 흐르는 동안 이린의 눈에서는 뚝뚝 눈물이 흘렀다. 문득 이건이 다시 입을 열었다. 그새 감정을 다잡은 그의 목소리는 많이 진정되었다. 이린의 눈물 또한 서서히 그쳐 갔다.

"정말 그럴 의도 없었어. 잠이 든 널 잠시 숨겨놓으라 했던 건데."

"잠시…… 얼마나요?"

"한두 시간…… 아버지가 걱정되어 찾을 만큼. 그렇게 되면 아버지가 당황하고, 곤란해질 줄 알았어. 어머니가 알게 되시면, 무책임한 아버지한테 실망해서 떠나실 거라 생각했다."

그때의 기억이 떠오른 이건이 한 손으로 관자놀이를 꾹 눌렀다. 지금도 돌이키면 아찔한 어린 생각이다. 그날 그 또한 공교롭게 복통이 일어 응급실로 실려갔다. 거의 혼절하였다가 가까스로 정신을 차리고는 이린을 떠올렸다.

"병원에서 깨어났을 때, 나는 네가 이미 돌아왔을 거라고 생각했어. 사람들이 찾기 시작하고 한 시간 뒤 데려다 놓으라고 했으니까. 네가 그곳에 밤새도록 있을 줄은 꿈에도 생각지 못한 거다. 절대 의도했던 게 아니야."

이린이 두 손으로 얼굴을 가렸다. 머리가 지끈거리는 것은 아픈 탓도 있지만, 너무 운 탓이기도 하다.

"잘 모르겠어요. 그게 사고가 될 수 있는지."

"사고든 뭐든 내가 잘못했어. 내 잘못이야."

"오빠 잘못은 맞아요. 이건 오빠는 처음부터 정말 못됐으니까.

한이건은 정말 못된 사람이었어."

"하루에도 수십 번, 네게 말하고 싶었어. 미안하다. 용서해 줘."

⋯⋯라고. 그런데 하지 못했다. 할 수가 없었다. 해야 할 때를 놓치니 더욱 말하기 힘들어졌다.

"미안하다."

"정말 못됐어⋯⋯."

이린이 얼굴을 가린 그대로, 세운 두 무릎 사이에 얼굴을 묻었다. 가라앉은 설움이 다시 치솟아 엉엉 울어버렸다. 바라보던 이건 또한 연신 눈물을 뚝뚝 흘렸다.

서하가 묵고 있는 호텔 룸 앞이었다. 벨을 누르려고 손을 들었다가 이린은 포기했다. 벌써 몇 번째인지 모르겠다. 그런다고 돌아설 마음도 확 생기지 않았다.

"그 친구 부탁이었지만, 지키지 않는 것이 나을 것 같아서 한 말이야. 어차피 오래지 않아 알게 될 확률이 크고, 숨기다 보면 또 다른 오해가 생길 수 있으니까. 마지막으로 한마디 더 붙이면, 급한 연락이 와서 오늘 저녁 떠난단다."

오피스텔을 떠나던 이건이 해준 말이 귓가를 울려 이린은 긴 한숨을 내쉬었다. 어젯밤 서하와의 일도 다시 머릿속을 헤집고 있다.

"하."

이린은 입술을 짓깨물었다. 후회가 물결처럼 밀려들었다.

있는 그대로 얘기할 걸 그랬다. 자존심 같은 거, 당신 앞에서는 세우지 말고. 내가 정말 힘이 들어서 당신한테 기댈 수 있냐고도 물을 걸 그랬어. 내 감정에 내가 치여서 당신에게 내 감정을 퍼부었어.

이대로 그가 떠난다면, 정말 후회가 깊게 남을 것 같다. 굳게 다짐한 이린이 다시 벨을 누르려 할 때였다. 그녀의 눈앞에서 문이 확 열렸다. 가뜩이나 아파서 퀭해진 이린의 두 눈이 놀라 커졌다.

[누구시죠?]

검은 머리카락이 탐스러운 젊은 여자다. 그녀가 이린을 향해 도발적으로 물었다. 뜻밖의 장소에서 듣는 영어가 낯설어 이린이 바로 대답하지 못했다.

[정서하 씨 룸 아닌가요?]

[정서하? 레오?]

서하의 다른 이름이 '레오' 라는 것을 이린이 떠올렸다.

[우리 달링한테 무슨 볼일이?]

달링? 이린의 미간이 일그러졌다. 빤히 바라보는 눈빛이 당돌

해 보였다.

[레오, 누가 찾아왔는데요? 나 모르게 여자 사귀었어요?]

여자의 카랑카랑한 목소리는 높았고, 이린은 순간 낭패를 맛봐야 했다. 여자가 있었다는 말이야? 이린의 두 눈이 저도 모르게 커졌다.

[미안합니다. 잘못 찾아왔어요.]

똑 떨어지는 대답을 한 이린이 돌아선 순간이었다. 누군가 그녀의 손목을 낚아챘다. 얼마나 세차게 잡았는지 그 반동으로 상대의 가슴까지 이린이 끌려갔다.

"도대체 뭐가 미안한 건데?"

서하다. 그가 화가 난 목소리로 이린을 향해 으르렁댔다. 그리고는 검은 머리카락의 여자, 레이첼을 향해서도 한마디 했다.

[레이첼, 너 호칭 바꿔라. 다시 한 번 '달링' 소리 하면, 다시는 안 본다. 그리고 지금 바로 네 방으로 가. 약은 고마웠다.]

서하의 목소리에 이린의 심장이 덜컥 내려앉았다. 이린에게는 묘령의 여자, 레이첼이 당황해서 말을 더듬었다.

[레, 레오, 갑자기 왜 나한테 이래요. 이 여자가 누군데.]

[내 달링이야. 얼른 가!]

서하답지 않았다. 조급하게 고함에 가까울 정도로 소리를 친 서하가 재빨리 움직였다. 손목을 잡고 있던 이린을 룸으로 밀어 넣은 것이다. 그리고 문을 쾅 닫았다.

"서하 씨! 무안하게 문을 닫아버리면……."

서하가 이렇게 예의를 무시할 거라고는 생각지 못했다. 그러나 이린은 마주친 서하의 눈빛에 더 이상 입을 열지 못했다. 깊고, 진중하고, 더없이 다정하여 이린의 심장을 뛰게 한다. 그녀의 어깨 양옆의 벽을 짚어 이린을 가둔 서하가 낮게 갈라진 목소리로 입을 열었다.

"친구의 동생이야. 널 다시 슬프게 한다거나, 조금이라도 마음을 다치게 한다면, 나는 차라리 예의 없는 놈이 되고, 사람들과 의절하는 쪽을 선택해."

이린이 똑바로 서하의 눈동자를 바라봤다. 흔들리지 않는다. 다시는 흔들릴 거라고 생각하고 싶지도 않다. 옅은 한숨을 내쉰 이린이 손을 들어 그의 뺨을 감쌌다. 그의 미세한 떨림이 손바닥으로 전해왔다.

"그러지 마요. 함께 어울려서 살아야 하는 세상이라고요."

"이린……."

이린의 등이 벽에 완전히 닿았다. 희미하게 웃는 입꼬리가 가늘게 떨렸다.

"나는 정서하가 세상 혼자 사는 독불장군이었다면, 사랑하지 않았을 거야."

서하의 눈에 힘이 들어갔다. 조금씩 커지기 시작한다. 숨결 또한 거칠어졌다.

"다시…… 말해봐. 뭐라 했지?"

이린이 고개를 갸웃했다. 그가 어떤 말을 원하는지 알면서도 시치미를 뗐다. 허스키하게 갈라진 목소리가 은근히 섹시하고, 정색한 서하의 표정이 의외로 보기 좋다. 웃음을 뚝 멈춘 그녀가 어깨를 으쓱했다.

"내 억울함과 열받음을 먼저 풀면요."

서하의 미간이 굳었다. 그게 무슨 뜻이냐고 눈빛으로 묻고 있다. 이린이 밉지 않게 눈을 흘겼다.

"당신 사랑은 겨우 이 정도였어요? 첫눈에 반했다고 쫓아다닌 건…… 남자들 흔한 말이었죠?"

이린이 냉정을 가장한 목소리로 물었다.

"말도 안 돼. 나야말로 억울해. 당신한테 첫눈에 반한 건 확실한 진실이라고."

"그런데 나한테 말도 없이 떠나려 했어요? 다시는 나 안 보려고? 그럼 내가 오기가 생겨서 미국이라도 쫓아갈까 봐? 상처는 나도 받았는데?"

서하의 두 눈이 감당할 수 없이 커졌다.

"무슨 뜻이야? 누가 떠나? 그리고 내가 당신을 왜 안 봐? 지금 한창 당신 만날 준비하고 있었는데."

이번에는 이린의 눈빛이 멈칫했다.

"서하 씨, 안 떠나요? 내일 급하게 떠난다고……."

"내가?"

서하가 완전히 눈매를 찌푸렸다.

"누가 그랬는데?"

"부회장님…… 오빠가…….'

이린이 차마 끝까지 말을 맺지 못했다. 서하는 한쪽 손바닥으로 얼굴을 가리고 쓸어내렸다. 그러다가 쿡 웃었다.

"그래서. 우리 사랑스런 한이린 씨는 그 말 듣고 놀라 뛰어온 거고?"

"단어 정정하시죠. '놀라'가 아니고, '화나고, 열받아서'예요. 이 남자가 지금 혼자 도망가겠다는 말이야?"

이린의 목소리가 뽀로통하게 변했다. 그녀도 자신이 지금 이건의 농간에 넘어갔다는 것을 눈치챈 것이다. 그 말을 그대로 믿고 먼저 뽀르르 달려왔다는 사실이 자존심 상한다.

"하! 도대체 한이건, 도움이 안 돼."

머쓱해진 이린이 몸을 움직이려 할 때였다. 서하가 강한 힘으로 그녀의 어깨를 감쌌다. 온몸으로 그녀를 압박했다.

"한이건 씨가 지름길을 만들어준 것 같군."

"남자라 이해가 간다는 거죠? 무슨 지름길이요, 흥!"

"이런 거."

서하의 손이 이린의 얼굴을 감쌌다. 시선을 돌리려는 그녀를 고정시켰다. 얼굴이 가까이 다가와 이마와 이마, 코와 코가 닿았다.

머뭇머뭇 닿았던 입술을 단번에 빨아들였다. 달콤한 설육을 제 것으로 휘감아 농락했다. 키스는 천천히 이어졌고, 감미로웠다. 그의 옷자락을 움켜쥔 이린의 손이 파르르 떨었다.

서하의 입술은 한참 후에야 떨어졌다.

"내가 당신과 엇갈리는 시간이 길까 봐……."

그의 음성이 깊게 가라앉았다. 키스의 여운이 남은 이린의 입술 위에 속삭였다.

"이린, 미안해. 당신이 먼저 손 내밀게 해서. 그리고 이렇게 와 줘서 고마워."

서하가 이린의 얼굴을 애틋하게 어루만졌다. 바라보는 그녀의 심장을 저릿하게 만든다.

"이건 오빠가 치고받고 싸운 상대가 서하 씨인가요?"

이린이 손을 들어 서하의 볼을 쓰다듬었다. 시퍼런 멍 자국이 선명했다. 그녀의 손끝이 닿자 통증이 이는지, 서하의 표정이 희미하게 움찔거릴 정도였다.

"오빠 쪽이 더 맞은 것 같긴 해. 억울하진 않겠어요."

서하의 입술 위에 희미한 웃음이 서렸다.

"상당히 아파. 레이첼이 바르면 바로 통증이 사라진다는 명약을 가져온 찰나였어."

"아. 조금 전 아가씨 이름이 레이첼인가 봐요. 약 어딨어요? 발라줄게요."

서하가 대답 대신 고개를 저었다. 명약은 따로 필요 없을 것 같다. 이미 이린이 어루만지니 통증이 사라지고 있다.

"말해봐요. 다 큰 어른들이 왜 주먹질을 했는지."

"당신 오빠가 동생 보내기 싫었나 봐. 다짜고짜 쥐어 패더군."

서하의 허풍이다. 듣던 이린이 눈매를 갸름하니 떴다.

"다 이유가 있으니 그랬겠죠."

"무슨 이유? 오빠라고 지금 편들어? 나는 정말 억울하다."

"이를 테면, 대리인 내세워서 슬쩍 우리 호텔로 들어오려 한다든지 하는 거."

서하가 완전히 눈살을 찌푸렸다. 이건과 자신 사이의 비밀이 이미 사라졌다는 것을 깨달았다.

"한이건 부회장. 함께 일 못하겠군. 입이 너무 가벼워."

"음흉한 것보다 나아요. 정서하 씨는 뒤에서 다 계획 세워두고, 어느 날 짜잔 호텔에 다시 나타나려고 했죠? 내가 실질적 투자자라고 알력 행사하고. 한이린은 들들 볶여 아마 제명에 못 살 거고. 정말 그렇게 하려고 했어요?"

이린의 질문에 서하가 허탈하게 웃었다. 고개를 저으며 정색했다.

"상처주고 힘들게 한 건 난데, 왜 그딴 짓을. 그 정도로 비열하진 않아."

"내가 상처 입은 거, 알아요? 정말?"

이린이 희미하게 웃었다. 어제는 심장이 찢어질 것 같았다는 고백을 하고 싶었다.

"그래. 미안해. 당신이 왜 그랬는지 그 순간 생각을 못했다."

"으음. 나도 미안한 거 많은데."

이린이 뒷말을 흐렸다. 서하가 그게 뭐냐는 눈빛으로 바라봤다.

"사실 어제 다른 것으로도 많이 힘들어서……. 자포자기해 버렸거든요. 해야 할 말은 그게 아니었는데, 자꾸 이상한 말이 튀어나오고. 그런다고 자존심이 사는 건 아니었는데."

서하의 엄지손가락이 그녀의 볼을 천천히 쓰다듬었다.

"얼굴이 많이 상했다."

"아팠어요. 계속 누워 있었어."

"어디가 아파? 어떻게 아파?"

놀란 서하의 두 눈이 휘둥그레 커졌다. 호들갑스런 그의 질문이 이건이 했던 말과 비슷해 이린이 슬쩍 웃었다.

"감기몸살인데…… 의사 앞에서 펑펑 울었어요. 그 선생님, 많이 당황했을 거야. 밖에서 간호사들이 수군거리더라. 과연 저 여자가 누굴까, 숨겨둔 여자야, 하는 눈빛?"

"다시 한 번 그 병원 가야겠다. 당신이 그 의사와 절대 상관 없다는 걸 보여줘야겠어."

단호히 말하던 서하가 이린을 번쩍 안아 들었다.

"그런데! 그런 아픈 몸을 하고 왔단 말이야? 한이건은 내 인생에도 도움이 결코 안 될 것 같군."

서하는 방금 전까지 아군처럼 말하던 이건을 단번에 적군으로 만들었다. 이린을 안은 채 성큼 걸어 침대로 갔다. 서늘한 기운이 도는 침구 위에 이린을 내려놓았다. 그리고 자신 또한 침대로 올라 그녀를 깊숙이 안았다. 품 안에 안긴 이린의 머리끝에 뜨겁게 입 맞췄다.

"이린, 당신이 어디서 일하는지, 어떤 사람인지. 당신도 내게 말할 타이밍을 놓친 거지?"

그의 가슴에 얼굴을 묻은 채 이린이 쿡쿡 웃었다.

"이제 깨달았어요? 말할 기회도 안 준 건 정서하 씨가 맞아요. 말을 하려고 할 때마다 날 흥분시키는 바람에……."

서하가 하, 가볍게 한숨을 내뱉었다.

"내가 당신만 보면 미쳐서 그래. 당신한테 눈이 멀었어."

고개 숙인 서하가 이린의 입술을 조심스레 찾아들었다. 천천히 입술을 머금다가 그녀를 꽉 끌어안았다.

"이해해 줘서 고마워, 이린. 평생 갚으며 살게. 날 마구 굴려도 돼."

"평생? 그거…… 청혼인가요?"

"그래. 두 번째 청혼."

"그런데 어떻게 굴리죠?"

"마당쇠처럼 굴려줘. 나 거친 것 좋아해."

서하가 빙긋 웃었다. 이린의 웃음도 느껴져 조금 더 크게 웃다가 깊게 그녀의 입술을 파고들었다. 그러다 이린이 갑자기 생각났다는 듯 그를 밀어냈다.

"아, 안 돼. 나한테 감기 옮아요. 함께 앓아눕는다고요."

"함께? 좋네. 그 병원 의사한테 가자니까!"

서하가 안 된다는 듯 그녀를 꽉 끌어안았다. 문득 정색을 하고 요구했다.

"이린, 다시 말해봐. 아까 억울함과 분함이 풀리면 얘기한다고 했지?"

"뭘요?"

이린이 짐짓 '나는 아무것도 몰라요'의 표정으로 그를 바라봤다.

"날 뭐뭐 한다고 했잖아. 다시 말한다고 했어."

"뭐뭐? 그게 뭘까."

"이린."

서하가 으르렁거렸다. 바라보던 이린은 장난기 가득 담은 눈으로 웃었다.

"아하, 사랑!"

조금 더 발뺌한다면, 서하의 심장이 터질지도 모르겠다. 지금 자신과 닿은 그의 심장이 이렇게 격렬하게 뛰는 것을 보면.

"사랑해요."

서하의 표정이 환하게 펴졌다. 세상을 다 가진 사람이 되었다. 누가 먼저랄 것 없이 입술이 닿고, 긴 입맞춤이 시작되었다.

에필로그

 새파란 바다 위에 부드럽게 햇살이 퍼졌다. 야자수가 햇빛을 가려 짙은 그늘을 만들고, 밀려오는 파도는 하얀 백사장 위로 별빛처럼 부서진다. 이 아름다운 해변이 개인 별장에 딸린 것이라니. 대단하다는 생각과 함께 이곳에 호텔을 지으면 참 근사하겠다는 생각으로 이린은 서하 모르게 웃었다.

 나도 참. 휴가 와서까지 이런 생각이니.

 그녀가 웃던 시선 끝에 옆에 선 서하를 올려다봤다. 그 또한 시선을 느꼈는지 마주 바라보았다.

 이린의 여름휴가가 결정된 것은 불과 며칠 전이었다. 그것은 급작스럽지만, 서하가 그녀의 부모님을 찾아뵌 것보다는 놀랍지 않았다. 모두 이 며칠 새 이뤄진 일이었고, 그녀는 현재 미국 캘리포니아의 휴양도시인 산타바바라, 서하의 별장, 침실에 서 있다.

귀국 준비를 서두르던 그가 아주 당연하다는 듯 이린에게 말했다.

"휴가 좀 내지?"

"갑자기 휴가는 왜요?"

"결혼식 올리고 오게."

서하는 아무렇지도 않게 한 그 말에 이린의 입이 떡 벌어졌다.

"결혼식이요?"

"결혼 허락했잖아. 그럼 결혼식 올려야지."

"아무리 그래도 무슨 결혼을 이렇게 번갯불에 콩을 볶아요?"

"그만큼 나는 급해."

"나, 나도 급하긴 하지만. 이런 결혼은 할 수 없다고요!"

이린은 당연히 펄쩍 뛰었다. 서하의 표정이 생각을 하는 듯 골똘해졌다.

"내가 얘기 안 했나?"

"뭘 말이죠?"

"아버지 건강이 안 좋으셔."

"아."

이린이 약하게 탄식했다. 건강 때문에 물러난 부친 대신 아들이 실질적 권한을 갖고 있다고 기업보고서를 보았던 것이 떠올랐다.

"지금 많이 안 좋으신 거예요?"

"요양 중이시지. 간 수치가 치솟아서 이틀 전 병원으로 다시 옮기셨어. 지금은 괜찮아지셨다니 다행이고, 나는 시간을 벌었지만, 마음의 준비는 예전부터 하고 있었어. 한국인 며느리 보는 것이 소원이셨는데…… 어려울까?"

서하가 마치 '장화 신은 고양이' 같은 눈으로 바라보는데 싫다고 고개를 저을 엄두가 나질 않았다. 그럴 수 있는 여자가 아마 없을 거라고 이린은 옅은 한숨을 내쉬었다.

"우리 엄마가 주강민이 파혼 후 얼마나 됐다고 약혼 결혼이냐고 펄펄 뛰며 욕하셨거든요. 나는 완전 초고속인 거, 어떻게 생각해요?"

"비교할 걸 비교하지, 한이린?"

서하가 흠, 목울림 소리를 냈다.

"싫어?"

"무슨 그런 말씀을. 결혼식 해요."

이린이 고개를 끄덕이자, 서하는 이제 행동에 나섰다.

"부모님 뵈러 가자."

"헉. 지금?"

이린의 두 눈이 휘둥그레 커졌다. 명색이 결혼 승낙 받으러 가자는 말 아닌가?

"부모님 어디 가셨나?"

"아니요. 지금 양평 집에 계시긴 하실 텐데."

"그럼, 가. 나는 준비 다 했어."

서하의 추진력에는 이린조차 두 손 두 발 다 들었다. 그는 인사 드리러 가는 길에 필요한 부모님을 위한 선물까지 이미 준비해 둔 것이다. 물론 이린은 마이클이 투덜거려 알게 되었지만.

[레오, 수행비서가 결혼 준비까지 진행하는 건 수당 따로 나오는 거지?]

[비서가 아니라 친구로서야. 정확히 해.]

[거참. 꽃바구니는 그렇다고 쳐. 선물 바구니 준비가 몇 시간 만에 뚝딱인 줄 아나.]

[시말서 봐줬다는 것만 알아둬.]

마이클이 질끔한 이유를 이린은 모른다. 어찌 되었든 서하는 그날로 이린의 부모님께 인사를 왔다. 물론 부모님은 이린보다 더 놀라셨다. 혈압으로 쓰러진 부친 옆에서 모친 또한 함께 쓰러지는 것이 아닐까, 이린은 걱정이 될 정도였다.

그러고 보니 부친이 쓰러지신 이후, 따로 찾아뵌 기억이 거의 없다. 지난 설 명절 이후 찾아왔었나, 이린은 반추해 봤지만, 하지 못했다는 자각만 했을 뿐이다. 휴일에도 자신은 거의 출근을 해야 했다는 것은 핑계였다.

많이 늙으셨군요.

지난 명절 때보다 더 마르셨다. 지금은 일어나 앉으셨다지만 부친은 하반신을 잘 움직이지 못하신다. 수발드는 사람이 따로 있다 해도 부친이 모친에게만 의지하고 있다는 것을 이린은 두 분의 모습을 보며 알 수 있었다. 활발히 활동하시던 분이다. 소리를 버럭버럭 지르는 것도 부친 스스로 본인의 모습이 아직은 적응되지 않아 그러신 거다.

갑자기 자신의 이해력이 넓어지고 깊어졌다고, 이린은 씁쓸하게 웃었다.

"이린과 바로 결혼식을 올리겠습니다."

이린은 이건이 서하에 대해 부모님께 미리 말해뒀다는 것을 알고 있었다. 그럼에도 부모님께는 그야말로 폭탄급이었다. 모친은 당황하여 어쩔 줄을 모르셨다. 파혼하자마자 약혼하고 결혼한다고 했던 주강민을 비난했던 것이 불과 몇 주 전이 아닌가. 아무리 서하를 환대했다 해도 결혼 얘기는 사안이 다르다. 미간을 찌푸린 채 서하를 바라보던 부친이 이린을 추궁했다.

"이게 무슨 얘기냐. 한이린, 네가 말해봐."

이린이 마른침을 꿀꺽 넘겼다. 끌려서 한다는 느낌을 절대 드러내면 안 된다.

"이미 결혼하기로 마음먹은 사람입니다. 결혼식이 빠르거나,

늦거나 그다지 의미가 없다고 생각해요."

부친의 못마땅한 시선은 여전히 풀리지 않았다. 서하가 이린의 뒤를 이어 말했다.

"우선 미국에서 먼저 하겠습니다. 한국에서는 내년쯤으로 천천히 진행해 주십시오."

"나는 아직 결혼 승낙 안 했네."

부친의 목소리는 날이 서 깐깐하게 들렸다. 쉽게 넘어갈 수 있을 거라 생각했기에, 이린의 눈빛이 당황으로 흔들렸다.

"우리 아이와는 왜 결혼하려 하지? J투자신탁쯤 되면 들어오는 혼처도 많았을 텐데?"

부모가 일반적으로 하는 질문이었지만, 이린의 심장은 덜컥 내려앉았다.

우리 아이?

이린의 심장이 저릿하게 조여왔다. 새삼 부친의 얼굴을 바라봤다.

"그동안 마음에 닿는 인연을 못 만났기 때문입니다. 이린을 진정으로 사랑합니다. 아끼고, 잘살겠습니다."

서하의 진심을 담은 말에도 부친은 여간해서 허락의 말을 꺼내지 않았다. 그러다 문득 물었다.

"서두르는 다른 이유가 있나?"

부친이 의심의 눈빛으로 물으셨다. 그 말의 뜻을 모를 만큼 이린은 어리지 않았다. 비교적 담담하게 물었다.

"의심하시는 거예요, 걱정하시는 거예요?"

"쉽게 타오르면, 그만큼 쉽게 식으니 하는 말이다."

그들의 만남을 시간만으로 판단한다면 그렇다. 이린은 부친의
그런 말을 들어도 날을 세우지 않기 위해 노력했다. 서하가 옆에
있으니 여유가 생긴 탓도 있다.

"아버지."

이린의 목소리가 깊게 가라앉았다. 부친의 마른 눈빛과 마주쳐
다시 한 번 흔들렸다.

"저 한 번 믿어주세요. 제가 조건만 보고 결혼하려던 때도 있었
어요. 상대에 대해서는 전혀 모르면서도, 부모님이 정하셨으니 그
냥 살 수 있을 거라 생각했어요. 마치 비즈니스처럼요."

"이린아, 아버지는 걱정이 되셔서 하는 말씀이시잖니."

곁에 계시던 모친이 안타깝다며 한마디 보태셨다.

"네, 알아요. 아버지도, 어머니도 저 걱정해서 그러신다는 거.
이번에는 제 선택 존중해 주세요."

이린의 목소리가 똑 부러졌다. 부모가 반대한다 해도 서하와 결
혼할 거라고 못 박는 듯한 선언이었다.

"다른 이유는 없습니다. 개인적으로 가족을 빨리 이루고 싶은
마음이라, 이린이 아이라도 가졌다면, 더할 나위 없었겠지만. 이
린이 절대 그럴 일은 없을 거라고 못을 박더라고요, 아버님, 어

머님."

서하의 목소리는 차분했고 듬직했다. 단정한 표정으로 설명하자, 부친은 어색하게 흠흠거리셨을 뿐이었다.

"이유는 하나뿐입니다. 하루라도 빨리 이린을 아내로 맞고 싶습니다."

"아니, 아무리 그래도……."

모친은 결정을 내리지 못하셨고, 부친은 생각에 잠기셨다. 그러다 눈을 번쩍 뜨셨다.

"우리 아이가 저리도 좋아한다 하니 허락은 하겠지만, 아이만 혼자 가서 결혼식을 한다는 게 마음에 들지 않아. 여기 부모 친척 다 있는데."

"그럼 누군가 함께 가면 되겠습니까?"

서하가 물었지만, 이린은 당황했다. 당장 모친은 부친 곁을 떠날 수 없으시다. 가능할 리 없다고 생각했을 때였다.

"결혼식에는 오빠로서 제가 다녀오겠습니다. 아마 증인도 필요할 텐데요."

거실로 들어선 이는 이건이었다. 그가 돌아보는 이린과 서하를 향해 씩 웃었다.

"오빠의 자격인데. 안 됩니까?"

이건의 말에 모친의 얼굴에는 화색이 돌았다. 그가 계속 말을 이었다.

"보내주십시오. 결혼에 반대 안 하시고, 어차피 할 결혼이면, 빠른 것도 나쁘진 않습니다."

그러나 이린은 당황했다.

아니, 왜 시키지도 않은 짓을!

물론 말로는 표현하지 못했다. 모친은 물론 부친까지 환영하는 눈치였으니까. 이건이 가서 확인해 준다면 무얼 더 바랄까, 하는 그런 눈빛.

어찌 되었든 그런 연유로 이린은 호텔 입사 5년 만에 제대로 휴가를 냈다. 그 휴가의 목적이 결혼이라는 것은 아이러니하지만.

"진짜 전망 끝내주네요. 뭐, 우리 제주 호텔보다는 못하지만."

곁에서 팔짱을 낀 채 밖을 바라보던 서하의 시선이 가볍게 이린을 향했다. 희미한 웃음이 눈가에 서렸다.

"그래? 조만간 실사 일정을 잡아야겠군. 보지 않아 믿기지도 않는데 말야."

"안 보고도 믿을 수 있는 감을 키워요. 그게 투자자가 갖춰야 할 감각 아닌가? 지금 제주에 땅 구하기가 쉬운 줄 알아요? 게다가 우리 호텔 전망만 한 곳은 결코 쉽게 구할 수 없다고요. 투자자 누구인지, 완전 대박이야."

이린의 어조에는 자신감과 자부심이 가득했다. 바라보는 서하를 웃음 짓게 했다.

"좋은 건 좋은 거고. 그 투자자 별장까지 와서 꼭 그렇게 비교 발언을 하고 싶나?"

이린이 그를 바라보던 순간이었다.

"응? 말해봐, 호텔 주인 아가씨."

서하가 이린의 몸을 와락 껴안아 들었다. 그대로 몇 걸음 걸어 침대에 그녀를 뉘었다. 이린이 경쾌한 웃음을 터트렸다.

"서하 씨!"

이린의 항의 정도야 가볍게 무시한다. 내려다보는 서하의 눈빛이 진한 빛으로 반짝거렸다. 천천히 닿은 입술이 짧게 짧게 부딪치다가 떨어졌다. 서하의 목을 껴안은 이린이 환하게 웃었다.

"왜요? 비교하면 안 된다는 법 있어요? 나는 꿩도 먹고, 알도 먹었다는 걸 강조하고 싶었는데. 호텔 살리는 투자도 따냈고, 신랑감도 구하고."

"누가 꿩이고, 알이야?"

서하가 짐짓 화가 난 척 얼굴을 찡그렸다. 그러나 이린에게는 통하지 않는다. 굴하지 않은 그녀가 활짝 웃었다.

"여기. 당신 내 봉인 거, 몰랐어요?"

서하가 씨익 웃었다. 웃음이 돌아온 얼굴로 그녀를 바라보다가 손끝으로 얼굴을 쓰다듬었다. 맞닿은 곳이 저릿해졌다.

"그래. 마음껏 물고 뜯고 해서 가져가 봐. 다 줄 준비가 돼 있어. 대신 나는 한이린을 단번에 삼켜 버리면 되니까."

말이 끊겼다. 서하의 얼굴이 가까워졌다고 생각한 순간, 그의 입술이 이린의 입술을 덮었다. 깊게 머금고 단숨에 빨아들였다. 말캉하고 여린 입술을 벌리고 들어가 그녀의 혀를 거칠게 삼켰다. 숨결은 순식간에 달아올랐다.

"으응."

서하의 손이 이린의 탱탱한 가슴을 주물렀다. 키스는 농도가 짙었고, 그와 그녀의 다리가 깊게 엇갈렸다. 견딜 수 없어 이린의 허리가 튀어 올랐고, 그의 손이 티셔츠 아래로 미끄러져 들어갔다. 그러다 서하는 순간 그녀의 옷을 가슴 위까지 훌렁 걷어 올렸다. 브래지어도 올라가니 압박되었던 젖가슴이 툭 튀어나왔다.

"헉!"

이린이 짧은 비명을 강하게 내뱉었다. 그의 손이 이린의 풍만한 가슴을 으스러질 듯 쥐었다. 아픔을 동반한 묘한 쾌감. 이린의 중심이 수축하며 동시에 빠르게 젖어들었다. 발딱 솟아 손가락 사이로 튕겨 나온 젖꼭지를 서하는 입안에 넣고 거칠게 빨아들였다. 그의 입술이 닿는 곳은 불처럼 뜨거워졌다.

"하아, 아훗!"

이린의 몸이 허공중으로 들썩거렸다. 밀려드는 쾌락. 몸부림치다 견딜 수 없어 서하의 머리카락을 움켜쥐었다.

"아아, 그, 그만…… 서하 씨……."

서하의 타액으로 이린의 젖꼭지가 번들거렸다. 다시 파고들려는 그의 머리를 이린은 두 손으로 잡았다. 헉헉대며 쉬는 숨이 뒤로 넘어갈 것 같다. 그녀와 겨우 시선이 마주친 서하의 입술을 제 것으로 막았다. 더 이상 열락에 빠지게 하지 말라는 듯.

"왜? 피곤해?"

이린이 경탄의 표정으로 서하를 바라봤다. 그는 여전히 왜 그러냐는 표정이었다.

"분명히 우리가 같은 걸 먹는데 말이죠. 혹시 나 몰래 정력제 먹어요? 아니면 어렸을 때 산삼 먹었어요?"

빤히 바라보던 서하가 하하 웃음을 터트렸다.

이린이 피곤한 건 당연하다. 열두 시간을 꼬박 비행기를 타고 왔고, 또 몇 시간이나 차로 이동을 했다. 피곤하냐고 묻는 서하의 체력이 불가사의할 뿐이었다.

"나 밥 좀 주죠? 힘이 없어서 다 끝낸 후 당신을 잡아먹을 수도 있다고요. 암사마귀처럼."

이린이 믿지 않게 협박했다. 생각해 보니 기내에서의 마지막 식사 이후, 이곳까지 오는 동안 제대로 먹은 것이 없었다. 떠올리는 순간, 거짓말처럼 뱃속에서 천둥이 울렸다. 시선이 마주친 서하가 쿡 하고 웃었다. 이린의 얼굴이 벌겋게 달아올랐다.

"아아, 정말 이런 소리까지 들려주다니. 아버님 뵈러 간다고 긴장해서 잘 못 먹었다고요."

이린이 조금 전 뵙고 온 서하의 부친을 떠올렸다. 지금은 간 수

치가 안 좋아 병원에 다시 들어가셨지만, 차도가 좋아 조만간 이 별장으로 오실 예정이라 한다. 그분 때문이라도 결혼을 서두르려 하는 서하의 마음을 이린은 충분히 이해할 수 있었다.

"자연스런 소린데 어때? 이린, 너무 내외하지 말자고."

이린의 생각은 서하의 말에 사라졌다.

"결혼은 생활이야. 우린 모든 걸 나눠야 해. 꼬르륵 소리에 정색하면 생활이 불편하잖아?"

"그래서요? 지금 나와 언제 '방구' 틀지 그거 타이밍 보고 있어요?"

이린이 또다시 눈을 흘겼다. 서하의 웃음소리가 침실에 가득 찼다.

"당신과 결혼하면 심심할 틈이 없겠다."

서하가 이린의 옷을 내려 제대로 추슬렀다. 그녀의 손을 잡아 침대에서 일으킨 후, 품에 꼭 안고 입 맞췄다. 마주 보는 얼굴에 웃음이 가시지 않는다. 씩 웃어 드러나는 치아가 하얗고 가지런했다.

그때, 침대 위에서 휴대전화 벨소리가 들렸다. 이린이 들고 있던 것인데, 서하가 침대에 눕히는 바람에 떨어뜨렸나 보다. 그녀가 전화를 찾아 들어보니 액정에는 이건의 번호가 떴다. 서하를 바라보다 어깨를 으쓱한 이린이 전화를 귀에다 댔다.

"네, 부회장님."

—호칭…… 아직 바꿀 생각 없는 거냐?

이린이 가볍게 웃었다. 이건의 조심스러움이 통화음 속에서도 느껴졌다.

"너무 재촉하지 마요. 사람이 변하면 죽을 날이 가깝대요."

그러면서도 덧붙였다.

"이건 오빠."

좋지만 좋지 않은 척, 웃음이 나오려는 것을 억지로 참고 있을 이건의 표정이 그려지는 것도 신기하다. 서하를 마주 보며 이린은 흐뭇하게 웃었다.

—전화 목소리가 밝은 걸 들으니, 잘 도착한 것 같고. 시차도 못 느끼는 것 같고.

"네. 서하 씨 아버님 뵙고 지금 집으로 들어왔어요."

—그랬군.

잠시 침묵이 이어졌다. 이린이 참지 못하고 물었다.

"뭐 묻고 싶어서 전화한 거 아니에요? 이런 안부 전화만 하실 분은 아니잖아요?"

—특별한 건 아니고. 알리고 싶은 것이 있긴 했지. 주강민이 고소 취하했다.

폭행을 했다며, 결코 합의는 없다고 펄펄 뛰던 강민이다. 그가 먼저 고소 취하를 했다는 소식에 이린이 빙긋 웃었다.

—혹시라도 네가 걱정할까 봐 알리는 거다. 너한테 직접 사과도

했다면서 싹싹 빌던데. 무슨 일이 있던 거냐.

이건이 물었다. 이린이 강민의 고소를 걱정했을 때, 이건은 집안 전체의 명예를 훼손하고 모욕감을 줬다며 강민에 대한 맞고소를 진행할 거라고 했었다. 이린이 당사자인 자신이 직접 나서겠다고 했지만, 지금은 결혼도 앞두고 있으니 뒤로 물러나 있으라고 했던 이도 이건이다.

"정말 싹싹 빌었어요? 두 손 모아?"

이린이 피식 웃었다.

"인증샷 좀 찍지 그랬어요."

—인증샷? 사장실 CCTV에는 남아 있을 수도 있지. 그러니 무슨 일인지 말해봐.

"얼굴 확실히 나오죠?"

—그거야 확인해 봐야 할 일이고.

"흠, 무슨 일이라기보다는 공항에서 주강민을 만났어요."

서하와 시선을 마주친 이린이 코를 찡긋했다.

"안 만나주니 쫓아왔더라고요."

정확히 말하면 그녀와 서하를 만나기 위해 쫓아온 것이 맞다. 듣던 이건이 홋, 코웃음 쳤다.

—주 회장이 알았나 보군.

"주 회장? 주강민 씨 아버지요?"

—제일그룹의 주요 돈줄이 외국계인 제이은행이야. J투자신탁

과 떼려야 뗄 수 없는 관계라는 건 지나가는 개도 알지. 그 아버지가 네 결혼 소식이라도 들은 모양이군.

이린이 흠, 목울림 소리를 냈다. 아무래도 그 소식의 진원지는 모친인 듯싶다. 소문 정말 빠른 이 바닥이라고, 이린은 피식 웃었다. 그때, 이건의 목소리가 크게 울렸다.

—비열한 자식! 원래 전치 2주짜리가 나올 만한 것도 아니었어. 그 자식 입원했다고 했을 때도 버젓이 나돌아 다닌 증거가 있다고!

이건의 목소리는 성격답지 않게 씩씩대고 흥분한 것처럼 들렸다. 아마 강민이 꼬리를 내린 것이 서하의 실체를 알게 되어서라는 것에 기분이 안 좋은 것 같다. 엄연히 자신이 해결할 수 있다고 생각한 일이었는데 말이다.

"오빠도 잘못한 건 있어요. 도대체 왜 다들 주먹부터 나가? 대한민국이 언제부터 무법천지가 된 거죠?"

이것은 서하한테도 해당되는 말이었다. 며칠이 지난 지금도 서하의 얼굴에는 옅어지긴 했지만, 푸르스름한 자국이 남아 있다. 그녀가 손끝으로 그곳을 부드럽게 쓸었다.

—진실을 두고 비판한 건 뭐라 안 해. 그런데 그 자식은 허위를 진실인 양 떠들어 심각한 명예훼손을 시켰어!

"그건 저도 알아요. 오빠가 나 대신 화내준 것도 알고."

—그건 너뿐 아니라 우리 한씨 집안의 명예가 걸린 일이었어.

이건은 여전히 고집스럽다. 이린은 그것이 더욱 이건답다는 생각으로 빙긋 웃었다.

"뭐, 어쨌든 오빠 일이 마무리되면, 제가 명예훼손으로 고소할게요. 전 아무도 몰래 조용히 해치울 거예요."

—그래. 이제부터 말릴 생각 없다. 그런데 한이린.

이건의 목소리가 뚝 떨어졌다. 가벼운 마음으로 이건의 전화를 받던 그녀의 심장을 덜컹거리게 만든다. 그녀는 바짝 긴장한 시선으로 서하를 바라봤다. 그 또한 무슨 일이냐는 듯 미간이 굳었다.

—오빠 소리 듣기 좋다.

그런데 이 남자, 기껏 한다는 소리가 이거다. 이린이 하, 허탈한 한숨을 내쉬었다.

"그런 얘기까지 꼭 그렇게 폼 잡고 해야 해요? 긴장했잖아요!"

—긴장? 이십 년을 넘게 함께 살고도 적응 못한 네 잘못이야. 성격으로 넘겨.

이 뚝뚝한 목소리라니. 여전히 한이건은 한이건이다.

"알았어요. 저희 지금 밥 먹으러 가려던 중이었어요. 그만 끊어도 되죠?"

—그 자식은 널 아직까지 밥도 안 먹이고 뭐 하는 거야?

조금 더 듣고 있으면, 더한 욕이 튀어나올 것 같다. 이린이 급히 전화를 끊으려다가 물었다.

"아! 예정대로 들어와요? 숨 쉴 틈도 없이 바쁘다면서요."

─갈 거야.

이건의 대답이 단답형으로 돌아왔다. 그가 이렇게 말하는 이상 닷새 뒤 이곳에서 열릴 결혼식에 이건은 참석할 것이다. 결혼식장에도 증인의 한 사람으로서 서게 된다.

전화를 끊은 이린이 한동안 움직이지 않자, 서하가 그녀의 손을 부드럽게 잡아끌었다.

"왜?"

"그냥 좀 이상해서요. 한 번도 내게 오빠가 있다는 생각이 달리 들지 않았는데……."

"이제 들어?"

이린이 대답 대신 고개를 끄덕였다.

"현실감이 지금서 드나 보군. 당신한테는 남편도 생기는데. 그건 되도록 빨리 느끼기 바라."

서하를 빤히 바라보던 이린이 웃었다.

당신이 나를 생각하는 마음이 주체할 수 없을 만큼 느껴진다고, 지금이라도 말해줄까.

이린은 여전히 제게 온 인연이 지금도 믿기지 않는다. 그저 당신이 고맙다고, 사랑할 뿐이다.

❖

쏟아지던 비가 말짱하게 그친 후, 댓돌 위에 떨어지는 낙숫물 같은 맑은 소리가 들렸다. 무심결에 돌아눕던 이린이 '으응.' 소리를 내며 눈을 떴다.

"서하 씨."

이린의 목소리는 깊게 잠겼다. 여전히 잠이 묻어나는 눈을 깜빡 거렸다. 함께 잠들었던 서하가 자리에 없다. 어디 갔지.

침실에 딸린 욕실에서도 소리는 들리지 않았다. 몸을 돌린 이린의 시선이 창문 쪽으로 향했다.

커튼을 치지 않은 창으로는 달빛이 쏟아졌다. 멀리 바다 위쪽으로는 별빛도 쏟아질 것 같다. 바다조차 하늘의 빛을 받아 반짝거렸다. 무척이나 아름다운 밤이었다.

그때 또 딩딩거리는 소리가 들렸다. 이린은 문득 들린 소리에 귀를 기울이다가 천천히 상체를 일으켰다. 그러다 두 다리를 접어 팔로 감싼 후, 그 위에 얼굴을 얹었다.

또르르릉.

피아노 건반 여러 개가 한꺼번에 울리더니 이제는 하나의 음악이 되어 들려왔다. 그녀에게는 너무도 익숙한 음률.

"이츠모난도데모(いつも何度でも)…… 언제나 몇 번이라도……
Alway with me."

피아노 선율은 〈센과 치히로의 행방불명〉의 주제곡을 따라갔다. 달빛에 섞인 피아노의 음률이 청아했다. 천천히 제목을 읊조

리듯 말하던 이린이 이내 참지 못한 채 몸을 일으켰다. 시트를 몸에 둘둘 만 그녀가 침실을 빠져나왔다. 짧은 복도를 지난 그녀가 응접실의 입구에 우뚝 섰다.

예상대로 서하는 그곳에 있었다. 정확히 말하면 응접실의 통유리창 앞에 놓인 그랜드피아노 앞에 앉아 있다.

불을 켜지 않아도 대낮처럼 환한 달빛이 쏟아져 들어온다. 문설주에 몸을 기댄 채 이린은 서하가 치는 피아노 선율을 듣고 있다. 그와 함께 거닐던 대만 지우펀의 거리가, 함께 차를 마셨던 아매 차루에서 바라보던 석양이 떠올랐다. 그때만 해도 그와 항상 함께 있을 거라고는 생각지 못했다. 미래를 약속하게 될 줄은 더욱더.

"이린, 끝났어. 이리 와."

문득 감상에서 돌아온 것은 서하의 목소리 때문이었다. 그를 바라보는 이린의 얼굴에 함박웃음이 퍼졌다.

"내가 깨서 이쪽으로 올 줄 안 거죠?"

"의도는 아니었어."

서하에게 다가간 이린이 그의 옆자리에 앉으려고 했지만 그가 허락지 않았다. 서하는 그녀를 달랑 안아 제 무릎 위에 앉혔다.

"연습할 시간이 당신 자고 있는 지금뿐이었어."

그녀에게 이마를 맞댄 서하가 웃으며 덧붙였다.

"한 번만 연습하고 당신 깨우려고 했지. 그러기 전에 깨난 당신이 듣고 있는 걸 알아서 그대로 쳤지만."

"어머. 깨우러 왔어야 더 로맨틱한데. 나 다시 자러 갈까요?"

이린이 웃으며 속삭였다. 아니라는 뜻으로 서하가 고개를 저었다.

"이대로가 좋아. 우리의 밤이 이미 시작되었거든."

서하가 그녀의 엉덩이를 번쩍 들었다. 그대로 그녀의 몸을 피아노 위에 앉혔다. 한꺼번에 눌린 건반이 음률을 무시한 채 마구 울렸다. 억누를 수 없는 기대감. 이린의 가슴이 부풀어 올랐다. 눈망울이 반짝거렸다.

"나 몰래 도대체 무얼 준비했을까?"

이린이 입술을 비틀어 도발적으로 웃었다. 두 다리를 벌려 발끝으로 서하가 앉아 있는 의자를 짚었다. 그가 의자와 그녀 사이에 완전히 갇혔다. 그리고 그녀의 기대에 부응이라도 하듯 벌떡 일어선 서하가 이린이 두르고 있던 시트 자락을 손에 쥐었다. 그대로 휙 벗겼다. 무엇도 걸치지 않은 이린의 흰 나신이 달빛 아래 드러났다. 하얗고 둥근 가슴, 잘록한 허리, 그리고 검은색과 흰색의 건반 사이에 또 하나의 건반처럼 검은빛으로 빛나는 체모. 바라보는 서하의 시선이 가늘어지고, 그의 목울대가 크게 울렁거렸다. 고개 숙여 속삭이는 그의 음성이 거칠게 갈라지고 깊게 가라앉았다.

"숨이…… 멎을 것 같아."

"누가 보면…… 어떡해요. 커튼도 안 치고."

"바다 위에서 달이 보려나?"

서하의 입술이 그녀의 귓불을 지나 입술로 미끄러졌다. 단숨에 겹쳐진 입술로 상대를 빨아들였다. 헐떡이는 숨결이 상대를 갈구한다. 손이 닿는 곳을 어루만졌다.

"이린."

서하의 손끝이 이린의 허벅지를 쓸어올렸다. 활짝 벌어진 이린의 중심에 닿았다. 따뜻한 물기로 가득한 곳을 천천히 손끝으로 어루만졌다. 갈라진 곳을 파고들었고, 단단해진 쾌감의 정점을 손끝으로 비볐다. 찰박거리는 작은 소리가 적막을 갈랐다.

"으훗! 서하 씨!"

이린의 몸이 들썩였다. 그녀가 그의 목에 죽을 듯 매달림과 동시에 서하의 손은 자신의 벨트를 급하게 풀었다. 그리고 이내 바지를 벗어 던진 그가 제 남성을 브리프 안에서 꺼냈다. 이미 굵은 막대처럼 단단해진 그것이 원래의 자리로 들여보내 달라고 아우성쳤다.

"제발, 빨리……."

이린이 두 다리로 그의 허리를 잔뜩 옭아맸다. 짜릿함을 넘어선 쾌감. 그녀의 허리가 들썩거렸다. 가쁜 숨을 연달아 내쉬었다. 채워달라고, 들어와 달라고 애원한다. 붉은 입술이 신음을 머금은 채 앙다물어졌다. 그러나 서하는 천천히 고개를 저었다.

"조금 더……."

서하가 희미하게 웃었다. 달빛에 드러난 미소가 잔인할 만큼 매력적이다. 이린의 심장이 들썩거릴 만큼 날카롭고 치명적이었다.

"나 혼자 숨이 멎는 것은 불공평하지."

고개 숙인 그가 이린의 귓가에 속삭였다. 그의 머리가 빠르게 그녀의 시야에서 사라진 순간.

"헉!"

이린이 두 다리를 빳빳하게 뻗었다. 서하의 젖은 입술이 먹어치울 듯 이린의 여성을 파고든 탓이었다. 뾰족하게 선 혀끝이 이린의 그곳을 감각적으로 핥았다. 그의 혀가 깊숙하게 파고들수록 그녀의 몸은 발작처럼 부르르 떨었다. 하얀 허벅지에 힘이 들어갔다. 그곳에서 시작된 폭발로 경련했다.

"서하 씨, 제발…… 들어와 줘. 못 참아. 못 참는다고!"

이린이 그의 머리카락을 깊숙이 부여잡았다. 정신없이 고개를 젓고, 힘을 주어 그를 끌어 올리려 했다. 그러나 서하는 무자비했다. 그의 입술이 그녀의 여성을 덮었고, 그의 혀끝은 그녀의 깊숙한 곳에 숨은 진주를 끊임없이 빨아들였다. 절정으로 치달은 이린이 바르르 떨며 그를 끌어안았다.

"이린! 이린!"

그 순간, 그녀의 몸을 마주 껴안은 서하가 그녀의 입술을 찾았다. 피아노 건반이 마구잡이로 눌려 울렸다. 하지만 그것 또한 또하나의 선율이 된다.

"흐웃!"

단번에 치고 들어와 어느새 하나가 되었다. 하나처럼 움직이는 그들의 몸짓에 피아노의 음은 화음처럼 들렸다. 온몸으로 매달린 이린이 정신을 차리지 못할 만큼 서하는 질주했다. 깊이 또 깊이 하나가 됐다.

❖

쏟아지는 달빛이 하얗게 부서졌다. 열린 창을 통해 들어온 바람은 연하게 흐드러진 커튼을 하늘하늘 날렸다.

"이린, 괜찮아?"

서하가 이린의 귓가에 속삭였다. 피아노 앞 의자에 앉은 것은 이린이 이 거실로 들어올 때와 같았다. 다른 것이 있다면 지금은 둘 다 벗은 몸이다. 그는 이린을 안은 채였고, 그들은 이린이 두르고 나온 시트 한 장을 함께 둘렀다.

서하는 한 손으로 그녀의 등을, 다른 한 손으로는 그녀의 가슴을 천천히 어루만졌다.

"아직도 아파요. 다음부터 피아노는 사양할게요."

이린이 고개를 슬며시 돌렸다. 고개 숙인 서하와 가볍게 입 맞췄다. 서로의 코끝이 닿아 비벼지고, 입술이 저절로 길게 늘여졌다. 말하지 않아도 느낌이 통한다. 보고만 있어도 저절로 웃음이 나고 있다.

"몇 시예요?"

"10시 거의 다 됐어."

서하가 뒤쪽에 놓인 괘종시계를 흘끔 보고 대답했다.

"그것밖에 안 됐어요?"

이린이 두 눈을 크게 떴다.

"너무 일찍 잤었나 봐. 조금 참을 걸 그랬어요. 어떡하지? 우리 산책이라도 갈까요?"

"산책 가자. 그전에."

서하가 속삭인 순간이었다. 타탕, 하는 비교적 커다란 소리가 창문 밖에서 들려왔다. 홱 돌린 시선에 검은 하늘로 떠오른 불꽃이 파팟 하며 퍼지는 것이 보였다. 형형색색 연달아 쏘아진 불꽃이 주위를 환하게 한다.

"어디서 불꽃놀이 하나 봐요. 굉장히 가깝다."

창밖이 울긋불긋해졌다. 아름다운 불꽃이 검은 하늘과 검은 바다를 배경으로 펼쳐졌다.

"이린."

귓가에 들리는 것은 사랑하는 남자의 목소리. 자신을 부르는 목소리는 들을 때마다 이린의 심장을 쿵쿵거리게 한다. 바라보는 그녀의 눈빛이 반짝거렸다.

"혹시 저 불꽃놀이가 서하 씨가 준비한 거예요?"

서하는 대답 없이 웃었다. 그리고 그의 웃음으로 대답은 충분했다.

그가 그녀를 꼭 안은 채 얼굴을 어루만졌다.

"이린, 나는 살아가는 동안 언제나 마음이 두근거리는 꿈을 꾸고 싶어. 당신이 항상 나와 함께해 주겠어?"

이린은 바로 대답하지 못했다. 마주한 서하의 깊고 검은 눈동자를 홀린 듯 바라봤다. 그러다가 환하게 웃었다.

"그거 표절인 거 알죠? 당신이 방금 친 피아노 Always with me의 가사."

서하가 하하, 큰소리로 웃었다. 표정에는 유쾌함이 가득했다.

"맞아. 커닝 좀 했어. 내 마음과 너무도 일치하니 넘어가 줄 만하지 않아?"

"당연히…… 넘어가죠. 한이린은 항상 정서하와 함께할 거니까."

서하가 싱긋 웃었다. 허리를 굽혔던 그가 피아노 페달 근처에 놓았던 상자를 집어 들었다. 그가 연 상자 안에는 눈부시게 빛나는 목걸이가 들어 있다. 플래티늄의 은빛 줄이 그의 손에 걸렸다. 이린의 가늘고 하얀 목에 입 맞춘 그가 그것을 그녀의 목에 걸어 줬다. 체인에 걸린 하트 펜던트가 달빛을 받아 은빛으로 반짝거렸다.

"사랑해, 이린. 나와…… 결혼해 줄래?"

이린이 몸을 틀어 서하를 마주 보았다. 맞닿은 살과 살이 부드럽고 뜨거웠다. 몸속 모든 곳이 빈 곳 없이 충만하다. 그녀가 서하의 얼굴을 두 손으로 감쌌다. 눈망울 속에는 상대만이 올곧게 담겼다. 그녀가 숨을 크게 들이켰다.

"세 번째 청혼. 결혼식 전까지 마지막 청혼이죠?"

"물론. 미국에서는."

서하의 입술에 미소가 스몄다.

"또 남았나요?"

"한국에서. 결혼식 전에 함도 들일 건데? 그게 한국식 청혼이라면서."

무엇이라도 좋다. 정서하가 하는 것이라면.

이린이 두 손으로 감쌌던 서하의 얼굴을 끌어 내렸다. 가볍게 시작한 입맞춤이 깊어졌다. 그들을 감쌌던 시트가 스르르 아래로 흘러내렸지만, 신경 쓰이지 않는다.

창밖으로는 여전히 불꽃이 팡팡 터지고 있었다.

Fin.

작가 후기

　지내놓고 나면 생각하기도 힘든 무더운 여름을 어떻게 보냈나, 감탄
스러울 때가 있다. 물론 기억에 의존할 뿐이기는 해도, 이 년 전 여름이
최근 들어 가장 힘들고 더웠던 것으로 기억한다. 올여름은 유난히 일찍
시작했다. 그렇기에 길다는 느낌은 있어도, 그만큼 추석도 일찍, 가을
바람도 일찍 찾아왔고, 아침저녁으로는 살 만한 날씨였다는 것은 입추
가 지나면서 바로 느꼈으니까. 적어도 내게는.

　〈사랑, 위험한 매혹〉은 그렇게 덥기도 더웠고, 아프기도 무던히 아
프던 이 년 전의 그 여름, 문득 사로잡혔던 대만이라는 나라 때문에 시
작한 글이다.

　사람은 관심 갖는 만큼 보인다고 했던가. 마음이 없으면, 봐도 보이

지 않고, 들어도 들리지 않는다는 진리를 매번 경험하면서 체험하게 된다.

비교적 쉽게 대만을 접할 수 있던 환경에서는 그렇게 좋은 인상이 아니었던 대만의 거리, 음식, 문화 등등. 모든 것들이 다시 한 번 경험해 보고 싶고, 공부하고 싶은 열망덩어리가 될 줄이야.

어찌 되었든 나는 그 열기 훅훅 풍기는 대만의 여름을 온몸으로 부딪치기를 열망하였건만, 결과적으로는 아이스커피, 아이스우롱차를 번갈아 줄기차게 공급해 가며 선풍기 한 대에 의지하여 이 글의 초반부를 쓴 기억을 갖고 있다.

올해는 꼭 배낭을 메고 찾아가리라, 다짐했지만, 휙 실천하지 못하는 것을 보니 내가 나이가 먹긴 먹었나 보다. 아직 〈꽃보다 청춘〉이건만.

글은 한 번 잡으면 쉽게 끝까지 가는 글이 있고, 몇 번을 등장인물들의 감정에 막혀 같은 부분에서 도돌이표를 줄기차게 하는 글이 있다. 이 글의 이린과 서하만큼 내게는 효자가 없는 듯하다. 적어도 이들은 제 감정을 숨기기 위해 기를 쓰진 않았으니까. 예상하면 예상하는 대로 행동과 말이 튀어나와서 다른 의미로 심심하기까지 하다. 그럼에도 이 글에서만큼은 잘 할 줄 모르는 인생의 꼬임을 주고 싶지는 않았다.

'이건'에 대해서는 하고 싶은 말이 있지만, 아직은 머릿속에서 윤곽만 모호한 상태이다. 그럼에도 조만간 그가 깊은 사랑을 할 수 있을 거라는 생각은 변함없다. 적어도 그 또한 양심 없는 오빠는 아니었다고 생각하니까.

개인적으로, 사회적으로 너무도 많은 일들이 일어난 2014년.
이 글이 출간되는 시점이 되면 아마 1/4만 남았으리라.
세월의 빠름을 한탄하기보다는 열심히 살아야겠다, 다시 한 번 다짐한다.

사랑하는 나의 가족들, 남편과 아이들, 늘 미안하고 감사하고 넘치게 사랑합니다.
결점 많은 제 곁에서 힘이 되어주는 분들, 감사하고, 고맙습니다.

많은 조언과 더불어 너무도 많이 기다려 주신 예원북스에도 감사인사를 전합니다.

2014, 가지마다 열매 맺는 열매 달, 9월.
이서윤 배상(拜上).